U0104745

古代美術史研究

三編：書法研究專輯

第12冊

近現代古文字學者篆書之研究（上）

姚吉聰 著

花木蘭文化事業有限公司

國家圖書館出版品預行編目資料

近現代古文字學者篆書之研究（上）／姚吉聰 著 -- 初版 --
新北市：花木蘭文化事業有限公司，2018〔民 107〕
目 8+190 面；19×26 公分
（古代美術史研究 三編；第 12 冊）
ISBN 978-986-485-269-7（精裝）
1. 古文字學 2. 篆書
802.08　　107001298

古代美術史研究
三　編　第十二冊　　ISBN：978-986-485-269-7

近現代古文字學者篆書之研究（上）

作　　者　姚吉聰
主　　編　王明蓀
總 編 輯　杜潔祥
副總編輯　楊嘉樂
編　　輯　許郁翎、王筑　美術編輯　陳逸婷
出　　版　花木蘭文化事業有限公司
發 行 人　高小娟
聯絡地址　235 新北市中和區中安街七二號十三樓
　　　　　電話：02-2923-1455／傳真：02-2923-1452
網　　址　http://www.huamulan.tw 信箱 hml 810518@gmail.com
印　　刷　普羅文化出版廣告事業
初　　版　2018 年 3 月
全書字數　458066 字
定　　價　三編 20 冊（精裝）台幣 60,000 元

近現代古文字學者篆書之研究（上）

姚吉聰 著

作者簡介

姚吉聰，1971 年 12 月生於臺灣彰化伸港，國立台灣師範大學國文系畢業、明道管理學院國學研究所第一屆書法藝術碩士、國立中興大學中文系博士，現任台中市立豐原高商教師、台中市書法協會常務理事。曾任旱蓮書會第五任會長，作品曾獲第十四屆大墩美展書法類第一名、苗栗美展、台中縣美展書法篆刻類第一名等。

曾發表之書法相關論文有〈《文心雕龍·書記》與《書譜》定名關係之研究〉、〈《書譜》中的辯證思想〉、《清代後期篆書造形研究》、〈安國的天鵝之歌〉、吳大澂〈光緒三年三月二十二日致陳介祺尺牘〉研究、〈豐原慈濟宮日治時期楹聯書法探析〉……等。書法作品以篆書爲主，兼及其他字體，並以「求篆甲金，期能汲古生新；隨字大小，盼得自然風致；濃枯疾澀，願生節奏韻律；齊莊中正，勉於君子之風」的理念展開創作。

提　要

本文以書法藝術中之篆書爲研究對象，書家群體則爲研究古文字之學者，時間跨度定爲近代至現代。古文字學的新發展與篆書藝術的新表現，在近代的吳大澂的學術研究與篆書表現上，有承先啓後的重要地位，故以其爲始，列敘至已故而兼能篆書的古文字學者。

本文二～五章列敘諸家，以文獻搜集與整理爲開端，將自吳大澂以來兼善篆書之古文字學者，其古文字學之研究與貢獻，作扼要之說明，以顯揚學者之高度、知其學問根柢，以明創作之本。次則針對諸家作品（圖版）作搜羅與對照，從中以明其古文字學研究，與所書之作品學與用相發的關聯。結論則爲古文字學者書家之綜合分析歸納，統合整理分析出古文字學者篆書家一派之成就與特色，意義與精神。至於非古文字學者之篆書表現則於附錄中備考。

近現代古文字學者憑藉著清代金石學研究的豐富積累，考古文物、文獻資料的「文字之福」，著錄資料的傳播與保存遠邁前代，治學方法的傳承與開新，發展出現代化的古文字學，不論是舊有領域如小篆、六國文字、金文等門類的完善與推進，或是新發現的文字資料如甲骨文、春秋戰國金文、戰國簡牘帛書等新領域的建立與完善，都在近現代古文字學者書家手上獲得重大的成就。促進了以此爲創作依託的古文字書法（篆書）在固有領域有了突破與完善；在新興領域有了創建與推動。古文字書法在古文字學中雖非重要門類，卻因學術的進步，使得每有新發現便使書法史一再增補。

這一群具有相近學習背景、學術專業的近現代古文字學者的篆書表現，形成了一個用字有據、用詞意涵豐富、書風雅正的古文字學者流派，依各人專擅的研究領域寫出其學養與藝術表現相發的篆書，體現了「書者，如也，如其人、如其學、如其才」的傳統、正統的書法藝術觀。這種有文化深度且表現出其學者風範的篆書表現，爲往後的書法發展提供了最有核心意義的參照：一個守正且自然的人格書法典型；爲越發走向視覺、形式的現代書壇丟出一個深沉的思考課題。

目次

上冊

中冊

下　冊

表目次

圖目次

第一章　緒　論

從魏晉到明代，篆隸書法衰微，一蹶不振。明末清初，隸、篆書法開始受到重視，實乃得益於金石素材的相繼再發現與文字學研究的基礎累積，加上一批崇古、好古的書家努力實踐，社會秩序的安定與富庶，到了乾、嘉之際，種種量的變化終於促成篆、隸創作的質的變化與突破發展，鄧石如、伊秉綬實其代表。

鄧石如以後，張廷濟、朱爲弼、趙之琛、徐同柏、釋達受等，取徑各異，風格自殊；咸、同之後，吳熙載、莫友芝、楊沂孫、趙之謙，在技法、結構上精心創造；光緒年間吳大澂、曾紀澤、黃士陵和吳昌碩等追求純粹與專一，都是篆書史上精采的里程碑。如此，宋代以來偏重秩序與冷靜的篆書所形成的單調風貌，已不復存在，用筆結字等技巧都注入鮮明的個性特徵，而展現出生動的活力與豐富的變化。

晚清的篆書創作空前繁榮，上承乾、嘉遺風，經過眾多書家的實踐，打破了死守秦篆的單一取法和均勻工整的面貌，開始向取法和風格的多樣化發展。鐘鼎彝器、石刻磚瓦的持續發現與研究，持續深化篆書藝術的內涵與精神。

諸多名家中，身兼文字學家、金石學者、封疆大吏諸多身分於一身的吳大澂，無疑是不可忽視的人物。其篆書藝術，在厚實學術涵養下，在嚴謹修身的自我督責中，形塑出其獨特樣貌與精神氣質。

吳氏篆書由鐵線篆入，後將小、大篆融爲一爐，兼取金文，點畫參差，結體古拙，方圓融合，剛柔相間，可謂登峰造極；其後又往平正厚實、端莊謹嚴的路走去，三種截然不同的表現如何形成、變化原因爲何、對後世影響及其歷史定位，絕對是值得詳加探究。

隨著甲骨文的發現與挖掘，新的出土資料引發了學術界各個層面的探索與研究，書法領域自然在研究到達一定程度後有所反映。書法與文字的密切關聯表露無疑，而身爲古文字學研究者更是近水樓台，當仁不讓的擔負起甲骨文書法創作的先鋒。雖然學者們總是行有餘力才兼及此道，不過，學術的規範與高度則起了對後來專事書法創作者導夫先路的作用。其間，羅振玉、容庚、董作賓等學者的篆書表現則隱然有古文字學者篆書流派形成的趨勢，本論文即希望從吳大澂起至已故的古文字學者書家爲止的這些近現代古文字學者的篆書創作，經由分析、歸納、統整，進而與其他書家的篆書創作爲參照，反思篆書創作的各種現象、凸顯古文字學者篆書的無可取代與高度。

第一節　研究動機

清代考據學的興盛，帶動了文字學、金石學的發展，而傳世碑版器物及前人的著錄收集，已經遠遠滿足不了需求，於是訪碑著錄、考釋研究之風大興，大大刺激了書法藝術的創作。新的取法對象，引發出新的技法和新的審美追求，碑派書法便在這種條件下應運而生。從另一方面來說，考據學風及文字學、金石學的興起和發展，帶動了一批書法家也把注意力集中到古代的金石文字上面。以錢大昕、王昶、畢沅、翁方綱等爲代表的著名學者，對金石文字的重視和研究，直接推動了碑派書法的繁榮興盛，從而扭轉了傳統帖學書派的取法範圍和審美取向，爲清代書法開闢了一片更爲廣闊的發展天地。因此清代碑學書法的興起，實際上是以篆隸書體的復興爲前導的。〔註1〕晚清之後的篆書，在金石學蓬勃發展下，更因甲骨文的發現，各種古文字資料的出土、研究，篆書家視野開拓無比，以雅代俗、與古爲新的審美追求，儼然有古文字學者書家流派的產生。植基於古文字研究的學者書家，其學術養成過程、其研究與書藝相發的關係，其書風的特性、其對同時及往後篆書書風的促進與影響、其流派書風

〔註1〕劉恒，《中國書法史‧清代卷》，（南京：江蘇教育出版社，1999年10月），頁3～6。

所代表的意義與地位，都是可以研究、考察的方向。

清代後期的篆書是後人學習篆書的寶藏，在自己的篆書學習中，也一直在追尋著喜歡的、嚮往的視覺的形式與表現，因此自己的碩士論文《清代後期篆書造形研究》，專以各種造形因素的視覺效果與感受來對清代後期的篆書進行分析與歸類，總算對各種篆書的表現有了大致了解。對然而這僅是篆書表現成果的分析，對於其視覺表現的成因、取法來源和書家的養成歷程等這些較為內涵上的部分是無法涉及的；在頗有「逐物意移」、「捨本逐末」的感觸下，隱約模糊的目標逐漸浮現，兼之博士論文題目的選定之期的悄悄到來，以「近現代古文字學者的篆書表現」的方向逐漸成熟，「微斯人，吾誰與歸」的心嚮往之終於可以化為可能的研究，在尋繹前輩學者學問、篆書表現的相資相發的過程中，希望能將近現代古文字學者的學養與篆書表現作一因果關係之研究，並對照近現代非古文字學者之篆書表現，探討學、藝相發的學者書風的意義。還可以釐清自己未來創作的道路，這篇論文或將有承載更多期許的可能。

第二節　研究範圍

本論文題目為「近現代古文字學者篆書之研究」，係以書法藝術中之篆書為研究對象，書家群體則為研究古文字之學者，考慮到學術流變之影響，將時間跨度定為近代至現代，近代之始則選定在清末的吳大澂，以其在古文字學上有承先啓後的重要地位，而其篆書表現又與其古文字研究密切相關。至於下限，則至已故兼能篆書的古文字學者。

以下，先予書法藝術中五種字體以大別，著重說明篆書體之定義與範圍。接著探討古文字之與古文字學的定義與範圍，然後劃分出古文字學中古代、近代與現代的界線，從而界定出近現代古文字學者之群體，導入身兼學者與書家身分而以古文字為依託的篆書藝術表現，最後加入時代的斷限，研究範圍於焉確定。

一、篆書之定義與範圍

書法是「寫」的視覺藝術，依託於文字，在書寫的程序規定性（即通常所說的筆順）下引伸出時間性美學性格，展現空間的運動構成，且是一次性的不重複過程的一種空間的時間展現的藝術表現形式。它必須以文字為載體，可以

使實用技術與藝術技巧並存，並以前者爲後者的支撐點。〔註2〕

漢字是中國書法的表現對象，是書法的首要前提。中國書法的獨特魅力與工具、技巧等很多因素密切相關，而漢字特質是決定性的因素。漢字對書法起到作用的部分不僅僅是其造型結構，書法的抒情性與字義也有關係，漢字音、形、義的完美結合對於書法意義重大。就形式而言，書法表現爲點、線對平面空間的巧妙利用和安排，這種安排了造成立體空間和和時間韻律的錯綜，能夠導致豐富的審美愉悅。漢字體格本身已經具有了空間架構，而且非常豐富、巧妙、和諧、協調，書法正是在這樣的基礎上加以利用、發揮、超越。這種以線條勾勒、經營空間的技巧甚至在漢字產生以前的各種刻畫符號中已見端倪，在文字產生、應用的過程中不斷繼續完善和發揮。因此，漢字起源、產生、特質、應用以及字體與書體關係等問題是書法研究無法迴避的，書法概念的界定、書法史的起點、書法的藝術手段等都與漢字發展問題密切相關。〔註3〕

中國漢字的發展，自商代到現代，足有四千多年的歷史。它標誌著中國歷史文化的悠久綿長，從來未曾中斷。它的形狀變化，異常複雜多樣，而文獻所載的字體名稱和實物中所見到的字體形狀，又往往對不上。

所謂字體，主要指從文字學角度而言，構造上符合共同原則，具有共同特點的一類文字；〔註4〕即是指文字的形狀，它包含兩個方面：其一是指文字的組織構造以至它所屬的大類型、總風格。例如說某字是象什麼形、指什麼事，某字是什麼形什麼聲；或看它是屬於「篆」、「隸」、「草」、「眞」、「行」的哪一種。其二是指某一書家、某一流派的藝術風格。一個書家或流派的藝術風格，多是指它們在一種大類型中的小分別。〔註5〕所謂五體書，即是五種大類形的、總風格相近的字體，分爲「篆」、「隸」、「草」、「眞」（楷）、「行」五種；所謂書體，是在五種字體之下，不同書家、流派的不同藝術表現風格，如楷書中歐陽詢與顏眞卿的分別。

字體的各種專門名稱，實自秦代才有的。〈說文敘〉說：「其後諸侯異政，不統於王，……分爲七國，……文字異形。秦始皇帝初兼天下，丞相李斯乃

〔註2〕陳振濂主編，《書法學》，（臺北：建宏出版社，1994年4月），頁38～41。

〔註3〕何學森，《書法學概要》，（北京：華夏出版社，2004年4月），頁1。

〔註4〕陶明君，《中國書論辭典》，（長沙：湖南美術出版社，2001年10月），頁485。

〔註5〕啓功，《古代字體論稿》，（北京：文物出版社，1999年3月），頁1。

奏同之，罷其不與秦文合者。斯作《倉頡篇》，中車府令趙高作《爰歷篇》，太史令胡毋敬作《博學篇》，皆取史籀大篆，或頗省改，所謂小篆者也。是時秦燒經書，滌除舊典，大發吏卒，興戍役，官獄職務繁，初有隸書，以趣約易，而古文由此絕矣。自爾秦書有八體：一曰大篆，二曰小篆，三曰刻符，四曰蟲書，五曰摹印，六曰署書，七曰殳書，八曰隸書。漢興有草書」〔註6〕秦定篆爲標準字體後，於是以篆爲中心對於它所從出的古代字，便加一個尊稱的「大」字，稱之爲大篆。對於次於篆的新體字，給它一個卑稱爲隸。在給篆所從出的古代字加了「大」字之後，有時又回過頭來再給篆加一「小」字，以資區別或對稱。〔註7〕秦書八體其實都是屬於篆書，大概可分成四類：一是小篆以前的古體，即大篆；二是同文以後的正體，即小篆；三是日常實用、以趣約易的秦篆；四是其他不同用途的字體。

篆書，廣義指漢代隸字以前的文字及其延屬，如甲骨文、金文、籀文、六國古文、小篆、繆篆、疊篆等。狹義主要指「大篆」和「小篆」。〔註8〕而大篆廣義指小篆出現前的筆畫較繁的一種秦系文字。狹義專指周宣王太史籀釐定的文字，即籀文。又甲骨文、金文、籀文和春秋戰國時通行於六國的文字，亦稱大篆。〔註9〕無論名稱如何繁雜、定義如何重疊，篆書所包含者，如下表（表1-2.1）所示：

表 1-2.1　篆書涵蓋範圍表〔註10〕

大篆	甲骨文	殷、周時刻在龜甲和獸骨上的文字。全稱「龜甲獸骨文字」，簡稱「甲骨文」，亦稱「龜甲文字」、「殷墟文字」、「殷墟書契」、「契文」、「卜辭」、「貞卜文字」。
	金文	亦稱「鐘鼎文」、「吉金文」、「彝器款識」、「銅器銘文」，指鑄刻在青銅器上的銘文。殷代銅器上的文字較少，西周銅器上文字較多。

〔註6〕許愼，〈說文解字敘〉，段玉裁，《說文解字注》，（臺北：黎明文化事業，1991年8月增訂八版），頁765～766。

〔註7〕啓功，《古代字體論稿》，（北京：文物出版社，1999年3月），頁6。

〔註8〕陶明君，《中國書論辭典》，（長沙：湖南美術出版社，2001年10月），頁493。

〔註9〕陶明君，《中國書論辭典》，（長沙：湖南美術出版社，2001年10月），頁495。

〔註10〕陶明君，《中國書論辭典》，（長沙：湖南美術出版社，2001年10月），頁494～500。

	籀文	亦稱「籀書」、「籀篆」、「大篆」，上承西周金文，是春秋到戰國之際秦國（西土）通行的字體，現存資料甚少，只有〈石鼓文〉和《說文》中收錄的225字，其形體結構基本保持金文的特點，但筆劃較金文方正，線條均匀柔婉，形體繁迭重複。
	六國古文	春秋到戰國間秦以外東土各國所通行之文字。
小篆	小篆	秦統一後，廢除六國通行文字，由李斯等根據大篆整理而成的字體。
	秦篆	秦書八體中的隸書，係實用書體，如出土之秦簡牘文字。

二、古文字學之定義與範圍

要了解古文字學，先要了解古文字。古文字學是研究古漢字的，首先必須對古文字作明確的定義，進而確定古文字學研究的內容與範圍。從事古文字學之研究者，因時時接觸的一手古文字資料，爲探求單字的初形本義、爲求詞語之確解、爲求句義之內涵與指涉，對古文字資料或摹或臨，字形結構、字詞意義了然於心。因而古文字學者往往對篆書擁有優於常人的把握能力，如同書法家臨摹歷代碑帖，古文字學者對古文字資料的研究直如臨碑摹帖一般，在篆書方面的成就往往遠勝常人。

（一）古文字之定義與範圍

在我國，文字有兩個方面的內容，一是指一般意義上的文字，應該包括世界上所有的文字；二是指特殊意義上的文字，只指漢字。從文字學的一般原理出發，文字學當指一般意義上的文字；根據我國學術文化發展的現實而言，文字可以指具體的漢字。〔註11〕

如果按照時代劃分，世界上的文字至少可以分爲古代和現代兩類。然而這些古文字所謂「古」並沒有一個公認的共同的時限，只是對「今」而言的泛稱。關於古文字，在研究漢字的一些學者理還有另一種含義，實際上是古漢字的同義語。從歷史來看，古文字一語並非現代人的創造。班固在《漢書．郊祀志》中就曾說「張敞（？～48B.C.）好古文字」。當時所說的古文字很明確，指的是秦以前所使用的文字。但是現代學者所說的古文字卻不太明確。也就是說現代所說的古文字到底包含哪些古代漢字，古的時限如何劃定，還

〔註11〕趙誠，《甲骨文字學綱要》，（北京：中華書局，2005年5月），頁2。

沒有一個共同的看法。1985 年廣州中山大學古文字研究室召開了一個學術會議，會中對古文字的內容和時限做了專題討論，意見頗爲分歧，概括起來大體有五種不同的看法，而每一種看法都存在一定的問題。

第一種看法是：小篆之前算古文字，小篆及隸書等不算，因爲過去的文字學大多從小篆開始講，甚至只講小篆；又漢代人就不把小篆當古文字。然而出土的簡文大多是用小篆和古隸寫的，學者們基本上都作爲古文字來研究。

第二種看法是：隸書之前算古文字，小篆應該包括在內，因爲後代的楷書基本上由隸書來，結構近似，且不作曲折、圓體，則隸書以來應算今文字。然而出土的簡文有用隸書寫的，學者一般都作爲古文字來研究。

第三種看法是：隸書規範化即隸書成熟之前算古文字，然而如何劃分今隸和古隸，在一些具體的問題上相當困難，且研究傳世隸書者，一般都不被認爲是在研究古文字。

第四種看法是：秦始皇統一文字之前的漢字爲古文字。理由是統一之前的漢字不規範、異體多、變體多、結構多變，是古文字的特色之一；問題是新出土的秦漢竹簡，不少是用秦統一文字之後的小篆、隸書寫的，一般都作爲古文字在研究。

第五種看法是：地下出土的甲骨文、金文、陶文、石刻文、貨幣文、璽文、簡文、帛書文等等都算古文字，傳世的不算。理由是出土的文字未經改動，保持了古文字的本來面貌；但是傳世的某些古文字資料，如《汗簡》、《古文四聲韻》等等，由新出土的材料和研究逐步證實確是研究古文字形體的材料，不宜簡單地排斥在古文字範圍之外。〔註 12〕

據陳煒湛、唐鈺明編著的《古文字學綱要》說：

> 從文字形體結構這個標準出發，我們認爲秦以前的文字（甲骨文、金文、戰國文字）爲古文字，秦以後的文字（隸書、楷書、草書、行書）爲今文字，介於二者之間的秦代文字（小篆、秦隸）則爲近古文字。……許愼《說文解字》稱古文字爲「古文」，他所謂的古文，具有廣狹二義。廣義的古文，泛指秦始皇「燒滅經書」以前的文字；狹義的古文，指「孔子壁中書」一類戰國文字。無論從廣義或狹義，

〔註 12〕趙誠，《甲骨文字學綱要》，（北京：中華書局，2005 年 5 月），頁 4～5。

> 都不包含小篆和隸書。可見，我們對古今文字界限的劃分，與傳統的理解是一致的。

從這角度來看，東漢中期許慎（約 A.D.58～147）以其時代視先秦文字，謂「古文」爲古；吾人視秦代文字爲近古文字，顯然有些牽強。所以《古文字學綱要》又說：

> 古文字學研究的是殷商至戰國時期的各類文字，如甲骨文、金文、竹帛文、貨布文、石刻文等等。作爲近古文字的小篆雖然不屬於古文字學的範圍，但由於它是研究古文字的基礎和橋梁，所以古文字學常常旁及小篆。至於隸書以下的各體文字，則純屬文字學的討論範圍了。〔註 13〕

現今大學中文系皆有「文字學」課程，基本上只就傳世的文字材料從形、音、義三個方面加以分類、論述，用的理論是六書說，舉的例證是《說文解字》裡的小篆。〔註 14〕形成這一現象的根源，實在是由於前代學者對《說文解字》的推崇與時代的限制；而批評對於《說文解字》的迷信甚至拋棄《說文》則是過猶不及的作法。事實上，每一個時代的漢字有它自己的系統，同一個時代的漢字在結構、組合上有它自己的特徵。用另一時代的漢字系統及其組合特徵，來看這一時代的漢字，通過比較，觀察會細緻一些。《說文解字》一書保存了相當數量的上古漢字的形、音、義，對考釋新出土的古漢字有著不可估計的作用。所以嚴謹的古文字學基本上都重視《說文》，並合理的加以運用。〔註 15〕

綜合說來，欲以東漢許慎時期的說法來劃定何謂「古文」，可謂拘泥，古與今是相對性的說法，時移世易，兩千多年前的小篆對現代人來說，除時代久遠，加以字形與現今通行文字不類，歸入廣義的「古文」亦無可厚非了。因此，本論文對古文字的下限界定爲秦代文字。秦及以前的文字爲古文字，包含甲骨文、金文、戰國文字、秦代文字。這與唐蘭所說「在現代已發現的

〔註 13〕陳煒湛、唐鈺明，《古文字學綱要》，（廣州：中山大學出版社，2009 年 12 月，第二版），頁 4。

〔註 14〕趙誠，《甲骨文字學綱要》，（北京：中華書局，2005 年 5 月），頁 11。

〔註 15〕趙誠，《甲骨文字學綱要》，（北京：中華書局，2005 年 5 月），頁 13。

古文字裡，我以為應分為四系：一、殷周系文字，二、兩周系文字（止於春秋末），三、六國系文字，四、秦系文字。」〔註16〕是相當的。

至於古文字學的上限是否以殷商甲骨文為臨界點？從文字發展的一般規律來考察，甲骨文已是相當成熟的文字形態，甲骨文之前必定有更古老、更原始的漢字。郭沫若、于省吾、唐蘭等前輩學者以大汶口陶文為主要依據，肯定漢字在六千年前的仰韶文化時期就出現了，但由於從漢字起源到商代甲骨文之間可供研究的材料還非常有限，所以原始漢字目前尚不足以構成古文字學的一個研究層次。隨著研究的深化及新材料的進一步發現，可以預期原始漢字很快會成為古文字學的一個新分支。〔註17〕

（二）古文字學的定義與範圍

1、古文字學的定義

按照中國傳統文字學的觀點，古文字指先秦時代的漢字。現代的文字學者多數認為秦統一後的篆文，即所謂小篆，也應該劃人古文字的範圍。20 世紀 70 年代以來，有不少秦和西漢早期的簡牘和帛書出土。這些簡帛上的隸書，字形還保留著篆文的不少特點，跟後來成熟的隸書有明顯區別，因此有人主張把秦和西漢早期的隸書也看作古文字。按照這種意見，古文字可以說是隸書成熟之前的漢字。

在中國，對古文字的研究開始得很早，但是，長期以來是包含在作為「小學」一部分的傳統文字學和以古銅器和碑刻等為主要研究對象的金石學裡的，一直到 20 世紀才有「古文字學」的名稱。人們所說的古文字學，內容並不一致，大體上可以分為廣義和狹義兩種。

廣義的古文字學既包括對古文字本身的研究，也包括對各種古文字資料的研究。後一方面的研究繼承了金石文字之學的傳統，主要以各種古代遺留下來的實物上的古文字資料（如甲骨卜辭、銅器銘文等）為對為對象，著重於釋讀這些資料，弄清它們的性質、體例和時代，並闡明研究這些資料的方法。這方面的研究也有人認為應該稱為古銘刻學。在廣義的古文字學裡，這

〔註16〕唐蘭，《古文字學導論》，（濟南：齊魯書社，1981 年 1 月），頁 33。

〔註17〕陳煒湛、唐鈺明，《古文字學綱要》，（廣州：中山大學出版社，2009 年 12 月，第二版），頁 4。

方面的研究往往被視爲重點。狹義的古文字學主要以古文字本身爲對象，著重研究漢字的起源，古漢字的形體、結構及其演變，字形所反映的本義以及考釋古文字的方法。狹義的古文字學是文字學的一個分支。〔註 18〕

歷史上通常把秦和秦以前的漢字稱爲「篆體」，把秦以後的漢字稱作「隸體」，在篆體字中又把秦以前的文字稱爲「大篆」，把秦實行統一的文字稱爲「小篆」。自漢代以來，多認爲大篆乃周宣王時史籀所作，故稱大篆爲「籀文」，把晚於籀文的戰國文字稱作「古文」；與此一稱謂相對應，把當時通行的隸書稱作「今文」。從學術研究的角度來看，無論篆體或隸體，都是古文字學的研究對象，不過隸書逐漸走向定形，同今天通行的楷書甚爲接近，不似古體篆書那樣複雜。從漢字整個發展過程來講，按照傳統的劃分，將篆、隸分作兩大發展階段，前者屬於古文字的範圍，後者屬於今文字的範圍，古文字學主要是研究古體漢字的專門學科。〔註 19〕

2、古文字學的範圍

如果把商代後期算作開端，秦代算作終端，古文字階段大約起自西元前 14 世紀，終於前 3 世紀末，歷時約 1100 多年。根據唐蘭的意見，古文字按照時代先後和形體上的特點，可以分爲商代文字、西周春秋文字、六國文字和秦系文字四類。〔註 20〕現代的古文字學，除了對各個斷代的漢字系統進行平面的研究，對各個斷代形符和形符、聲符和聲符、形符和聲符的諸多關係進行多方面的、具體的、細緻的考察外，還同時運用某些學科的理論，如語言學、符號學、人類學、考古學等等有關的理論，〔註 21〕使得古文字學的研究愈發全面與周密。

古文字研究在我國有著悠久的歷史，但在大學中開設「古文字學」課程，卻是 20 世紀 30 年代以後的事。〔註 22〕在此之前，古文字學與考古學並存於金

〔註 18〕裘錫圭，〈古文字學簡史〉，《裘錫圭學術文集・三》，（上海：復旦大學出版社，2012 年 6 月），頁 490。

〔註 19〕高明，《中國古文字學通論》，（北京：北京大學出版社，1996 年 6 月），頁 3。

〔註 20〕裘錫圭，《文字學概要》，（北京：商務印書館，1988 年 8 月），頁 40。

〔註 21〕趙誠，《甲骨文字學綱要》，（北京：中華書局，2005 年 5 月），頁 15。

〔註 22〕陳煒湛、唐鈺明，《古文字學綱要・序》，（廣州：中山大學出版社，2009 年 12 月，第二版），序 I。

石學之中，有如「孿生子」，其關係密切可想而知。〔註 23〕清代古文字學者在前代字書、辭書蒐集、整理；對許慎《說文解字》復原與研究；金石文字的搜集、著錄、研究等的基礎上，建立了對上古音韻教完整的科學系統；總結了關於《說文》的研究，並開啓了運用地下出土的文字資料據體研究漢字發展變化，以補《說文》不足處的新方法；而乾、嘉時期對各地出土的大量商周銅器所作的銘文訓釋，也更加詳實，以古代銘彝「証經辨史」的風氣直接影響了近代金石研究的發展；甲骨文的發現與羅振玉、王國維的學術活動更將古文字研究開拓到現代的領域。〔註 24〕

這門學問既要研究古文字的起源、性質、結構、演變以及考釋方法，又要在考釋古文字的基礎上，解讀相關的各種出土文獻，並揭示這些文獻的歷史文化的奧秘。〔註 25〕從本質上說，古文字學應該屬於語言學的範疇。因爲文字是記錄語言的符號體系，古漢字是記錄古漢語的，所以古文字可說是古漢語研究的一部分，是語言學的一個分支。然而，古文字學又與歷史考古學血肉相連，因爲古文字絕大多數附著於地下出土的材料之上，它所記載的史實彌補文獻的不足，甚至成爲重構上古史的主體部分，所以歷史考古學也把古文字學當作它們天然的方面軍。〔註 26〕

3、古代古文字學的展開

研究古文字的風氣是在漢代開始形成的，漢代人所看到的古文字資料主要有三種。一種是先秦銅器的銘文、一種是相傳爲周宣王時太史籀所作的字書《史籀篇》的抄本、一種是所謂古文經，即秦始皇焚書時被藏匿起來的一些儒家經籍抄本。公元 1 世紀末，許慎撰寫《說文解字》爲古文學家對文字的研究作了出色的總結。

從魏晉一直到宋初，古文字的研究沒有很大的進展。五代末宋初的郭忠

〔註 23〕陳煒湛、唐鈺明，《古文字學綱要》，（廣州：中山大學出版社，2009 年 12 月，第二版），頁 6。

〔註 24〕高明，《中國古文字學通論》，（北京：北京大學出版社，1996 年 6 月），頁 21～23。

〔註 25〕陳煒湛、唐鈺明，《古文字學綱要》，（廣州：中山大學出版社，2009 年 12 月，第二版），頁 3。

〔註 26〕陳煒湛、唐鈺明，《古文字學綱要》，（廣州：中山大學出版社，2009 年 12 月，第二版），頁 4。

恕（？～977）根據當時所能見到的各種古文資料編成古文的字彙，名爲《汗簡》，稍後的夏竦（985～1051）編《古文四聲韻》（1044），材料來源跟《汗簡》基本相同，只不過《汗簡》是按部首編排的，夏書則是按韻編排的。這兩部書雖然有不少傳抄致誤的古文，大部分字形還是有根據的，是現代人研究戰國文字的重要參考資料。郭、夏之後，古文之學就逐漸衰微了。

在宋代，由於金石學的興起，古文字研究出現了一個高潮。由仁宗朝到北宋末年，搜集、著錄、研究古銅器及其銘文的風氣日盛，南宋時，關中、中原等發現古銅器的主要地區先後爲金、元佔據，搜集新出土銅器的工作基本上陷於停頓，但由於北宋學風的影響，南宋前期著錄、研究金文的風氣仍相當興盛，到後期就衰落了。

宋代學者在研究金文方面作出重要貢獻的，主要有北宋的楊元明（南仲）、歐陽脩（1007～1072）、呂大臨（1046～1092）、趙明誠（1081～1129）和南宋的薛尚功等人。宋人編了不少古銅器和銘文的著錄書，流傳至今的有呂大臨《考古圖》（1092）、宋徽宗敕撰的《博古圖錄》、南宋趙九成《續考古圖》、薛尚功《歷代鐘鼎彝器款識法帖》（1144）、王俅《嘯堂集古錄》和王厚之（復齋）《鐘鼎款識》。前三種兼錄器形和銘文，後三種單錄銘文。呂大臨另編有《考古圖釋文》，按韻收字，是最早的一部金文字彙（或謂此書爲趙九成所編，似非）。政和年間王楚撰《鐘鼎篆韻》，紹興年間薛尚功撰《廣鐘鼎篆韻》，材料較呂書增多，但皆已亡佚（王書實際上還保存在元代楊鉤的《增廣鐘鼎篆韻》裡）。

殷周金文是學者們最早接觸到的早於籀文和古文的文字。宋代學者對金文的搜集、著錄和研究，在古文字學史上有重要意義。他們通過較古的金文已經認識到「造書之初」象形之字「純作畫象」，「後世彌文，漸更筆畫以便於書」（《考古圖》4・26上）。《考古圖釋文》的〈序〉對金文形體上的某些特點（如筆畫多寡、偏旁位置左右不一等）以及辨釋金文的方法作了簡明的概括，也很值得注意。

在石刻文字方面，石鼓文和秦刻石在宋代都繼續受到重視。南宋前期的鄭樵創石鼓文爲秦篆之說，認爲石鼓是秦惠文王以後始皇以前的刻石。時代稍後的鞏豐認爲是秦襄公至獻公時的刻石。這在石鼓文的研究上是一個很大的進步。北宋時還發現了戰國時秦王詛咒楚王於神的刻石，即所謂詛楚文，歐陽脩、董逌和南宋的王厚之、王柏等人都曾加以研究。鄭樵《通志・六書略》對某些表意字字形的解釋明顯勝過《說文》；宋元間的戴侗作《六書故》，直接採用金文字形，由於金文字少，往往杜撰字形，因此受到後人的很多批評，不過戴氏說字頗有獨到之處，這也是後人所承認的。

元、明兩代是古文字研究衰落的時期，金石學方面值得一提的，只有明人搜集，著錄古印的工作。在這一時期裡，古文字字彙繼續有人編纂，但是所收字形大都據前人之書輾轉摹錄，沒有多大參考價值。元初楊桓《六書統》、明代魏校《六書精蘊》等書也都想根據早於小篆的古文字來講六書。這些書「杜撰字體，臆造偏旁」之病甚於《六書故》而見解則不及，不為後人所重。〔註27〕

4、近現代古文字學的承繼與發展

進入清代以後，金石學和小學復興，古文字研究重新得到發展。乾隆時，清高宗先後命梁詩正、王杰等人仿《博古圖錄》體例對內府所藏古銅器加以著錄，編成《西清古鑒》（1751）、《寧壽鑒古》、《西清續鑒甲編》及《乙編》四書（後三書稿本民國時方印行），其水平尚在宋人之下。從乾、嘉之際開始，清人在古文字研究上才有明顯超過前人之處。道光以後，重要的金石收藏家輩出，陳介祺（1813～1884，號簠齋）是其中的代表。他們收藏的古文字資料在種類、數量、質量等方面都超過了前人。由於古文字資料的日益豐富，同時也由於小學、經學等有關學科的發達，古文字研究的水平不斷提高，到清代晚期同治、光緒時期達到了高峰。吳大澂（1835～1902）、孫詒讓（1848～1908）是高峰期最重要的學者。

清代古文字研究的重點仍然是金文。乾隆時，由於樸學的興起以及《西清古鑒》等書的編纂，士大夫中對金文感興趣的人逐漸增多。嘉慶元年（1796），錢坫刻《十六長樂堂古器款識》，專收自藏之器，器形、銘文並錄。九年（1804），阮元（1764～1849）刻《積古齋鐘鼎彝器款識》，著錄所收集的各家銘文，加以考釋，以續《歷代鐘鼎彝器款識》，此後出現了很多跟錢書或阮書同類的著作，影響較大的有吳榮光（1773～1843）《筠清館金文》（1840）和吳式芬（1796～1856）《攈古錄金文》（1895），體例都是仿阮書的。

〔註27〕裘錫圭，〈古文字學簡史〉，《裘錫圭學術文集・三》，（上海：復旦大學出版社，2012年6月），頁490～494。

清代研究金文的主要學者，乾嘉時期可以錢坫、阮元爲代表，道咸時期有徐同柏（1775～1854）、許瀚（1797～1867，字印林）等人。徐同柏著《從古堂款識學》（1886）。許瀚曾爲吳式芬校訂《攈古錄金文》，他在金文方面的見解多見於此書。同光時期，金文研究出現高潮，主要學者有吳大澂、孫詒讓、方濬益（？～1899）、劉心源（1848～1915）等人。吳大澂跟金文有關的主要著作有《說文古籀補》（1884）、《字說》等書。《古籀補》是古文字字彙，所錄之字以金文爲主，兼及石刻、璽印、貨幣和古陶文字，釋字頗有出自己見者。此書一改《古文四聲韻》以來按韻收字的體例，分別部居悉依《說文》，不可釋和疑而不能定之字入於附錄。所錄之字皆據拓本愼重臨摹，跟過去那種輾轉摹錄、字形失眞的古文字字彙大不相同。後來的古文字字彙，在編排的體例上大都仿照吳書。孫詒讓著《古籀拾遺》（1888）和《古籀餘論》（1929），訂正前人考釋金文之誤。方濬益著有《綴遺齋彝器款識考釋》（1935），但在他去世多年後才出版。劉心源的主要著作是《奇觚室吉金文述》（1902）上述諸人對金文的考釋有很多超過前人之處。〔註 28〕

貨幣文字眞正成爲古文字研究的資料是從清代開始的。搜集、研究古錢幣的風氣開始得很早。但是宋代以來研究古錢的人大都把基本上屬於戰國的東周時代的刀、布等類錢幣，說成太昊、堯、舜等古帝王和夏商時代的東西，解釋幣文極盡穿鑿附會之能事。古幣文字的研究出現轉機，也在乾嘉之際。據蔡雲《癖談》（1827）：錢大昕（1728～1804）曾說過「幣始戰國」的話。嘉慶時，初尚齡作《吉金所見錄》（1819），把古刀、布斷歸春秋、戰國。先秦古幣的研究自此漸上軌道。吳大澂《古籀補》收入了不少幣文，劉心源在《奇觚》裡也考釋了一些幣文。

乾嘉以後，璽印文字的研究也有相當大的進步。道光以後還發現了一些古文字資料的新品種，如封泥文字、古陶文字以及在清末才發現的具有重要意義的甲骨文。陳介祺是第一個鑒定「三代古陶文字」（實際上大都屬於戰國時代）並加以收藏的人。而吳大澂是第一個認眞研究古陶文的，他曾據陳介祺藏陶的拓本寫過一些考釋，還在《古籀補》裡收入不少陶文。

〔註 28〕裘錫圭，〈古文字學簡史〉，《裘錫圭學術文集・三》，（上海：復旦大學出版社，2012年6月），頁 494～495。

清代金石學的發達，在專門研究《說文》的著作裡也得到了反映。段玉裁（1135～1815）的《說文解字注》、桂馥在《說文義證》中、王筠（1784～1854）在《說文釋例》裡都曾引用金文的字形跟《說文》的字形作比較。

到了民國時代，在西方學術思想的影響下，中國現代的歷史學、考古學和語言學逐漸形成，古文字學也逐漸加強了科學性。民國前期，古文字研究的代表學者是羅振王和王國維（1877～1927）。羅振玉對古文字的研究開始於清末，不過他的學術活動主要是在民國時代進行的。羅氏對甲骨、銅器、金文拓本、璽印、封泥等古文字資料都有豐富的收藏。他既勤於著錄、傳佈各種資料，也勤於研究、著述，貢獻是多方面的。羅、王都已受到西方學術思想的影響，對舊的金石學有所不滿。不過從羅、王的研究工作來看，他們還未能眞正擺脫金石學和傳統文字學的束縛。

20 年代以後，隨著現代考古學的形成，古器物學爲考古學所吸收，古文字學正式成爲獨立的學科，並且在考古學、語言學等學科的影響下發生了巨大的變化。1928 年，中央研究院歷史語言研究所開始發掘殷墟，古文字資料的出土情況開始由盜掘和偶然發現變爲科學發掘。進入 30 年代以後，古文字研究方法也出現了劃時代的變化。郭沫若（1892～1978）用新方法研究銅器銘文的同時，參加殷墟發掘、負責出土甲骨整理工作的董作賓（1895～1963），對甲骨文也進行了分期斷代的研究。唐蘭（1901～1979）則在 1935 年寫成《古文字學導論》，這是古文字學的第一部理論性著作。

通過上述這幾位學者和其他學者的努力，古文字學終於擺脫了金石學和傳統文字學的束縛，呈現了新的面貌。〔註 29〕

現代時期以來出土的古文字資料不但數量多，內容重要，而且絕大多數有科學的發掘記錄。因此古文字研究者越來越重視考古學所提供的有關知識，使他們的研究的深度和科學性都有了增加。如西周甲骨文、春秋戰國間的「盟書」、戰國竹簡以及秦和西漢早期的簡牘和帛書等。這些資料的發現爲古文字學開闢了新的領域，一些舊領域的研究工作，也由於新資料的發現而有了很大進展。

甲骨學的文字考釋方面，最重要的是唐蘭和于省吾（1896～1984）。唐蘭

〔註 29〕裘錫圭，〈古文字學簡史〉，《裘錫圭學術文集・三》，（上海：復旦大學出版社，2012 年 6 月），頁 495～499。

在這方面的代表作是《殷虛文字記》（講義本 1934，新版 1981），于省吾的是《甲骨文字釋林》（1979）。在甲骨文斷代研究方面，對董作賓的意見作出補充和糾正的，主要有胡厚宣（1911～1995）、陳夢家（1911～1966）和日本的貝塚茂樹。此外在甲骨卜辭的文例、語法以及歷史、地理等方面問題的研究中，也有不少學者取得了成績。甲骨學的通論性著作以陳夢家《殷虛卜辭綜述》爲最重要。甲骨文字彙等工具書，主要有王襄（1876～1965）《簠室殷契類纂》（1920，增訂本 1929）、商承祚（1902～1991）《殷虛文字類編》（1923）、孫海波（1910～1972）《甲骨文編》（初版 1934）和李孝定《甲骨文字集釋》（1965）。日本島邦男（1907～1977）的《殷墟卜辭綜類》（1967），是一部有創造性的工具書。此書根據甲骨文的字形特點分部排字，除部分極常用的字外，每個字下都按甲骨文原樣摹出含有這個字的所有卜辭，極便於研究者使用。1978～1982 年出版了郭沫若主編、胡厚宣爲總編輯的《甲骨文合集》，這是一部大型的甲骨文著錄書，共 13 冊，收甲骨 4 萬餘片。70 年代以前已著錄的有研究價值的甲骨文資料，大抵已收入此書。

在殷周銅器銘文的研究方面，除郭沫若外，作出比較重要貢獻的還有唐蘭、陳夢家、楊樹達（1885～1956）、李學勤和日本的白川靜等人。唐蘭有《論周昭王時代的青銅器銘刻》等論文。陳夢家的主要著作是《西周青銅器斷代》，楊樹達的主要著作是《積微居金文說》（初版 1952）。白川靜的主要著作是《金文通釋》（1964～1984）。金文字彙等工具書有容庚（1894～1983）的《金文編》（初版 1925）、周法高主編的《金文詁林》（1975）及其《附錄》（1977）與《補》（1982）。社會科學院考古研究所編的大型金文著錄書《殷周金文集成》。《甲骨文合集》和《殷周金文集成》的出版，對古文字研究無疑會起很大的促進作用。

戰國文字的研究逐漸發展或爲古文字學的一個重要分支。30 年代出版了對研究戰國文字很有用的兩種古文字字彙：羅福頤（1905～1981）《古璽文字徵》（1930；1981 年出版的故宮博物院編的《古璽文編》是修訂此書而成的）、顧廷龍《古陶文舂錄》（1936）。1938 年出的丁福保（1874～1952）主編的《古錢大辭典》，爲研究戰國幣文提供了方便。〔註 30〕

〔註 30〕裘錫圭，〈古文字學簡史〉，《裘錫圭學術文集．三》，（上海：復旦大學出版社，2012 年 6 月），頁 499～501。

二十世紀出土的簡帛資料是出土文物中的一大門類，從時代上講，上至戰國，下迄魏晉。從內容上講，涉及的範圍更加廣泛，在書籍類中，《漢書・藝文志》所列之六藝、諸子、詩賦、兵書、數術、方技等無所不有；在文書類中包括當時朝廷及地方官府的文件、簿籍、檔案等，邊塞地區所出的與屯戍、津關、驛傳等有關的材料尤有特色。〔註 31〕關乎古文字者，概分兩類，戰國楚系簡帛文字與秦系簡牘文字，茲將重要出土概況列如表 1-2.2：〔註 32〕

表 1-2.2　二十世紀出土戰國楚系、秦系簡牘帛書概覽表

出土時間	年代歸屬	地　點	內 容 涵 蓋	數 量
1942	戰國中晚楚	湖南長沙子彈庫	帛書「群」	不詳
1951	戰國楚	湖南長沙五里碑	遣策	38
1953/7	戰國楚	湖南長沙仰天湖	遣策	43
1954	戰國楚	湖南長沙楊家灣	不詳	72
1956 冬	戰國楚	湖北江陵望山	遣策、墓主卜筮祭禱記錄	207＋66
1957/3	戰國楚	河南信陽長關臺	竹書、遣策	119＋29
1973/7	戰國中期楚	湖北江陵藤店	不詳	24
1975/12	戰國末～秦	湖北雲夢睡虎地	記、律、日書	1155
1977	戰國曾	湖北隨州擂鼓墩	遣策	240
1978/1-3	戰國楚	湖北江陵天星觀	卜筮記錄、遣策	70 餘
1979-80	309B.C.秦	四川青川	田律	牘 2
1980	戰國楚	湖南臨澧縣九里	遣策	數十枚
1981-89	戰國晚期楚	湖北江陵九店	日書、季子女訓	164＋88
1983 冬	戰國楚	湖南常德夕陽坡	長簡	2
1986/6	秦	甘肅天水放馬灘	日書、墓主記	460 餘
1986/9-10	秦	湖北江陵岳山	日書	牘 2
1986/11	戰國楚	湖北荊門包山	文書、卜筮祭禱記錄、遣策	448
1986-87	戰國楚	湖北江陵秦家嘴	卜筮祭禱、遣策	7＋18＋16
1987/5-6	戰國楚	湖南慈利石板村	記事性古書	800-1000

〔註 31〕駢宇騫，《簡帛文獻概述》，（臺北：萬卷樓圖書公司，2005 年 4 月），頁 5。

〔註 32〕整理自駢宇騫，《簡帛文獻概述》，（臺北：萬卷樓圖書公司，2005 年 4 月），頁 6～18；末五條更爲晚近者，則取自網路資料。

1989/10	秦末	湖北雲夢龍崗	法律文書	牘 1＋303
1991/12	秦	湖北江陵楊家山	遣策	75
1992	戰國楚	湖北江陵磚瓦廠	司法文書	6
1993/3	秦	湖北江陵王家臺	法律、占卜文書	800 餘
1993/6	秦	湖北沙市周家臺	曆譜、日書、病方	牘 1＋381
1993/10	戰國楚	湖北荊門郭店	道家、儒家古籍	800 餘
1994/5	戰國楚	河南新蔡葛陵	墓主卜筮祭禱記錄、遣策	1500 餘
1994	戰國楚	湖北江陵	80 多種戰國古籍（上博竹簡）	1600 餘
2002/4	秦	湖南龍山里耶	政令、公文、文書	36000 餘
2013	戰國－三國	湖南益陽兔子山	政治、經濟、司法制度	5000 餘
2015	戰國楚	湖北荊州夏家臺	文獻	400 餘
1990 入藏	戰國楚	上博藏簡	文獻	1200 餘
2008 入藏	戰國楚	清華藏簡	文獻	2500 餘
2015 入藏	戰國楚	安大藏簡	文獻	1100 餘

由於由於竹簡和繒帛很容易損壞和腐爛，早期的簡帛文字很難保存下來，戰國時除楚、秦以外，其它國家的簡帛資料尚未發現。據史書記載，早在西晉武帝太康二年（281）曾在汲郡有人盜掘過一座戰國時期的魏國古墓，墓中出土了大批竹簡，其中有《紀年》、《穆天子傳》等七十五篇古書。這批竹簡的時代屬於戰國晚期，簡文自然也是用戰國文字書寫的，可惜這些竹簡上的文字沒有能保存下來。

戰國簡帛文字的字體當因國別不同而有所差異，〔註 33〕在篆書創作上必然將形成重要的影響。

三、近現代古文字學的劃分

根據裘錫圭的意見，如果把古文字學史分作古代、近代、現代三段，也許可以把漢代到清代道咸時期劃爲古代，清代同光時期到 20 世紀 20 年代劃爲近代，20 世紀 30 年代以後劃爲現代。〔註 34〕

〔註 33〕駢宇騫，《簡帛文獻概述》，（臺北：萬卷樓圖書公司，2005 年 4 月），頁 179。

〔註 34〕裘錫圭，〈古文字學簡史〉，《裘錫圭學術文集・三》，（上海：復旦大學出版社，2012 年 6 月），頁 499。

漢代到清代道咸時期的古代古文字學，扮演著艱辛傳承的一脈，在文獻出土不多、保存不易、研究方法未密的的情況下，不絕如縷，嚴守古文字學的生機與篆書創作的根本，並緊密結合，互為表裡。清代同光時期到 20 世紀 20 年代的近代古文字學承先啓後，充分運用新出土資料，擴大研究範圍、充實理論建設，將古文字學發展為跨領域的專業學科，引領著新書風的誕生、茁壯。20 世紀 30 年代以後的現代古文字學，研究加深邃密，刊布量大質精，為篆書創作備齊糧秣，以待千里之駒。古代、近代的古文字學者以日常書篆為常態，現代學者惜乎書寫工具之轉變，加以分工愈細，或難兼善書法。然而學問本身既須於不能離乎篆書創作根本的古文字，一旦執筆為之，輒有游於藝的瀟灑風華，這是必然且值得期待的。

四、近現代古文字學者的定義

古文字學的定義、範圍既定，古文字學史中近代與現代的化分既明，而凡從事於古文字學各方面研究之學者且在時代上屬乎近代與現代範圍者，則可稱之為近現代古文字學者。

五、近現代古文字學之篆書的研究範圍

關乎本論文所限定之近現代古文字學者，又兼具篆書家身分的人物很多，在近代中，最具代表性之人物，允為清代同光時期的吳大澂。吳氏除了在金文研究成果豐碩外，對貨幣文字、璽印文字、古陶文字都有超越前人之處，可以說是甲骨文發現以前最具承先啓後地位的古文字學者。因此本論文近現代古文字學者篆書之研究的上限，自清末身兼古文字學者與篆書家的吳大澂開始；至於下限，則至已故的古文字學者兼善篆書者止。

第三節　研究方法與限制

古文字學者所研究之古文字，與書法家所創作之篆書，其實是一，也是二。書法依託於漢字，篆書依托於古文字；文字是根本素材，書法是憑藉文字素材的藝術創作。古文字是篆書創作的根本，在久已非日常應用的文字狀態下，篆書創作的第一個門檻，便是識與用的關係；識有深淺，用有巧拙，如何擁有最基本的識以達最佳的用，是篆書創作根本的核心。古文字學者對

古文字的識自不在話下，專業書法家對技法的驅使猶家常便飯。兼之則美，偏或有弊，此篆書所以爲難也。第二是書法藝術的審美、技法、相關素養的呈現。古文字學者埋首器物、拓本之間，學術研究爲重，往往以藝術表現爲餘事；和專業書家的技巧相比，有一定程度的偏重與不同，因此，呈現古文字學者所研究之專業、所呈現的篆書表現與專業書家的篆書表現的不同兩方作品的之間的搜羅、綜合、比較便爲本論文研究之核心。

試列本文研究之方法、步驟如下：

（一）文獻搜集與整理：自吳大澂以來兼善篆書之古文字學者，其古文字學之研究與貢獻，須有扼要之說明，以顯揚其學者之高度。知其學問根柢，以明創作之本。

（二）作品（圖版）之搜羅與對照：既知其學，以其所矻矻於研究之文字，對照其所書之作品，以明學與用之關聯。

（三）古文字學者書家之綜合分析歸納：各家書法學、用既明，當統合整理分析出古文字學者篆書家一派之特色，與此派衍生之意義與精神。

（四）與非古文字學者篆書表現之比較：古文字學者篆書一派既已彰顯，更須與篆書史上其他篆書表現有所對應，如此，更能彰顯特色與劃分風格，進而考察古文字學者篆書書風在書法史上的意義。

至於文獻搜集之難全，則因同爲古文字學者，有成就上的不同；同爲古文字學者書家，也有書法表現能力的高下，在研究中，必然有文獻資料偏重的巨大差異。古文字學領域的研究往往是偏重在學者們的研究方法與學術成就，而及於其篆書表現者少；書法史的論述往往只是著重書法大家，罕及於學者書風，即有者，輒數語帶過，不見專論。故各家在學術史上高度不等、書法表現程度有別，資料落差甚巨，此爲本論文所呈現者必有詳略之不同，甚至難免有遺珠之憾，當另謀補救。而筆者對文獻之理解、吸收、轉化，必有疏漏；於研究方法之貫徹、境界之開展必有未能周密處，當就教方家，期以精益求精，不墜斯文。

第二章　近代古文字學者之篆書表現

清代學術以「漢學」的空前繁盛和「小學」研究的科學化爲最大特點。清代是中國文字學研究史上最爲關鍵的時代，在文字學發展史上占有顯著地位。晚清學者正確認識了文字的演變過程，基本上擺脫了宋代以來直至清代前期的臆測之風，二十世紀以後的古文字研究，正是從這裡起步。清代末期的古文字研究，走上了實事求是的科學道路，是文字學研究史上一個重要的轉折點。〔註1〕

同治、光緒時期是清代金文學研究的高峰階段，由於重要金石收藏家輩出，所收古文字資料在種類、數量、質量等方面都超越前人；由於古文字資料的日益豐富，同時也由於小學、經學等有關學科的發達，古文字研究的水準不斷提高，吳大澂、孫詒讓是此時期最重要學者。〔註2〕這些學者在古文字學上的成就，也反映在其篆書創作的表現上，呈現出學問與藝術表現相發的現象。以下至第五章，則敘論吳大澂、羅振玉、董作賓……等古文字學者之古文字研究與其篆書表現。

〔註1〕郭國權，《清代金文研究綜論》，（吉林大學博士學位論文，2011年4月），頁1。

〔註2〕裘錫圭，《文史叢稿》，（上海：上海遠東出版社，1996年10月），頁145～146。

第一節 吳大澂——學藝事功 大小二篆

吳大澂（1835～1902）本名大淳，後避清穆宗諱，改名大澂。清宣宗道光十五年（1835）5月11日，誕生於蘇州府城雙林巷老宅（爲明金孝章先生春艸閒房遺址）。光緒二十八年（1902）正月二十七日，薨於里第，享年六十八歲。

先生字止敬，又字清卿，號恆軒，42歲於長安得愙鼎，因號愙齋，又別號曰白雲山樵。丙申以後又曰白雲病叟。其堂號室名頗多，曰止敬室、師籀堂、十二金符齋、八虎符齋、十六金符齋（李鴻章書額）、百二長生館（楊沂孫書額）、雙罍軒（俞曲園書額）、漢石經室（趙之謙書額）、兩壺盦（吳雲書額）、雙瓻居（沈秉成書額）、十圭山房、五十八璧六十四琮七十二圭精舍、梅竹雙清館（因藏米元章畫梅、吳仲圭畫竹兩卷，故名。）、玉琯山房（翁同龢書額）、玉佛龕、鄭龕、瑤琴仙館、三百古鉨齋（潘祖蔭書額）、千鉨齋、二十八將軍印齋、辟雍明堂鏡室、龍節虎符館、百宋陶齋、寶秦權齋（王懿榮書額）等。〔註3〕

吳大澂18歲從陳奐〔註4〕學習篆書與《說文》，陳氏並以江聲篆書手抄刊行之《尚書集注音疏》相贈〔註5〕。34歲，會試中試，殿試第二甲第五名，朝考入選，欽點翰林院庶吉士，後授編修、視學陝甘。40歲後曾奉辦山、陝賑務，全活甚眾，左宗棠、曾國荃、李鴻章等因而交章論薦；備兵河北道、幫辦吉林、督辦吉林屯墾事宜、授太常寺卿，補授通政使司通政使。50歲後會辦北洋，補授都察院左副都御史、使韓定亂、勘界琿春、任粵撫，署河督、授河督，鄭工合龍，加兵部尚書銜、又授湖南巡撫，於任內數舉善政，湘人頌之。60歲時甲午戰啓，自請督湘軍赴前敵，爲北洋軍援，旋即敗退，令還湘。光緒22年（1896）右臂中風，24年就上海龍門書院山長之聘，未幾遭罷，永不敘用。〔註6〕

〔註3〕林葉連，《《說文古籀補》研究》，（永和：花木蘭文化出版社，2007年9月），頁17。

〔註4〕陳奐（1786～1863），字碩甫，號師竹，晚號南園老人，長洲人。《春在堂隨筆》：「碩甫先生能爲篆書，其書甚佳：非如老輩人作篆翦筆頭爲之者；亦非時下人專摹鄧完白一派者可比。」章太炎云：「陳奐篆書舒卷。」，見馬宗霍，《書林藻鑑》，（台北：台灣商務印書館，1965年12月），頁429。陳奐是吳氏小學及篆書上的啓蒙老師，這段時間的學習對他以後的金石研究產生了重要影響。

〔註5〕顧廷龍，《吳愙齋先生年譜》，（台北：文海出版社，1965年6月），頁5。

〔註6〕林葉連，《《說文古籀補》研究》，（永和：花木蘭文化出版社，2007年9月），頁18～19。

吳大澂亦文亦武，積極參加洋務運動。受家庭影響，一生酷好收藏研究文物古董，即使公務繁忙，兵馬倥傯亦從未間斷，是晚清著名的金石考古學家，齋號有三十餘，多與其金石收藏有關，不僅見證其金石收藏之富，也是其人格修養及學識的顯示。有《說文古籀補》、《恆軒吉金錄》、《字說》、《愙齋集古錄》等著作，其中《說文古籀補》對所見之字皆慎重臨寫，詳加考釋，溯文字之淵源，釐定了《說文》及以前字書的許多錯誤之處，使先秦古籀成為可識之書，實為古籀學上的一部重要著作，容庚《金文編》即祖述於此〔註7〕。

一、吳大澂古文字學之成就

（一）金文著錄的刊行

清朝的學術，始則注重治經，考據之學盛行；然多攻研許、鄭之書，對金文的著錄和考釋著力未多。清代的說文學在乾嘉時期發展到了巔峰，《說文》被視為經典，奉為圭臬，一些文字學家如段玉裁、嚴可均、桂馥等或引金文來解釋《說文》所收之字，但也均是就《說文》本身的次序，逐字考證詮釋，所引金文也只是用做注解的證明材料，基本上不就金文本身的形、音、義單獨考證，更遑論專題研究。這種情況的轉變，主要有兩方面的原因：一是乾隆皇帝敕命朝臣，將宮內殿廷陳列和內府儲藏的青銅彝器，逐一著錄，仿照宋代《考古圖》遺式，精繪形模、備摹款識，編為《西清古鑑》、《寧壽鑑古》、《西清續鑑甲編》、《西清續鑑乙編》四書，由此帶動了私人著錄銅器銘文，一時成為風尚，使學者們把注意力逐漸轉向了金文。二是對《說文》一書看法的改變。學者們在考察、研究金文的過程中，逐步發現金文不僅可以證補《說文》，還可以校正《說文》所收各種字形之誤。由此發展，學者們一方面增強了對金文的重視，另一方面則比較明確地認識到《說文》絕非無誤之書。由於這兩方面的原因，清代的金文著錄專書眾多，金文研究日益深入。尤其是到了晚清，金文研究成果纍纍，學術水平大大提高了一步，使金文研究為古文字學的建立奠定了堅實的基礎。也可以說，清代，尤其是晚清的金文研究使古文字研究走上了較為科學的道路，而逐步成為了一個新興的學科。〔註8〕

〔註7〕張俊嶺，〈吳大澂的金石研究及其書學成就〉，《書法研究 124》，（上海：上海書畫出版社，2005年5月），頁80～83。

〔註8〕趙誠，《二十世紀金文研究述要》，（太原：書海出版社，2003年1月），頁30～31。

咸豐二年（1852），赴金陵鄉試不第，適逢陳奐任學署督學，遂師從陳奐學段注《說文解字》，每日讀二三十頁，兼學篆書，一直持續到咸豐六年。〔註 9〕其間鑽研《說文》及有關《說文》之書頗蕃，皆見諸日記。34 歲時，潘祖蔭〔註 10〕囑愙齋、鶴巢（許賡颺）、柳門（汪鳴鑾）校寫《說文》。〔註 11〕是歲，愙齋點翰林。《恆軒所見所藏吉金錄・敘》曰：「洎官翰林，好古吉金文字，有所見，輒手摹之，或圖其形，存于篋。」是其廣事蒐集吉金文字，始於同治七年（1868）。既熟習許書，加之勤奮考究古器古字，於訓詁文字之學，屢有創見，文采風流，熠耀京國。《說文古籀補》、《恆軒所見所藏吉金錄》、《字說》、《愙齋集古錄釋文賸稿》、《十六金符齋印存》、《古玉圖考》、《千鉩齋鉩選》、《權衡度量實驗考》、《愙齋集古錄》、《周秦兩漢名人印考》、《續百家姓印譜》等書爲考古著述中之已刊者，可謂成績斐然。〔註 12〕

清代道光、咸豐以後，古銅器收藏家很多，銘文拓本互相投贈。吳氏亦收藏家之一，他所藏商、周、秦、漢銅器在三百以上，所藏銘文拓本更多，〔註 13〕早期所得編爲《恆軒所見所藏吉金錄》二冊，光緒十一年（1885）自刻本。共收 136 器，各器不分商、周，無大小尺寸，無考證。〔註 14〕

光緒十二年（1886 年），吳氏奉命與俄國大員在琿春會勘邊界；正月，由天津啓程，籌辦朝鮮善後事宜。沿途有暇，輒書鐘鼎拓本釋文和考釋。《釋文賸稿》是由三月初十日起至七月二十四日寫成的。他寫《集古錄》中毛公鼎、盂鼎兩器釋文，是在八、九月間很忙的時間裡，有時衹能寫半頁，花了十天工夫纔陸續寫完。二十一年罷官歸家。二十二年八月，擬編輯商、周金文十一卷，秦漢各一卷，漢以後一卷，共十四卷，詳加考釋，付之石印，作了一篇自敘，

〔註 9〕張俊嶺，《吳大澂的金石研究及其書學成就》，（暨南大學碩士學位論文，2004 年 5 月），頁 7。

〔註 10〕潘祖蔭（1830～1890），字東鏞、伯寅，號鄭盦，江蘇吳縣人。潘氏喜收藏、刻書，著《攀古樓彝器款識》，刻《滂喜齋叢書》。

〔註 11〕顧廷龍，《吳愙齋先生年譜》，（台北：文海出版社，1965 年 6 月），頁 26。

〔註 12〕林葉連，《《說文古籀補》研究》，（永和：花木蘭文化出版社，2007 年 9 月），頁 21。

〔註 13〕容庚，〈清代吉金書籍述評〉，《容庚文集》，（廣州：中山大學出版社，2004 年 11 月），頁 135。

〔註 14〕趙誠，《二十世紀金文研究述要》，（太原：書海出版社，2003 年 1 月），頁 31。

寫了一些標題和釋文，後以風痿病不能動，死於二十八年正月，實未成書。民國五年，他的侄子本善請王同愈等整理遺稿，補寫釋文，重編目錄，乃得印行（1918），與當時十四卷的計劃有些不符；終成《憙齋集古錄》二十六冊，附錄《憙齋集古錄釋文賸稿》二冊，皆由商務印書館石印出版。

該書每冊有目錄，總目上舉出所收商、周 1048 器，秦 19 器，漢 76 器，晉 1 器，共 1144 器。但有蓋的器分列爲二，也有重出和漏目的；經容庚細爲覈算，實得商、周 927 器，秦 19 器，漢 79 器，晉 1 器，共 1026 器。印刷精美，不讓拓本。《釋文賸稿》鐘 19 器，鼎 85 器，敦 31 器，壺 2 器，共 137 器。再版本將《賸稿》附印在《集古錄》之後，復增入王同愈跋。〔註 15〕

（二）金文字典的編輯與考釋

自宋而後，纂集金文字典之法有三：其一、按韻編次，當以呂大臨之《考古圖釋文》爲其嚆矢。此書，前有序說，次爲正文；用《廣韻》四聲編字，計分上平聲、下平聲、上聲、去聲、入聲五部分，附錄則分疑字、象形、無所從等三部分。繼其後者，如王楚之之《鐘鼎篆韻》、薛尚功之《廣鐘鼎篆韻》、金黨懷英之《鐘鼎集韻》、元楊鉤之《增廣鐘鼎篆韻》、吾丘衍之《鐘鼎韻》、清汪立名之《鐘鼎字源》。王、薛、黨、吾丘之書已散佚。今人按韻纂集甲骨金文，則有孫海波之《古文聲系》。清乾嘉間，《說文》之學鼎盛，成績燦然。憙齋深受影響，便將吉金銘文、古璽文、貨幣文、陶文集於一書，按《說文》部首編次，名爲《說文古籀補》。並謂此皆許氏未收之古籀資料，可校補《說文》者也。依《說文》部首編次者，乃編纂金文字典之又一途徑，憙齋實有創始之功。丁佛言之《說文古籀補補》、強運開之《說文古籀三補》均承其法；容庚之《金文編》尤爲此中佳著，漸臻完備精確之境矣。近年《漢語古文字字形表》條分古文字之異形，亦採《說文》部首編次。其三，略仿康熙字典之部首次序屬字，以《古文字類編》爲代表。此書未標示部首，編字亦與康熙字典不盡吻合，不採前人所謂重見之體例，書末附以總筆劃檢字表。《類編》條析古文字之異構，並依時代先後排列，商朝甲骨文採五期分法，並有周甲骨；金文亦分爲商、周早、周中、周晚、春秋、戰國等五期。至如帛書、載書、符節、印章……莫不

〔註 15〕容庚，〈清代吉金書籍述評〉，《容庚文集》，（廣州：中山大學出版社，2004 年 11 月），頁 135。

廣蒐博採。惜校對未周，時有譌誤。上述三類字典，第二類創始於愙齋，容庚《金文編》承之：按《說文》次序編纂：《說文》所無之字附於各部首之末；一字有多種異構者，則依結構之特徵條分之；存疑字另成附編；說解字形、字音、字義之方式亦大體相仿。而容氏專採吉金彝銘，使別於陶、璽、錢幣……諸文字，於《古籀補》之外，另標一幟。《漢語古文字形表》、《古文字類編》二書廣收各類古文字，纂集成編，推其遠祖，自非愙齋莫屬。是《古籀補》一出，影響至於今，益見愙齋之不朽。〔註16〕

就成書體例而言：《說文古籀補》依《說文解字》之字序編成，欄上書《說文》小篆、《說文》古文、《說文》籀文（以「字頭」名之）；欄中陳列字形，依字形之特徵排比。茲以尊字爲例（圖2-1.1）：

前4行相近，5、6、7行相近（右上作八形），8行相近（右上角作H形），9行相近（左旁作阜形），10行、11行前半相近（阜在右側，左上角作ㅠ形），12行至14行，爲其他異構，15、16行，又一異構。據形分析排比，無慮器物之時代先後，《金文編》仿此。而《古文字類編》後出，是以字形、時代兼顧。《古籀補》字頭之次序盡依《說文》而略有變動，並將其所無之字分析部首，歸入許氏五百四十部首之中，分列於各部首之末，欄上字頭書以楷體以別於《說文》，總計131字頭。且全書悉據墨拓原本手自摹寫，絲毫不苟，形象酷似。然彝銘字體互有小大之別，而《古籀補》則一其大小，雖收整齊之效，神采則遜矣。〔註17〕

就其訓字條例來說，列舉「古籀」字形以補《說文》之不足，斯乃《古籀補》成書之旨趣，蓋無需另作字義之訓解，故多陳列字形而已。亦可知凡此例者，皆宗許訓。其有複述《說文》者，與前項同，宗許說也；至如許說與古文字不合者，則簡要以己意說之。或有旁徵博引以發明一字者，每成文章，固不宜雜錯《古籀補》之中，以免體例不倫，遂旁附一書，專集此等文章，名曰《字說》，凡二十九條，解釋叔、文、夷、干吾等字，皆確當不易；至於尨字今可確

〔註16〕林葉連，《《說文古籀補》研究》，（永和：花木蘭文化出版社，2007年9月），頁25～26。

〔註17〕林葉連，《《說文古籀補》研究》，（永和：花木蘭文化出版社，2007年9月），頁113。

定爲蔡字，其他帝、王、客、舉等字尚有疑義。前人所見不如後人之富，自然所得不如後人之多。從前人的基礎上更求精進，這是後人的責任了。〔註 18〕《字說》與《古籀補》實爲一體，不得偏廢。至因古籀字體之未能劃一，而盡棄許氏六書之說，自不免矯枉過正。

圖 2-1.1　吳大澂《說文古籀補》尊字

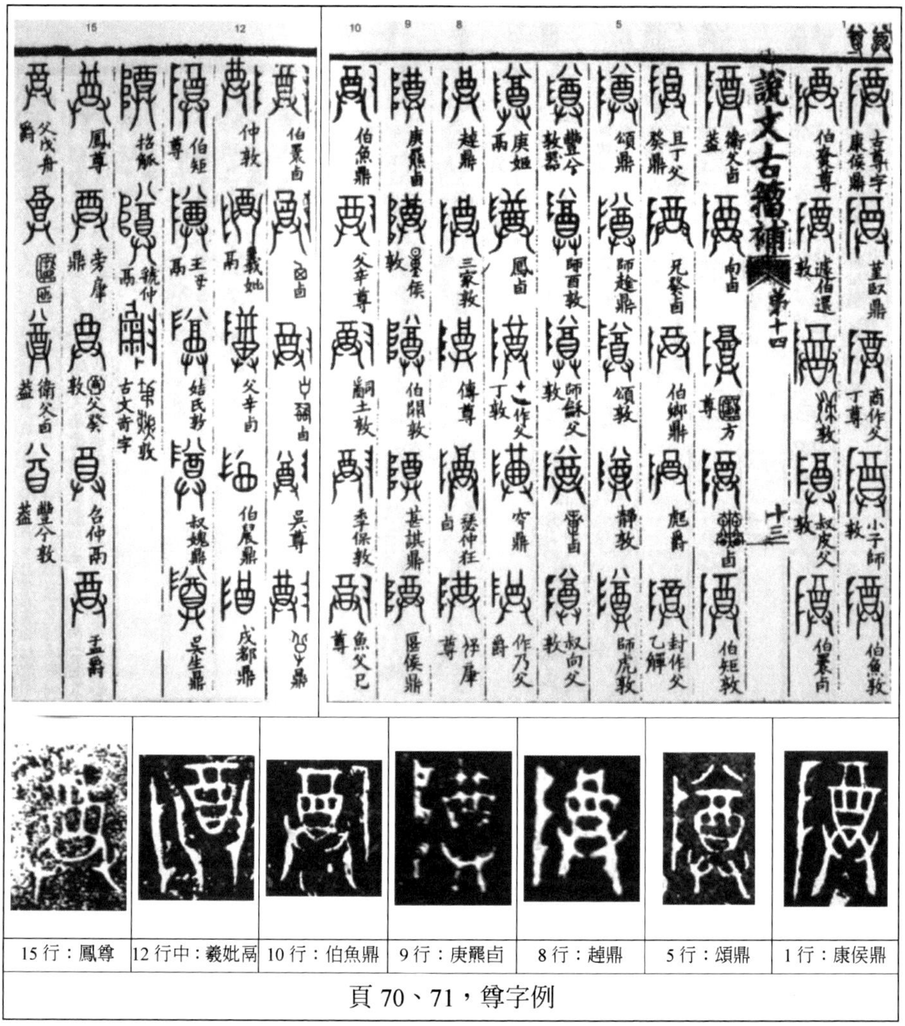

15 行：鳳尊	12 行中：羲妣鬲	10 行：伯魚鼎	9 行：庚羆卣	8 行：趞鼎	5 行：頌鼎	1 行：康侯鼎

頁 70、71，尊字例

引書證、引通人說以論證古籀之形、音、義，大抵沿襲許氏舊法；三代彝

〔註 18〕容庚，〈清代吉金書籍述評〉，《容庚文集》，（廣州：中山大學出版社，2004 年 11 月），頁 136。

銘中，文字孳乳及未孳乳者兼而有之，未孳乳（未冠以專類偏旁）之字或至許氏《說文》之時已孳乳分立，此《古籀補》「重文」體例所由生焉，愙齋所謂「某字重文」，意即「重見」，此當爲孳乳之專用語，與通假迥別。「重文」（重見）之體例吳氏首用於《古籀補》，雖未能知孳乳之脈絡，用語未臻精當，然字形之歸屬及編排，大致妥貼，爲《金文編》所沿用。〔註 19〕「舊釋有可從而未能盡塙，已意有所見而未爲定論者，別爲〈附錄〉一卷。是而正之，以俟後之君子。」〔註 20〕闕疑待問，又爲往後甲骨學者所沿用矣。

綜言之，《說文古籀補》一書之得失，條述如下：

甲：爲今日金石字典之鼻祖：前此之金石字典皆依韻編纂，而依《說文》次序編定者，當以《古籀補》爲最早。其中用語體例則多已爲今人所沿用。

乙：重視重文、叚借之體例：《古籀補》多見通叚之例，則非編纂字典而已，實亦通徹彝銘古文解讀之功夫。此例一開，後人不能易之。

丙：增收上古、先秦新字體：許氏《說文》未及採錄三代彝銘，愙齋確定其爲《說文》所遺者，則繫於各部首之末，以補《說文》之不足，庶幾三代文字之全貌益近似矣。

丁：闡明文字之構造：清朝金文學者於文字之考釋，當以吳大澂、孫詒讓、方濬益爲首功。《古籀補》、《字說》二書實多創獲。

戊：訂正典籍之誤謬：古書之譌誤可由古文字之研究而糾正之。

己：確立字典採字之嚴謹態度，提昇三代銘文之地位，確立其使用價值：《古籀補》之採字，必吳氏摹自親見拓本，鑑別精審，與郭忠恕《汗簡》、夏竦《古文四聲韻》之流大異其趣。

庚：提昇三代銘文之地位，確立其使用價值：《古籀補》網羅宏富，考釋審愼，每能析其奧理；由是彝銘器物遠非僅供清玩之古董耳，治文字者益能正視上古彝銘之地位及價值，咸知古金文可資發明字義之素材

〔註 19〕林葉連，《《說文古籀補》研究》，（永和：花木蘭文化出版社，2007 年 9 月），頁 26～37。

〔註 20〕吳大澂，〈說文古籀補凡例〉，《說文古籀補三種》，（北京：中華書局，2011 年 6 月），頁 8。

極多，非墨守《說文》爲已足。〔註21〕

今清卿之作，依《說文》部居，始一終亥，以類相從，有條不紊，一一皆從拓本之眞者摹其形，信而有徵。〔註22〕

二、吳大澂的篆書表現

吳大澂 18 歲起即從陳奐治小學，所接觸者《說文》之類，文字學者在研究之餘的篆書表現，自然以《說文》裡小篆爲主，多爲鐵線篆面貌。他年輕時即以小篆聞名，如改名前款署大淳的〈淺碧、小紅七言聯〉（圖 2-1.2），〔註23〕線條起止含藏不露，筆畫進行勻整而中鋒內斂，轉折圓潤而少圭角，結字布白勻稱而不刻意追求空間的疏密對比，空靈蘊藉，節奏穩實，從容不迫，實具大家風範，無怪乎時人常以斯、冰目之。至於「有端正規範之格，然缺古厚變化之態」〔註24〕的評論，雖是事實，卻是對不同書體特色認知不足的似是而非之說，直是貽笑大方了。不過，這也反映出一個事實：此時的吳大澂篆書，仍在宗尙鄧石如的潮流之外，猶在文字學者的矩度規範中。然而，隨著吳氏的視野漸開、交游愈廣、學殖加密，在他 30～40 歲之間，對鄧石如、吳熙載一路的篆書，下過工夫。故沙孟海曾謂曰：「吳大澂寫篆字，用筆也是鄧法，比較直率些。他的結構最規矩，七平八穩的。嚴格說來，功力有餘而逸氣不足。但拿去和趙之謙相比較，那麼嚴妝冶態，風範自然兩樣。」〔註25〕；同治七年（1868）後，在金陵書局襄辦校刻事宜，與莫友芝得以朝夕討論金石文字，從他於光緒元年（1875）41 歲所書的〈安西頌〉（圖 2-1.3）自注乃集《開母廟石闕銘》字而成，結體上將瘦長的秦篆特色改成了方正古樸、橫

〔註21〕林葉連，《《說文古籀補》研究》，（永和：花木蘭文化出版社，2007 年 9 月），頁 249～250。

〔註22〕潘祖蔭，〈說文古籀補敘〉，《說文古籀補三種》，（北京：中華書局，2011 年 6 月），頁 3。

〔註23〕大淳，是吳大澂的原名，同治年間爲了避清穆宗載淳之諱，因此在 28 歲改名大澂。由此可推斷此爲周閑而作的對聯書於 28 歲之前，係其早期篆書作品。

〔註24〕崔樹邊，〈宋、清兩代金石學對書法的影響及其背景分析〉，《書法研究》，（上海：上海書畫出版社，2002 年 5 月），頁 79。

〔註25〕沙孟海，〈近三百年的書學〉，《二十世紀書法研究叢書．歷史文脈篇》，（上海：上海書畫出版社，2000 年 12 月），頁 18。

勢發展的漢碑結構，筆劃增加厚重感，取法了漢碑的樸茂之氣。莫友芝寫篆書喜用濃墨，收尾以細筆，點畫婉轉遒勁，強化提按，強調碑額的古樸莊重，〔註 26〕如其〈獨寢、晝坐十言聯〉（圖 2-1.3a）。就〈安西頌〉部分單字結構拉長而篆引的曲畫的確帶有莫體小篆的形象，其骨力的嚴整堅卓也神似莫友芝，此一藝術效果的呈現，除學出同源外，受到莫氏的影響，也是原因之一。〔註 27〕

圖 2-1.2　吳大澂〈淺碧、小紅七言聯〉

〔註 26〕薛心素，《吳大澂篆書風格演進過程研究》，（北京：中央美術學院書法系碩士學位論文，2016 年 3 月），頁 12。

〔註 27〕孫亮球，《吳大澂古文字學與篆書書法研究》，（東吳大學中文系博士論文，2007 年 7 月），頁 91～93。

圖 2-1.3　吳大澂〈安西頌〉
圖 2-1.3a　莫友芝〈獨寢、晝坐十言聯〉

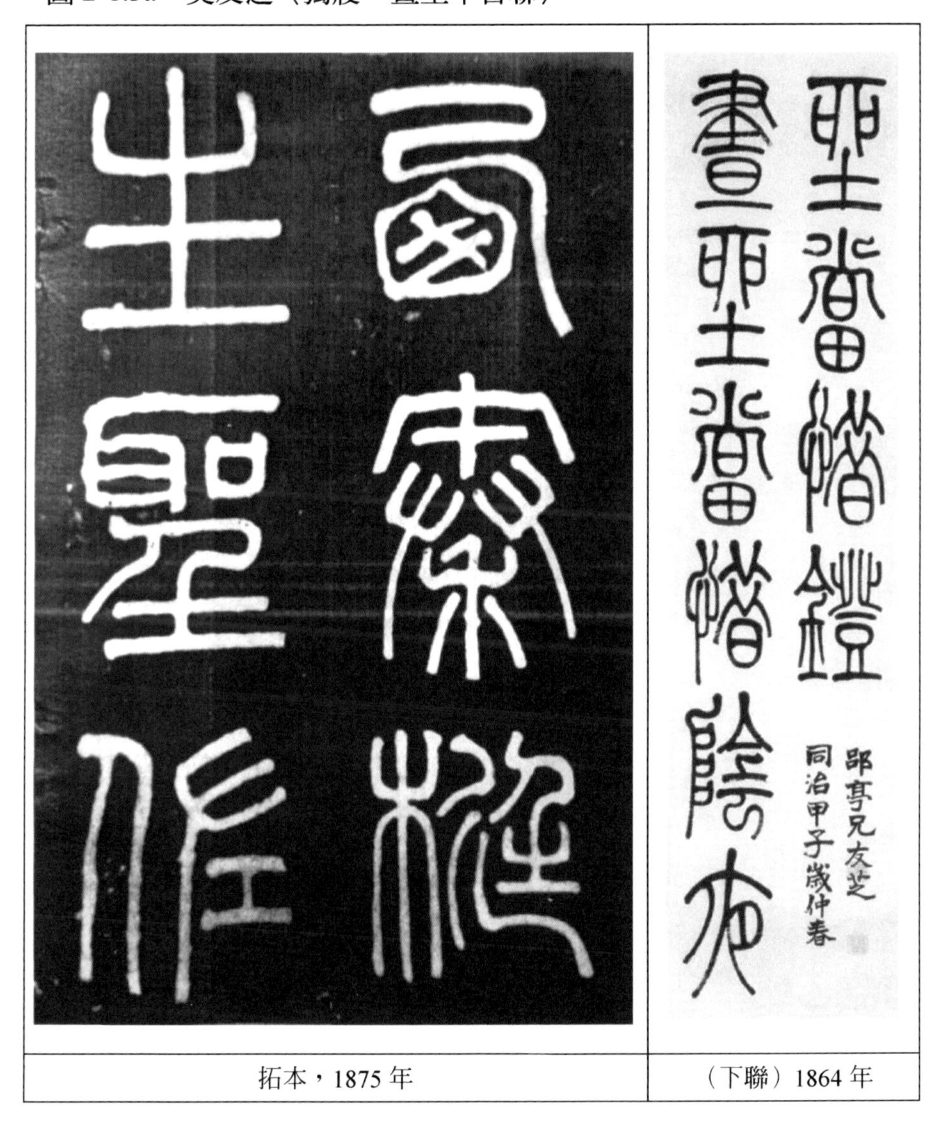

拓本，1875 年	（下聯）1864 年

在家學薰染下，吳大澂本就對文藝金石有愛好，《自訂年譜》中述及咸豐五年（1855）21 歲時，於外祖父寶鐵齋中已有收集金石拓本之舉，致有父親「玩物喪志，身心無益」之誡，〔註 28〕而咸豐十一年（1861）正月在蘇州謁見吳雲後，獲觀古今書畫眞跡、金石碑版甚多；〔註 29〕同治六年（1867），33 歲

〔註 28〕顧廷龍，《吳愙齋先生年譜》，（台北：文海出版社，1965 年 6 月），頁 6。

〔註 29〕顧廷龍，《吳愙齋先生年譜》，（台北：文海出版社，1965 年 6 月），頁 9～13。孫進京後，入潘祖蔭（伯寅）之門，金文拓本所見益廣，有所見，輒手摹之，或圖其形；〔註 30〕38 歲，又為潘祖蔭編纂《攀古樓彝器款識》一書；〔註 31〕所集、所見既豐，乃有《恆軒所見所藏吉金錄》之刊印。〔註 32〕

清代晚期金石學者、收藏家彼此之間有交流、研討的良好風氣，在潘祖蔭《攀古樓彝器款識》二卷（1872 年自刻本），可以得到確證：本書由趙之謙篆書書名，吳大澂繪圖、摹款，王懿榮楷書，張之洞、周悅讓、王懿榮、吳大澂、胡義贊和潘氏各為考證。雕刻很精，無一偽器，可以說是善本。吳氏時官編修，並自留其時所繪圖 43 器，1873 年 8 月吳氏以編修外放陝甘學政，以手拓古器款識及所繪圖冊請李慈銘題跋。此書遲至 1885 年方印行，收器 136，分所藏、所見、所集三類，圖工而說少。〔註 33〕似《攀古樓彝器款識》之如此集眾人之力、各展所長，很能截長補短、相觀而善；而吳大澂繪圖摹款之任，對他往後的研究及書法上的進境，皆有打底、厚積的重要影響。如其摹〈邵仲鬲〉（圖 2-1.4），對器形、文飾、銘文位置、銘文皆能曲盡精微，對照銘文原拓，字形相對大小、行氣的左右流動、筆畫線條的蘊力內藏，如此摹本可謂形神俱似，在沒有照相術及石印術的時代，眼摹手追、心神貫注，吳氏對金文書法的觀察體會日深，對往後的篆書表現，注入滾滾源泉，這是研究與書法創作相發的又一體現。

亮球《博論》頁 94，謂「謁見吳雲後，曾於吳家居停，經眼之金石拓本已多。」實誤解居停一意而致主客顛倒矣。

〔註 30〕顧廷龍，《吳愙齋先生年譜》，（台北：文海出版社，1965 年 6 月），頁 26。

〔註 31〕顧廷龍，《吳愙齋先生年譜》，（台北：文海出版社，1965 年 6 月），頁 37。

〔註 32〕顧廷龍，《吳愙齋先生年譜》，（台北：文海出版社，1965 年 6 月），頁 57。

〔註 33〕容庚，〈清代吉金書籍述評〉，《容庚文集》，（廣州：中山大學出版社，2004 年 11 月），頁 116～118。

圖 2-1.4　吳大澂《攀古樓彝器款識．邵仲鬲》／〈邵仲鬲〉拓本

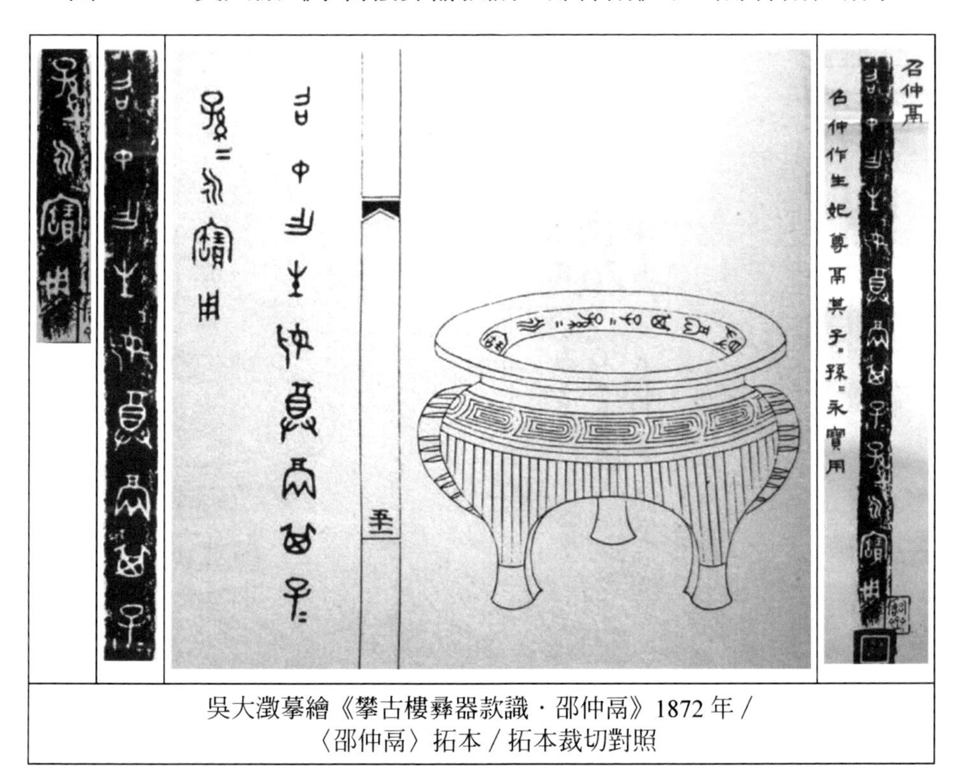

吳大澂摹繪《攀古樓彝器款識．邵仲鬲》1872 年／
〈邵仲鬲〉拓本／拓本裁切對照

在與當代名公巨卿、文士碩儒、書畫名家有更多接觸，即使在案牘勞形、兵馬倥傯之際，依然手不釋金石、足不倦訪碑，四處為官反而給他收集器物的方便；師友分散卻以函牘往返討論學問。加上對金石藏品的整理、摹拓、研究與臨摹更深化他在文字學領域的研究，及金文書法的突出造詣。

吳氏自謂 1868 年「始好古吉金文字」〔註 34〕，任陝甘學政期間，肆力金石蒐訪，目前可見其金文尺牘 15 通。以金文作札，可視為熟悉金文結構用筆，與整理、消化研究資料之過程，是研究心得之分享與展示，更是對陳介祺、潘祖蔭、俞樾、李鴻裔等長輩的隆重禮敬與學術造詣的尊重與恭維。這些集中在光緒二、三年間的金文尺牘直接取法於鐘鼎文字，可說是他篆書藝術中較為獨特的部份。這些尺牘中，時間較早者多用小篆筆法，結構與章法較為規整，風格較類似〈毛公鼎〉、〈大盂鼎〉等銘文；時間較晚者變化較多，除所見彝器與拓

〔註 34〕顧廷龍，《吳愙齋先生年譜》，（台北：文海出版社，1965 年 6 月），頁 26。

本增加外，復因熟悉大篆結構與神韻，故能推陳出新，用筆方圓相濟，於中鋒行筆中，間用側鋒行筆，字勢左右參差、大小錯落，在靜穆沉雄中寓有活潑靈動之巧思〔註 35〕，這種小字金文在秦、漢之後可謂絕無僅有，施於函牘，信手揮灑，何嘗不是極度的自信，類此不經意之作，時有蕭散之筆，其精妙處，實不減巨製也〔註 36〕。

以約在光緒三年的這件〈致潘祖蔭書札〉（圖 2-1.5）爲例，可以探其精研《說文》、金石之學的學術根底與篆書表現的相成關係之一斑。函文如下：

> 夫子大人函丈：許叚（假）拓本，至感，至感。以一日爲度，不敢𦃬（緩），當蒙鑒諒。所㡀（帶）五爵【虡】、二鼎，王伯姜鬲本未寄歸，其餘各器未及多㡀（帶），亦自悔之。昨得殘銅，恐出僞造，乞再審定。敬叩　鈞安。　大澂堇（謹）启（啓），二十二日

就其函文用字而言，除「丈、拓、本、感、緩、蒙、鑒、諒、本、寄、餘、悔、昨、殘、銅、僞、乞、再、宷、定、叩、澂」等 22 字是見於《說文》外，餘皆見諸《說文古籀補》；全信重文不計，共 74 字，咸謂有據；其中僅有二錯字，「爵」字誤作「虡」、「帶」字誤作「㡀」，然此二字係大澂誤釋者；「函」字依說文形；「叚」：「古遐字，遐字說文所無。徐鉉曰或通用假字。」〔註 37〕此處用說文字形。「尙」：「古當字」〔註 38〕用說文形。「得」字，《古籀補》有虢叔鐘「[illegible]」、古陶器「[illegible]」兩形，〔註 39〕此處當係筆誤，雜揉兩字之形而不確。「㓞」今作「諒」，《說文》：「㓞，事有不善，言㓞也。」段注：「㓞則爲事有不善之言，若亮則爲明也，諒則爲信也。四字在《說文》義別，而古經傳多相假。」〔註 40〕，是「諒之」、「原諒」之諒，本當作「㓞」，吳氏此牘即用本

〔註 35〕李彥樺《吳大澂《愙齋尺牘》及書風研究》，（國立台灣師範大學美術研究所中國美術史組碩士論文，2004 年 6 月），頁 108～113。

〔註 36〕許禮平編，《宗陶齋主人藏近代名家楹聯》，（香港：翰墨軒，1998 年 5 月 4 日），頁 42。

〔註 37〕吳大澂等，《說文古籀補三種》，（北京：中華書局，2011 年 6 月），頁 15。

〔註 38〕吳大澂等，《說文古籀補三種》，（北京：中華書局，2011 年 6 月），頁 63。

〔註 39〕吳大澂等，《說文古籀補三種》，（北京：中華書局，2011 年 6 月），頁 15。

〔註 40〕段玉裁，《說文解字注》，（臺北：黎明文化事業，1991 年 8 月增訂八版），頁 419。

字。「巩」假爲「恐」，「宲」爲「審」之古文籀文也。〔註41〕「敂」《說文》：「敂，擊也，從攴句聲，讀若扣。」段注云：「……自扣、叩行而敂廢矣。」〔註42〕因「叩」字《說文》未見，故吳氏篆文尺牘中，「詣叩」、「敬叩」之叩，皆書作「訽」、「敂」。「緩，綽也」〔註43〕今之「緩」、「綽」皆原字之省形。用字精確如此，若非熟稔古文字，深究《說文》之學，豈能運用自如，舉重若輕！大小篆並用而以書法呈現更見於其字形風格的選擇：

《說文》中小篆，重點在其字形之正確，且爲鐵線篆面貌；《古籀補》中字形，徵引器目869種，〔註44〕姿態繁多，單就此篇尺牘言，見諸《說文古籀補》之52字，來源即有〈盂鼎〉、〈函皇父鼎〉、〈郘太叔斧〉、〈郘鐘〉、〈頌敦〉、〈散盤〉、〈毛公鼎〉、〈史頌敦〉、〈史夷敦〉……等22種之多，但通篇看來，風格一致，未覺時代、地域、作器者不同的差異，渾融一體。

從筆畫結構來看，起筆事方、圓並有，行進中以穩實勻整爲主，收筆多尖，外廓轉折處折多於轉，整體有方正勁峭之感，內部接筆又能圓轉自如，轉折交替運用，嚴峻中又帶有圓融之姿。章法上有行無列，字距小於行距且有張弛變化，呈現自然的一貫行氣；字體大小的變化甚是有味，第一行各字所占空間相當而字字精意爲之，第二行起大致隨筆畫多寡而使字隨之大小，自然又富和諧變化；左右結構之字如大部分是左高右低，少數如「歸」、「悔」、「昨」等左低右高，與一般結字的左右齊平，更具行列中布白分間的流動。小小尺牘，大有可觀。

〔註41〕段玉裁，《說文解字注》，（臺北：黎明文化事業，1991年8月增訂八版），頁50。

〔註42〕段玉裁，《說文解字注》，（臺北：黎明文化事業，1991年8月增訂八版），頁126。

〔註43〕段玉裁，《說文解字注》，（臺北：黎明文化事業，1991年8月增訂八版），頁669。

〔註44〕林葉連，《《說文古籀補》研究》，（永和：花木蘭文化出版社，2007年9月），頁69。此一數據不含錢幣、陶、鉨。

圖 2-1.5 吳大澂〈致潘祖蔭書札〉

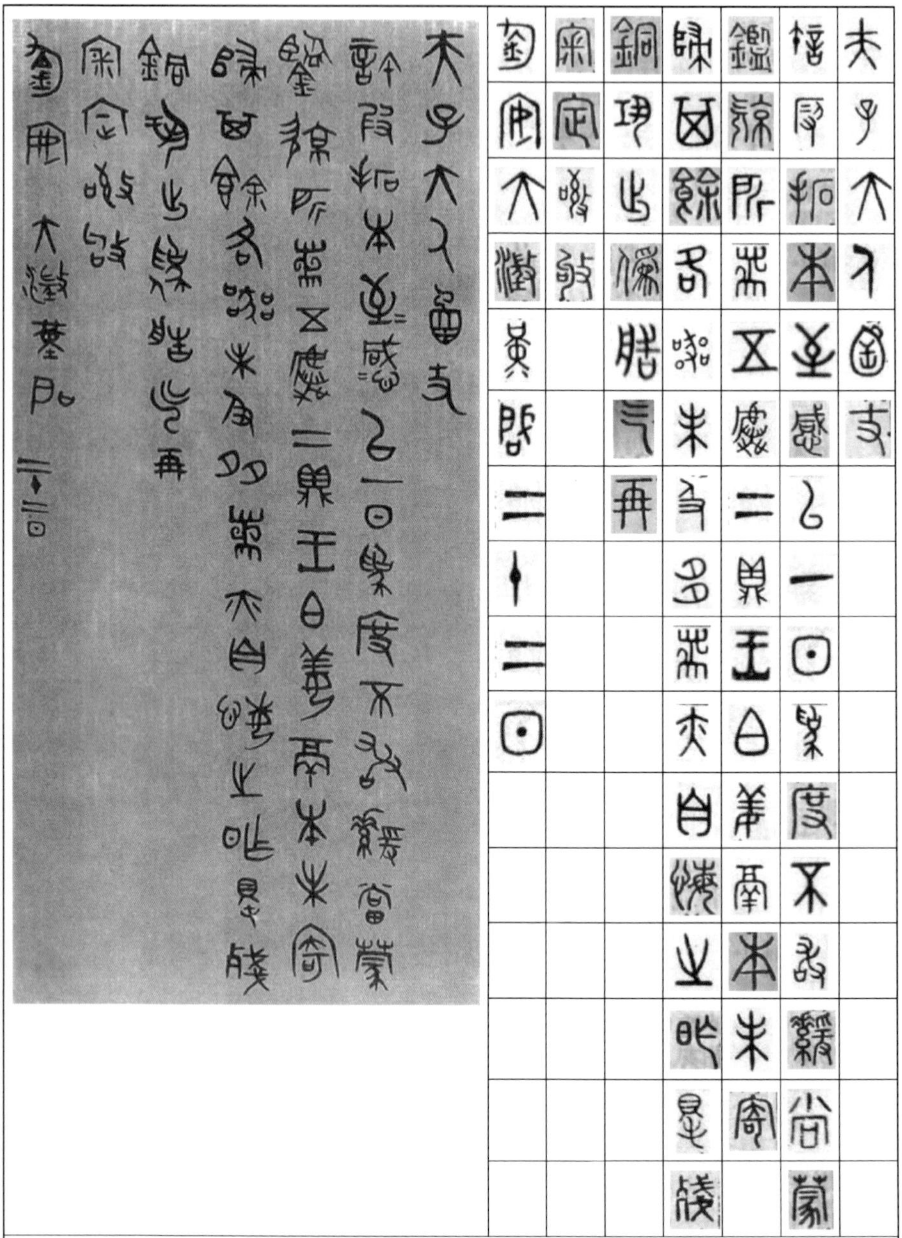

約光緒三年（1877）

就吳大澂以大小篆書相參就的作品看來，確實以此一時期（1876～1878）的尺牘爲最佳，字形約略指大，外人看來似乎毫不費力，信手拈來，其實乃是以壯盛之年，於精力瀰漫之際，精心佈置，加上勤檢各種彝器、匋、鉨字形所呈現的效果，過此年限，再難有如此斟字酌意，用筆精嚴，結體變化多端，眾妙俱得的小字篆書了。〔註45〕無怪乎《清稗類鈔》有以下紀錄：

> 吳縣吳清卿中丞，工篆籀，官翰林，嘗書《五經》、《說文》。平時作札與人，均用古篆，其師潘文勤得之最多，不半年，成四巨冊。一日謁文勤，坐甫定，即言曰：「老弟以後寫信，還宜稍從潦草，我半年付裱，所費已不貲矣。」越數日，復柬之曰：「老弟古文大篆，精妙無比，俯首下拜，必傳必傳，兄不能也。」〔註46〕

這段記載覈諸《吳愙齋先生年譜》所載吳氏行止，可謂屬實；其官翰林的時間在 1868～1873 年，34～39 歲之間，期間履踪雖未固定，但確實熱衷於鐘鼎文字，助成其師潘祖蔭纂成《攀古樓彝器款識》，而《恆軒所見所藏吉金錄》實際上也在這段期間完成，同時也是他致力金文書法最勤奮的時候。〔註 47〕可惜此段時間以大篆書予潘祖蔭的信札，已無一存留了。〔註 48〕此時吳大澂的篆書表現，早已跨出了鄧石如、吳讓之的籠罩，何以故？正如潘祖蔭言：

> 吳讓之乃包世臣弟子，世臣並不能篆書也，即張翰風亦不能篆書矣，讓之篆乃學鄧完白耳。吾弟以鄧之篆爲何如，以吳爲何如？然此二人，鄉曲陋儒，何由得見三代鐘鼎哉，論之宜始也。〔註49〕

吳大澂的篆書與鄧石如、吳讓之諸家最大之不同，在於對三代鐘鼎銘文的鑑藏考索，得益於對金文的心追手摹，學問之氣的展現。

光緒三年（1877）吳大澂至虞山訪楊沂孫，縱談古籀文之學，楊氏勸以「專學大篆，可一振漢唐以後篆學委靡之習。」〔註 50〕楊沂孫的建議，可謂與大澂

〔註45〕孫亮球，《吳大澂古文字學與篆書書法研究》，（東吳大學中文系博士論文，2007 年 7 月），頁 100～101。

〔註46〕徐珂，《清稗類鈔》第九冊，（北京：中華書局，1986 年 3 月），頁 4044。

〔註47〕孫亮球，《吳大澂古文字學與篆書書法研究》，（東吳大學中文系博士論文，2007 年 7 月），頁 98。

〔註48〕顧廷龍，《吳愙齋先生年譜》，（台北：文海出版社，1965 年 6 月），潘序 1。

〔註49〕潘祖蔭，《潘鄭盦致吳愙齋書札》，（顧廷龍抄本，蘇州博物館藏），第 305 通。

〔註50〕「光緒二年十月，新任陝甘學政陳翼到陝，乃具摺請假三月，回籍省親。……四年四月，入都覆命。」，其間，三月往虞山訪楊沂孫，縱談古籀文之學。見顧廷龍

心中所想不謀而合，蓋此時吳氏於此道已深有體會，且自具見地。光緒二年五月二十四日於致陳介祺書中可見其不無得意之情所吐露的心得：

> 大澂寢饋其中，近于古文字大有領會：竊謂李陽冰坐臥于《碧落碑》下，殊爲可笑；完白山人亦僅得力於漢碑額，而未能窺籀、斯之藩；大約商、周盛時，文字多雄渾，能斂能散，不拘一格，世風漸薄則漸趨于柔媚。如長者所謂王朝之文疑皆籀史所開風氣也。〔註51〕

此一段文字，在吳大澂一生的書學歷程暨後世學人的研究工作上具有雙重意義，一是可作爲吳氏正式摒棄鄧石如、吳讓之一路篆書型範最晚下限的文獻證據，再則可視爲他致力先秦彝銘時間的明確上限與正式聲明。〔註52〕

光緒十三年（1887）致其侄吳本善〔註53〕書亦云：

> 訥士吾侄，喜習篆文，見余所拓鐘鼎彝器文字，輒寶愛之。能識三代古文，深知大篆之勝於小篆也，所見出李潮上矣。〔註54〕

對子弟的教育也是讓他們在耳濡目染中，自然的親近三代古文，取法乎上。由以上書跡與書史心得，可見其時吳大澂對於大篆，尤其是鐘鼎文字方面，已有深切的認識，所見與識力恐已在楊氏之上；單以殷、周金文爲基底的大篆而論，沂孫似已不及大澂。他之造訪楊沂孫，是向前輩求得一個印證與交流的機會，從而警省到自身小篆書法的火候不足抑是追不上時流，於是重新回頭以楊篆爲典範，下足了功夫。〔註55〕

中年以後，吳大澂作篆結字模仿楊沂孫，將長方字形壓爲正方，字勢則更爲開闊〔註56〕。楊篆用筆熟爛至極，反生出一種舉重若輕，平易澹宕的面貌，

《吳愙齋先生年譜》，（台北：文海出版社，1965年6月），頁62～64。

〔註51〕謝國楨編，《吳憲齋（大澂）尺牘》，（臺北：文史哲出版社，1983年6月），頁101。孫亮球博論誤植爲5/22書，頁碼誤植爲103頁，特識之。

〔註52〕孫亮球，《吳大澂古文字學與篆書書法研究》，（東吳大學中文系博士論文，2007年7月），頁98。

〔註53〕吳本善，字訥士。江蘇吳縣人。大澂兄大根之子，當代海上畫派名家吳湖帆之父。

〔註54〕顧廷龍，《吳愙齋先生年譜》，（台北：文海出版社，1965年6月），頁152。

〔註55〕孫亮球，《吳大澂古文字學與篆書書法研究》，（東吳大學中文系博士論文，2007年7月），頁94～95。

〔註56〕李彥樺《吳大澂《愙齋尺牘》及書風研究》，（國立台灣師範大學美術研究所中國

而結體平正，單字布白勻整，曲、長線條自然篆引而下的特徵，不似石如、讓之般刻意誇張動蕩而淡雅的風格，成爲大澂取法的模範；而眞正精妙之處，並爲大澂悟解且融會貫通，加以發揚光大的卻是「融大、小二篆（結體）爲一體」而不見扞格痕跡的手法，〔註57〕就楊沂孫而言，雖號稱能融會大、小二篆，實際上所謂的大篆，並未逸出《石鼓文》的範疇，若論涉及殷、周金文，楊氏實未具備這種能力。〔註58〕而吳大澂古文字學的學養上的優勢，在領悟到以小篆爲基底，配以大篆結體的創作手法後，平嚴質實，嚴謹的藝術調性已然成熟。

吳大澂受古金石文字影響，形成了以「古雅」爲尚的審美觀。其《論古雜識》云：

> 余所得古琮、古璧，其刻畫似不甚工，而古雅可愛，無庸俗氣者，可以雅俗定古今之別；書畫一理也，金文與玉文亦一理也，會心人當自得之。〔註59〕

因此，其書、印皆取法金石，以古爲師，以雅爲上，追求一種古雅端莊之美。〔註60〕

更因其自幼接受《小學》、《近思錄》、《易傳》，並做主一工夫〔註61〕的理學意識下，對草書一體終生未及；雖作行書，並不出色；只能在結構穩定的篆書系統中找到藝術生命的出路，成就其勻整嚴肅的篆書藝術，突顯富有秩序感的倫理性格，端愨而嚴正、質實且崇高的藝術風格。就自身的意識、質性而言，吳大澂確實選擇了一條符合自身的藝術理路，因爲就藝術的類型與風格的抉擇

美術史組碩士論文，2004年6月），頁106。

〔註57〕孫亮球，《吳大澂古文字學與篆書書法研究》，（東吳大學中文系博士論文，2007年7月），頁95～96。

〔註58〕孫亮球，《吳大澂古文字學與篆書書法研究》，（東吳大學中文系博士論文，2007年7月），頁104。

〔註59〕吳大澂，《論古雜識》，《叢書集成續編：第75冊》，（上海：上海書店，1994年），頁307。

〔註60〕李林，〈吳大澂大篆《孝經》刻石疏證〉，（商丘：商丘師範學院學報，2010年01期），頁128。

〔註61〕顧廷龍，《吳愙齋先生年譜》，（台北：文海出版社，1965年6月），頁6。

而言，只要能符合自身的意識、質性，就是正確的理路。〔註 62〕

他寫金文已經不是簡單的臨摹銅器款識，而是進一步在研究辨認的基礎上，將金文的字形結構規範統一，使其便於掌握運用。同時以寫小篆的筆法來寫金文，變爛漫爲整飭，化斑駁爲光潔，如以古籀所書《篆文論語》（圖 2-1.6a）、《孝經》〔註 63〕兩書，集金文與陶、鉩文字之大成，渾然一體〔註 64〕：

> 余集彝器中古籀文三千五百餘字，補許書所未及；今書《論語》二十篇，又以許書正文補彝器中未見之字。大小二篆，同條共貫，上窺壁經，略有依據。抱殘守缺，斯文在茲，訂而正之，以俟君子。〔註 65〕

在《說文古籀補》的基礎上，爲傳「先聖之手澤」以復「漆書之舊觀」，將《論語》全文以古籀文和《說文》正文以「大小二篆，同條共貫」的方式寫出，並作「許氏說文引論語三十六條」（圖 2-1.6b）爲附錄，具見其嚴謹之治學態度，非僅書法而已。

《論語》全文 15811 字，實際由 1331 個不同的單字所組成，因大篆中，有一字可適用數字者，如「吏、事、史」均屬一字，且《論語》中重複字甚多，如「子曰」即不知凡幾，故以楷書爲本，加以統計，再以篆書一字數用，則概略統計數僅爲 1331 字。而吳氏博覽群籍，所書爲避雷同，常將同一字作不同字形之變化，即此，所用字形則約爲 1762 字。〔註 66〕

〔註 62〕孫亮球，《吳大澂古文字學與篆書書法研究》，（東吳大學中文系博士論文，2007 年 7 月），頁 106～108。

〔註 63〕吳大澂書《孝經》於光緒乙酉（1885）年五月，交上海同文書局石印（《年譜》，頁 123）。己丑（1889）年九月歸德知府蘇完文悌摹刻上石。1975 年，河南省文史館館員王子超先生於寧陵縣文化館訪得，現藏於商丘市博物館。原石爲三塊，每塊長 120 公分，寬 37 公分，文 143 行，滿行 13 字；另有楷書跋文四行，有「以大篆書體寫《孝經》一卷，參用許書古文、籀文，經文依開元御注本。」之語。見李林，〈吳大澂大篆《孝經》刻石疏證〉，（商丘：商丘師範學院學報，2010 年 01 期），頁 127。

〔註 64〕許禮平編，《宗陶齋主人藏近代名家楹聯》，（香港：翰墨軒，1998 年 5 月 4 日），頁 42。

〔註 65〕吳大澂，《篆文論語・序》，（板橋：藝文印書館，1966 年 10 月），序葉 1。

〔註 66〕邢祖援先生編有〈吳大澂《篆書論語》單字類編〉，亦見《篆文研究與考據》書中，可資參考。

圖 2-1.6a　吳大澂《篆文論語》
圖 2-1.6b　吳大澂《篆文論語》附錄說文引論語
圖 2-1.7　吳大澂〈盂鼎考釋〉局部

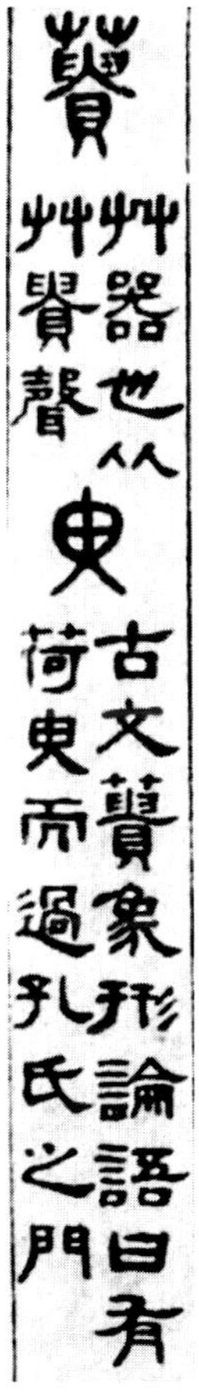

卷下葉 26，1886 年		1887 秋
圖 2-1.6a	圖 2-1.6b	圖 2-1.7

此書係以大篆爲主，小篆爲輔，故可云絕大部分均以大篆書成。而大篆非如小篆有《說文解字》可據，並無統一之字形，故集古大篆多以聯屏爲主，吳氏寫此長篇，非廣博之考據功力不可。

在同一字中，兼用各種鼎彝等之字形，列舉並存，可作爲相互比較、各形並存之參考。吳氏引據書寫後，均一一加以辨正，使後學者得以便利摹臨，其功厥偉。吳氏篆書，無論大篆或小篆，結體分明、均勻平衡、婉而通達、瘦硬通神。筆劃規矩，筆筆有力。不似近代若干書家，極力求美、求變，或採篆書中參以隸分筆法，或取印章編排體形，如眞能融會貫通，固亦不失爲名家。然若稍有不愼，則難免流於輕浮、變易，甚至失去原篆字之本貌。此吳氏所以成爲近代篆書之大方家也。

吳氏此書始於光緒十一年乙酉（1885）七月，日寫十餘行，〔註67〕其間正奉旨察辦朝鮮事宜，年已 50；隔年正月，將在天津所寫上卷付石印；下卷餘十餘葉未竟者，在奉命出關籌防之途次分日補寫，並作後序，於二月初一完成，〔註68〕後亦交上海同文書局石印，原件今藏蘇州博物館。〔註69〕然如此長達一萬五千餘字之長篇鉅著，必須一面書寫，一面考據，而自始自終一字不苟，費心費力，完成此一鉅著，較諸前清指定文士純以小篆書四書者，更爲不易。〔註70〕

由於是手寫的，線條光挺，平直如砥，圓曲似規，比較呆板，而且結體工整，大小一律，沒有金文書法的深厚蒼茫和奇肆多變，卻有抄書匠的館閣習氣，這就需要讀者正確對待和靈活運用了。清人馮班《鈍吟書要》說：「書有二要，一曰用筆，非看眞迹不可，二曰結體，只消看碑。」〔註71〕轉用過來說；用筆必須看金文原拓，結體可參考吳大澂墨本。集聯雖然出於原作，但剪裁拼接以後，章法關係已經沒有了。集句經過書寫，表現的是集寫者的審美趣味和書法功力，與金文原作的區別更大，因此，我們對這類集字作品應當抱這樣的態度：它們不是臨摹對象，要學技法必須取法原作，它們僅僅是字體的參考，創作時必須根據自己的思想感情和審美趣味去作各種變形處理，否則，很難寫出有個性有水平的作品。〔註72〕

這種審美取向，既反映出一個學者的嚴謹與冷靜，同時也體現了封疆大

〔註67〕顧廷龍，《吳愙齋先生年譜》，（台北：文海出版社，1965 年 6 月），頁 123。

〔註68〕顧廷龍，《吳愙齋先生年譜》，（台北：文海出版社，1965 年 6 月），頁 124～126。

〔註69〕李軍，〈吳大澂篆書《論語》考〉，《美苑》，（瀋陽：魯迅美術學院，2013 年 04 期），頁 71。

〔註70〕邢祖援，〈吳大澂「篆文論語」之研究〉，《篆文研究與考據》，（臺北：新文豐出版公司，1996 年 9 月），頁 139～142。

〔註71〕《歷代書法論文選》，（上海：上海書畫出版社，1979 年 10 月），頁 555。

〔註72〕沃興華，《金文書法》，（上海：世紀出版集團，2004 年 6 月），頁 120。

吏動輒楷模後學的習慣本色。以這種身分和胸懷遊戲於翰墨，在初衷和效果上自然與落魄文人和山林逸士的極力表現自我、抒發性情有所不同。其作品用筆穩健瘦硬，結體方正勻稱，給人一種精確嚴肅而有秩序的感受，將大、小篆結合，兼取金文，點畫參差，結體古拙，方圓融合，剛柔相兼，頗具鐘鼎古籀之態。〔註73〕吳大澂對金文所施加的規範性改造，雖然在審美價值上丟掉了這一書法品種原有的活潑與變化特點，但他的實踐使幾成絕響的金文能夠被更多的人掌握，在普及金文書法、豐富篆書的面貌方面，其貢獻不可忽視。〔註74〕

類似的作品還有以小字篆書書寫考釋鐘鼎銘文及爲人作書序者，直是睥睨萬古，直以江聲以篆文著述之傳承自居了，如〈盂鼎考釋〉（圖2-1.7）5頁，頁12行，行約20字，洋洋灑灑近1200字，歷數該鼎之傳藏，考文說字，旁徵博引，猶如曹孟德之橫槊賦詩，固一世之雄也。其書法以密而一氣下貫的章法，方折的用筆，平鋪直敘之線條，行理性的考據文字，達到書法與學問的高度統一。

作爲金石學者和文字學家的吳大澂用字無疑是較爲可信的，從這一點來講，吳大澂大篆《論語》、《孝經》也是後人學習大篆、特別是識篆的較好範本。

一直以來，吳大澂大篆所書之《論語》、《孝經》、《夏小正》以及臨寫金文若干種，均被視作其書法創作之範本，而未注意到吳氏付之石印，廣泛流傳的眞實意圖。雖普及大篆亦是吳氏的目的之一，卻並非主要方面，對於六經原貌之恢復，才是吳大澂不遺餘力推廣大篆《論語》等書的旨趣所在。綜觀吳氏一生，對於《說文解字》之研究，涉及小篆、金文、六國文字（古璽、古陶等）。經兩次修訂而成的《說文古籀補》，雖是針對許愼《說文解字》而作，但偏重於《說文》中的古文與出土金文、六國文字的比勘考訂。篆書《論語》則更多被視爲書法創作，如取篆書《論語》、《孝經》等所附吳氏題記觀之，其意圖顯然並非旨在展示大篆書法。吳氏志在復六經舊觀之苦心孤詣，可見其與清代樸學之以小學治經學思想，確是一脈相承的。然而由於晚清經學逐漸式微，篆書《論

〔註73〕單國強編，《清代書法——故宮博物院藏文物珍品全集》，（香港：香港商務印書館，2001年12月），頁232。

〔註74〕劉恒，《中國書法史．清代卷》，（南京：江蘇教育出版社，1999年10月），頁219。

語》等石印本更多作爲書學中臨摹的範本而流傳，已偏離吳大澂之初衷。〔註 75〕

到了吳大澂晚年，他篆書質實嚴謹的藝術調性已全然成熟，達到個性即風格，人、藝俱爲一體的境地；承襲自楊沂孫以小篆爲主，配以小部分大篆結體的創作手法益見精純，然而以殷、周金文體大篆作書的興致降低，不如中年，且愈到晚年，風格固是愈加質實端愨，儼然有廟堂之氣，但線條的質性與結體卻也益顯呆板、靡滯，稍乏天然與筆情墨趣；〔註 76〕以他當時勤於著述和軍事的情況而言，字數相對較少的篆書對聯，既可表現他書藝的精湛，又能作爲饋贈友人的禮物，無論在實用還是審美上，都是公務繁忙的吳大澂應酬親友的不二選擇，存世作品也這種形式的最多。爲了將大篆書體這種有濃厚象形意味的字體體現在講究對稱工整的對聯當中，就不得不改變書寫方式，於是吳大澂便用小篆的筆法，將參差錯落的大篆字體以結體端正、拉長筆劃使字體大小一致、有行無列改爲行列整飭，使其達到工整的目的，在用墨上也不似早期創作時刻意追求飛白的效果，反而用墨飽滿、均勻，給人一種氣定神閑，泰然自若之姿。〔註 77〕此階段傳世書作較多，典型的作品，大篆方面有〈古鉨、藏書七言聯〉（圖 2-1.8）「古鉨舊傳大司徒，藏書富有小諸侯。」、〈千石、一門七言聯〉〔註 78〕（圖 2-1.9）「千石公侯宜富壽，一門書畫有淵源。」、〈周銅、唐玉七言聯〉、〈文魚、雄虎七言聯〉諸聯。大約在此階段，他還集成一部《大篆楹聯》（圖 2-1.10），內容分七言與八言共計 175 聯，共 22 紙，每聯篆文，全部以金文、石鼓文字寫出；凡「金文石鼓所缺之字，間用許書古籀文及秦刻石、詔版，略采薛尚功《鐘鼎款識》，並注於下，免鄉壁虛造之譏。」〔註 79〕且在各聯語下以楷書釋文。從〈千石、一門七言聯〉與書中集聯

〔註 75〕李軍，〈吳大澂篆書《論語》考〉，《美苑》，（瀋陽：魯迅美術學院，2013 年 04 期），頁 72。

〔註 76〕孫亮球，《吳大澂古文字學與篆書書法研究》，（東吳大學中文系博士論文，2007 年 7 月），頁 105～106。

〔註 77〕薛心素，《吳大澂篆書風格演進過程研究》，（北京：中央美術學院書法系碩士學位論文，2016 年 3 月），頁 19～20。

〔註 78〕本作未署年月，上款以純爲黃庭堅行書體貌，吳氏致力於黃書，約在 53～54 歲間，故孫亮球認爲本作上限不得少於 54 歲。

〔註 79〕吳大澂，《大篆楹聯》，（上海：上海書店出版社，2001 年 7 月），頁 1。此冊係愙齋後人吳元京家藏之高祖遺物，由上海書店以原樣出版。

參照來看，用字皆有所本，且摹寫精確，裡面間有用字取捨，如「公」、「壽」、「書」、「畫」等變化；「富壽」與「壽富」、「淵源」與「源流」等詞語在平仄許可範圍內的調整。這些金石文字，吳大澂是爛熟於胸的，看似隨意的文字驅遣，實際上就是平生學養的展現，是學問氣質的表露，所謂「腹有詩書氣自華」的高超展現。

圖 2-1.8　吳大澂〈古鉩、藏書七言聯〉

諆鼎	盂鼎
頌鼎	璽文
空首幣	子白盤
毛公鼎	散氏盤
毛公鼎	齊侯壺
子白盤	齊侯壺
盂鼎	散氏盤

吳大澂

54～55 歲間作（約 1888～1889）

圖 2-1.9　吳大澂〈千石、一門七言聯〉

盂鼎	盂鼎
頌簋	己侯簋
頌鼎	晉公盦
彔伯戎簋	匽侯鼎
盂鼎	秦子戈
石鼓	上官登
散氏盤	王子申盞蓋

圖 2-1.10　吳大澂《大篆楹聯》〈千石、一門七言聯〉

盂鼎	盂鼎
頌簋	己侯簋
頌鼎	晉公盦
毛公鼎	匽侯鼎
盂鼎	秦子戈
散氏盤	魯伯俞父盤
石鼓	上官登

光緒十五年（1889）時，吳大澂得數塊始皇、二世詔刻文的秦銅權，對其遒勁和奇趣的風格很嚮往，因此致力於學習其書法面貌，盡得其精，是壯年時期書風燦爛的代表作品，如〈臨秦銅權軸〉〔註80〕（圖 2-1.11）與贈西泉四兄〔註81〕之〈吉金、讀畫七言聯〉「吉金樂石有眞好，讀畫校碑無俗情。」（圖 2-1.12）：〈臨秦銅權〉書風遒健有力，字形呈方形，行與列之間空間平勻，結體硬瘦端正，筆法線條模仿刀刻之感，以尖筆寫出起止，轉折方角勁直，和原文相比，吳大澂弱化了線條的蒼茫感，用墨由枯勁向圓健轉變，與其扎實的用筆相結合，表達雅正的審美意趣。正與款文中「刻文遒勁，開漢京勒銘之風氣」相符，且關注到了秦漢時期刻銘篆書的風格傳承。〈吉金、讀畫七言聯〉方圓筆並用，線條蒼茫挺拔，墨色對比較爲明顯，短線條輕快而疾速，長線條穩健沉著。所搭配的黃庭堅行書風格款及明確紀年，更可爲同時期未紀年作品的標準參照；〈臨秦銅權〉篆書軸則強調其方正有力。章法布白均勻，整飭畫一，視覺上統一卻不顯沉悶，細究其單字皆平正中見其險絕，雖不具秦銅權刀刻字、參差錯落的揮灑感，但其遒麗高古之態，仍可見其見功力之深厚。〔註82〕

同時期的〈知過論軸〉（圖 2-1.13）乍看是有行有列的章法，其實更得〈秦權〉有行無列卻隱含嚴謹整飭的面貌；線條斬截爽利，筆畫清雅俐落，與內文「待己當從無過中求有過，非獨進德亦且免患；待人當於有過中求無過，匪但存厚亦且解怨。喜聞人過不若喜聞己過；樂道己善何如樂道人善。」的理性思辨、嚴肅要求融合無間；字形大小時出意外，多有字體繁複而所占空間小，筆畫少而字體偏大的反差，又可見其藝術表現中感性的個人獨白，可以說是人書合一的作品。

〔註80〕本作未署年月，落款爲黃庭堅行書風格，極其典型精整。孫亮球認爲本作已開〈白鶴泉銘〉類型諸作之先河。並以相近時期七件作依各條件繫聯，推定爲光緒 16～18 年（1890～1892）其年 56～58 歲間所作。

〔註81〕西泉先生即王石經，山東濰縣人，篆刻名家，游食於陳介祺之門。《年譜》頁 192～193 載，光緒十五年十二月底：「濰縣王西泉布衣石經攜書畫金石璽印泉幣數百種，過訪於大梁節署……」

〔註82〕薛心素，《吳大澂篆書風格演進過程研究》，（北京：中央美術學院書法系碩士學位論文，2016 年 3 月），頁 21。

圖 2-1.11　吳大澂〈臨秦銅權軸〉／〈秦權〉〔註 83〕拓本

（約 1889 後）

〔註 83〕《愙齋集古錄》中有〈秦權〉拓片數種，未知吳大澂所臨者爲何，姑取字跡清晰者以爲對照。權銘：「元年制，詔丞相斯、去疾法度量，盡始皇帝爲之，皆有刻辭焉。今襲號而刻辭不稱始皇帝，其於久遠也，如後嗣爲之者，不稱成功盛德。刻此詔，故刻左，使毋疑。」

圖 2-1.12　吳大澂〈吉金、讀畫七言聯〉

〈吉金、讀畫七言聯〉1889／12

圖 2-1.13　吳大澂〈知過論軸〉

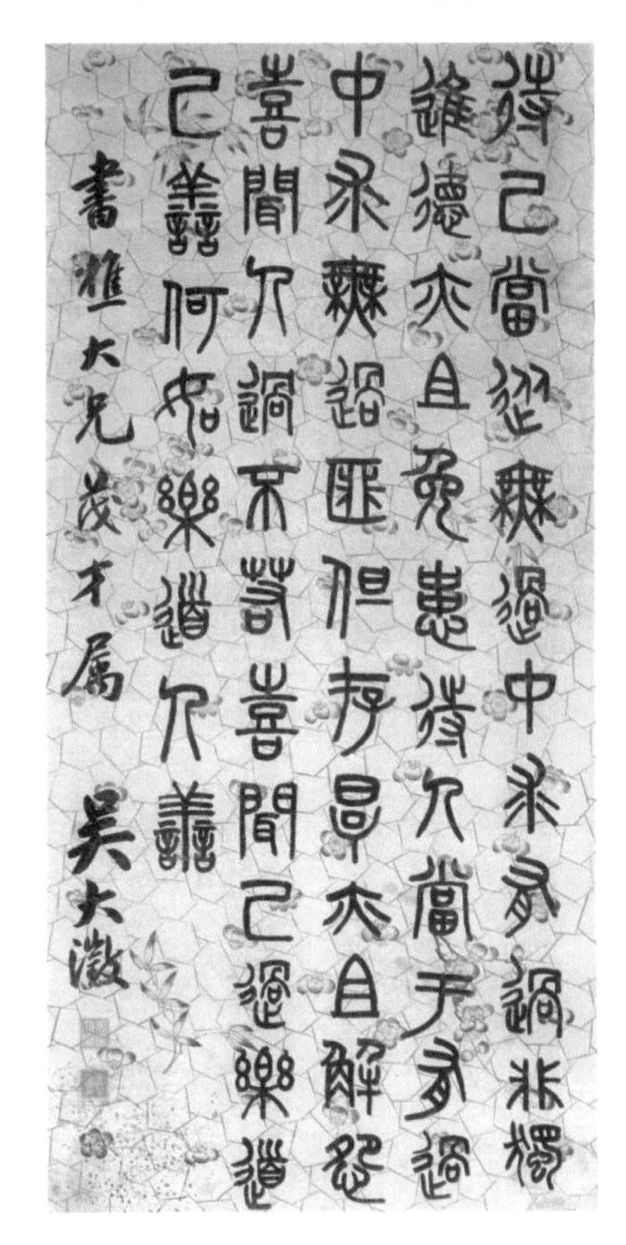

光緒 18 年任湖南巡撫時的〈白鶴泉銘〉（圖 2-1.14）、〈浯溪三銘〉〔註 84〕采大小篆參寫而以小篆爲主，似摹秦銅權量之書風，結體挺拔修長，上密下疏，

〔註 84〕即〈峿亭銘〉、〈峿溪銘〉、〈峿台銘〉三銘。

似秦篆略帶垂腳，筆法以方筆爲多略有圓筆；方筆轉折遒健勁直，帶有金石之氣，章法整飭，行列緊湊，遒麗有致。〔註 85〕

圖 2.1-14　吳大澂〈白鶴泉銘〉

〈白鶴泉銘〉1892 / 9

〔註 85〕薛心素，《吳大澂篆書風格演進過程研究》，（北京：中央美術學院書法系碩士學位論文，2016 年 3 月），頁 24。

另外甲午戰後回湘，適逢旱象，奔走求雨，驗而書碑，所作《眞人三碑》〔註 86〕不亦如李陽冰之書《城隍廟碑》乎，千年之後，踵繼前賢，其中況味可知矣。如《李公廟碑》（圖 2-1.15）之體貌堂堂，轉、折交互爲用，人天共鑑，豈能有一絲之苟且，焉敢放意自爲乎？

圖 2-1.15　吳大澂《李公廟碑》

〈李公廟碑〉1895 年

大、小二篆自西漢初年以來，俱已是「非現行書體」，設後世書家有以篆書爲創作媒材者，大篆又較諸小篆爲難；蓋大篆結體多變，縱使常作而於字形結

〔註 86〕即《李公廟碑》、《陶公廟碑》、《宋周眞人碑》三廟碑。

構備極熟練，創作時亦難免要檢尋字書，以免誤訛，進而講究「配篆」，使書作畫面諧調。相較而言，小篆字形結構穩定，規定性高，便於記憶；字形結構的規定性既高，於字形上求變化的可能性便減少，而少了一個字形不固定的變數，等於減少一個難度甚高的游戲規則，於是創作者只要在字形面積的長短方圓上予以「微調」隨個人的質性賦予變化，使字形或長或方或偏向弧形，便略能展現不同的面貌，兼之筆法簡單，不過是引帶出勻整的線條而已。如能於符合前述的條件並於筆法的運動上帶出自身的節奏感，便足可名家矣。是以號稱知大、小二篆的楊沂孫，終究以小篆名世，而不為殷、周彝銘大篆的宗師了。縱使甲、金文、戰國簡、帛書跡廣為流佈的今天，於書法、篆刻一道，情況猶然，於小篆、《石鼓文》等穩定系統上予以變化，有所自立，進而成家者多，專力於大篆而得以成功者罕。〔註87〕

吳大澂作為理性的學者，其楷書、篆書皆不求蒼野與怪異，而是較為整飭規範，這對時人學習北碑、金文無疑起了一種導向與規範作用。同時，吳大澂畢生訪拓碑刻、收藏金石，發現了較多前人未發現之碑刻，而他對古籀文字的考釋，對商周鼎彝、先秦古璽的收集、整理與研究，更是前無古人。此外，吳大澂的金石拓本多為精品，其金石書籍的圖像與銘文摹繪極精細，這些書籍的編訂與刊刻為世人學習書、印都提供了良好的範本。所以，吳大澂對書壇的影響不僅是多方面的，而且是極為深刻的。另外，他一生仕途通達，交游廣闊，每到一處，皆結交當地名儒，以教化時人為己任，影響面較廣。基於此，我們可以說，吳大澂對書壇的影響是廣闊而又深遠的。〔註88〕

吳大澂書法成就最大的是其篆書，他對當時及後世書壇影響最大的自然也在篆書方面。吳氏之前，書家多從秦漢以後的石刻取法，而少有人涉足商周，而他融大小篆為一體，以小篆筆法將金文寫得平實工穩，極為規範，使金文成為可作之書。同時，其《說文古籀補》的問世使先秦大篆又成為可識之書，與篆書相鄰的是篆刻，在他之前，印人多由碑刻取法，很少有人取法鐘鼎文，而他和陳介祺則率先倡導以鐘鼎文入印，並親自捉刀實踐；他雖極少治印，但他

〔註87〕孫亮球，《吳大澂古文字學與篆書書法研究》，（東吳大學中文系博士論文，2007年7月），頁103。

〔註88〕張俊嶺，《吳大澂的金石研究及其書學成就》，（暨南大學碩士學位論文，2004年5月），頁40。

的以鐘鼎、古璽文等入印的印學思想，及其篆刻書籍的編訂，都對時人產生了積極影響。

總之，不論篆書還是篆刻，在吳大澂之前，書家、印人多取法於石而少涉於金；吳氏之後，書家、印人由商周鐘鼎、古璽取法者多。此雖源於金石的大量出土，但吳大澂的倡導之功實不可沒。晚清篆書、篆刻大家吳昌碩、黃士陵的書、印都在不同程度上受到了他的影響。〔註 89〕

第二節　王懿榮——鑑別精妙 甲骨宗祧

王懿榮（1845～1900），字正儒，號廉生、蓮生，晚年自號養潛居士，諡文敏，清末著名金石學家。道光二十五年六月初八（1845/7/12）出生於山東福山古現鎮東村。〔註 90〕祖父王兆琛，山西巡撫；父王祖源，四川龍安府知府。王氏自幼性情篤摯，讀書輒過目不忘。未弱冠，隨父官京師。光緒五年中順天舉人，隔年（1880）舉進士，授翰林，後曾三任國子監祭酒。居京師久，交遊既廣，每以春秋佳日，與長沙周閣學、吳縣潘侍郎、遵義景閣學、洪洞董研樵檢討、太谷溫味秋、儀徵陳六舟、巴陵謝麐伯、餘姚朱肯夫、南皮張香濤、吳縣吳清卿六編修、會稽李蒓客、甘泉秦誼庭、績溪胡荄甫、光山胡石查、遂溪陳逸山五戶部、大興劉子重、儀徵陳研香、部縣董鳳樵三刑部、元和顧緝廷工部、歙縣鮑子年、長洲許鶴巢兩舍人，遞爲詩酒之會，壺觴幾無虛日。〔註 91〕因經常與當時著名的金石學家一起切磋學術，故而王氏對文物鑒定和文字學考釋有較高的造詣。《清史稿．王懿榮傳》云：「懿榮泛涉書史，嗜金石，翁同龢、潘祖蔭並稱其博學」。《王懿榮年譜》載：「公性嗜古，凡書籍字畫，三代以來之銅器、印章、泉貨、殘石、片瓦，無不珍藏而秘玩之。鉤稽年代，補證經史，搜先達所未聞，通前賢所未解，爬羅剔抉，每多創見。至於購求古物，固未嘗一日有鉅資，處極困之時，則典衣以求之，或質他種以備新收。至是以居喪奇窘

〔註 89〕張俊嶺，《吳大澂的金石研究及其書學成就》，（暨南大學碩士學位論文，2004 年 5 月），頁 40。

〔註 90〕俞祖華，《王懿榮與甲骨文》，（濟南：山東文藝出版社，2004 年 10 月），頁 3、42。

〔註 91〕王懿榮，〈誥封宜人元配蓬萊黃宜人行狀〉，《王文敏公遺集》卷四，（民國劉氏嘉業堂刻本）。

抵押市肆至百餘種，然不願脫手鬻去也。」〔註 92〕。也因此，當 1899 年估人攜帶甲骨來到北京時，他很快認出是殷商故物；王懿榮是第一個鑒定出甲骨文，並開始有意識地購藏的人，因此被譽爲爲甲骨文之父。作爲一位有造詣的學者，以其豐富的收藏和研究，推動了傳統金石學研究向「古器物學」階段的轉變，並爲中國近代考古學的形成積累了大量的資料。〔註 93〕

一、王懿榮的古文字學成就

受家學影響，王懿榮從青少年時代起，就對金石古物抱有濃厚的興趣，具有深厚的學術積累、豐富的鑑定經驗。在成爲進士之前，他就已名滿京都，士子爭相結交以爲風雅。他酷愛舊槧本書、古彝器、碑版、古籍等文物。〔註 94〕

王懿榮博學多識，於書無所不窺，而於篆籀奇字尤善悟，視當時通儒所獲獨多。〔註 95〕爲學不分漢宋，尤篤好舊槧本書籍、彝器碑版之屬，並以此稽考經史，每多創見。並擅氈蠟法，每得一彝器，皆親自椎拓。王氏考中進士相對較晚，但其久居京師，較早得到名流認同，交遊既廣，每以佳日聚會，與陳介棋、潘祖蔭、吳大澂、吳雲等書疏往來不絕，潘祖蔭致多人函札等亦多托王氏代辦，出力最多。〔註 96〕

乾隆晚期至嘉慶初期，金石收藏已經不是具有雙重身份的編纂官和宮廷叢書文人的專利，開始向外擴展。道咸時期收藏相對分散，而研究卻相對集中。到同光時期，金石藏品又逐漸集中到部分達官或有力者手中，而研究者卻比較分散，因爲這些研究者大多與收藏者有密切的聯系。梁啓超說：

> 道咸以後日益盛，名家者有劉喜海、吳式芬、陳介祺、王懿榮、潘祖蔭、吳大澂、羅振玉；式芬有《攈古錄金文》，祖蔭有《攀古樓彝

〔註 92〕王崇焕，《清王文敏公榮年譜》，（臺北：臺灣商務印書館，1986 年），頁 43。

〔註 93〕王宇信、魏建震，《甲骨學導論》，（北京：中國社會科學出版社，2010 年 6 月），頁 286。

〔註 94〕俞祖華，《王懿榮與甲骨文》，（濟南：山東文藝出版社，2004 年 10 月），頁 58～59。

〔註 95〕支偉成，《清代樸學大師列傳》，（上海：上海泰東圖書局，1925 年），頁 520。

〔註 96〕程仲霖，《晚清金石文化研究——以潘祖蔭爲紐帶的群體分析》，（北京：中國藝術研究院博士學位論文，2013 年 5 月），頁 16～17。

器款識》，大澂有《愙齋集古錄》，皆稱精博。其所以考證，多一時師友互相賞析所得，非必著者一人私言也。〔註 97〕

可見，梁氏對於群體研究金石的文化現象已經察覺。收藏者將拓本分寄友朋同好，大家一邊欣賞，一邊研究，學術氣氛濃厚，晚清金石研究在繼承乾嘉學風的基礎上，有了新的突破與發展，群體化研究發揮了重要作用。〔註 98〕

（一）王懿榮的金石學成就

王懿榮不僅嗜於收藏，而且精於考訂。他對各種出土、傳世的文物古器就其名稱、類別、型式、紋樣、文字、書體、功用等特徵進行考證，判斷年代，鑒別眞僞，撰寫了一批金石學著作。

其用力最勤、成就最大的金石學著作爲《漢石存目》及《南北朝存石目》。《南北朝存石目》從同治元年（1862）開始著手，到光緒七年（1881）成書，前後用了 19 年時間，其間爲此書提供幫助的名流、學者有匡源、潘祖蔭、繆荃孫等 17 人，收錄範圍自南北朝至隋代，分碑、志、記、梵典四類，據拓本按年月日著錄，無年月日者按類附後。此書在《山東通志．藝文志》中著錄名爲《六朝石刻存目》，但僅存稿本，未能刊行。光緒十五年（1889），《漢石存目》刊行，分上下二卷。王懿榮自識云：近世所存漢石已盡於此矣。此目石亡文存者不錄，重摹僞造者不收，分字存、畫存兩目。上卷爲《字存》，著錄包括刻石、闕、碑、記、碣、銘、頌、墓表等各種體裁的漢石銘刻。上面以大字列其名目，下面以小字分別注明書法類別、字存年代、存放地點及扼要的考證文字。下卷爲《畫存》，著錄各種形式、體裁的畫像石，有闕畫像、堂畫像、室畫像、祠畫像、城垣畫像、摩崖畫像等多種。這些畫像石有的一面有畫像，有的兩面有畫像，有的三畫甚至四面都有畫像，著錄形式與字存相同。《漢石存目》光緒十五年刊本還附有《周秦魏晉石存目》是尹彭壽所撰。兩書皆爲體例完善、收錄詳盡、科學準確的存石目錄，是石刻著錄中的經典之作。〔註 99〕

〔註 97〕梁啓超，《清代學術概論》，（臺北：臺灣商務印書館，1921 年 2 月初版），頁 95。

〔註 98〕程仲霖，《晚清金石文化研究——以潘祖蔭爲紐帶的群體分析》，（北京：中國藝術研究院博士學位論文，2013 年 5 月），頁 22。

〔註 99〕俞祖華，《王懿榮與甲骨文》，（濟南：山東文藝出版社，2004 年 10 月），頁 64～65。

《天壤閣雜記》一卷，記錄了王懿榮於光緒六年中進士後回故里及赴川省親往返途中，在山東、陝西、河南、四川等地搜尋文物的情況，記載了不少自己或他人收藏的絕世珍品。

《求闕文齋文存》除了一篇〈誥封宜人元配蓬萊黃宜人行狀〉外，其餘均爲學術性文章。其中收錄了〈說郘鐘〉等五篇考釋金文及古文字的文章。文存中還有〈齊魯古印捃序〉、〈登州古器物拓本跋〉等，也與金石學有關。

《福山金石志殘稿》，即同治八年（1869）題《登州古器物拓本》所謂「福山出土文物，盡數編入」者。後來所編《福山縣志・金石志》即以此爲藍本。光緒十七年（1891），福山知縣康鴻逵聘請王懿榮等四位福山籍京官，擬重修縣志，但由於四人公務繁忙且經費短缺，只有王懿榮寫成了《金石志》等。《福山金石志殘稿》起自周朝迄於元朝，後附〈光緒二十三年福山修志局來訪石目〉。王懿榮把金石名稱、出土地點加以著錄；原石久佚或原石存而文字漫漶者，則將原石文字全部記錄下來；原石存而文字模糊不清的則求得原拓本，也將文字全記錄下來。後來于宗潼主纂的《福山縣志稿》之《金石志》，就是根據《福山金石志殘稿》增益而成的。〔註 100〕

王懿榮所藏不乏古錢，如「東周」古錢、王莽「十布」等，其藏編爲《王廉生古泉精選拓本》。其他還有〈攀古樓藏器釋文〉等。其青銅器方面的藏品有的編入《日光室藏器目》。所收藏的陶文後歸其弟子劉鶚所有，編入《鐵雲藏陶》，另有 33 方見於《黃平樂氏藏陶拓本》。所藏璽印，身後由其子王崇烈編輯《福山王氏劫餘印存》一冊。所藏瓦文選輯拓印成《天壤閣瓦文》一函四冊。〔註 101〕

《續叢稿》一卷，所收爲研究三代青銅器銘文題跋約十篇。餘外皆考證古泉學文章。無器形圖，有尺寸說明，有釋文，有考證文字。據褚德彝《金石學錄續補》中的記載，他於「金石器物，無不好。所藏三代器五十餘種。」〔註 102〕

（二）甲骨文的發現

王懿榮最爲世所熟知者，是因其被推爲發現甲骨文之第一人。據其子王崇

〔註 100〕俞祖華，《王懿榮與甲骨文》，（濟南：山東文藝出版社，2004 年 10 月），頁 65～66。

〔註 101〕俞祖華，《王懿榮與甲骨文》，（濟南：山東文藝出版社，2004 年 10 月），頁 66～67。

〔註 102〕劉正，《金文學術史》，（上海：上海世紀出版公司，2014 年 12 月），頁 509～510。

煥所編《王文敏公年譜》光緒二十五年（1899）條云：

河南彰德府安陽縣小屯村地方發現殷代卜骨龜甲甚多，上有文字。估人攜之京師，公審定爲殷商故物，購得數千片。是爲吾國研究殷虛甲骨文字開創之始，事在是年秋。〔註 103〕

此在王氏殉難前一年。王懿榮雖搜藏甲骨逾千數百片，實未暇深究，不若其於金石、古泉之研究有素。天壤閣所藏甲骨，王氏身後均由其子讓歸劉鶚，著錄於劉氏《鐵雲藏龜》。〔註 104〕

1899 年王懿榮鑒定出甲骨文後，便開始著手搜集。1900 年王懿榮從古董商范氏、趙氏手中收集甲骨 1000 餘片。同年 7 月，八國聯軍攻入北京，負責京城防務的王懿榮見大勢已去，悲憤中投井自殺殉國。1902 年，王懿榮收藏的甲骨大部（1000 餘片）歸劉鶚收藏，一小部分（25 片）贈予天津新學書院，又有一小部分（108 片，重 14 片）於 1939 年由唐蘭編爲《天壤閣甲骨文存》一書。20 世紀 60 年代，王氏後人將未售出之 500 餘塊甲骨捐獻給天津市文化局。總計王氏所收甲骨達 1500 多片。〔註 105〕

在甲骨文的研究上，劉鶚和王懿榮首先確定了甲骨是殷人刀筆文字。接下來是識字的問題，王懿榮一字未識，劉鶚識了四十多個字，其中 34 個字是辨識正確的。他雖然是識字不多，但首創之功，實不可沒。根據現存的劉鶚日記，可知 1909 年 10 月，他曾爲甲骨文考釋，並有〈說龜〉之作數則。如此則劉鶚也是第一個解釋甲骨文字的人，可惜的是其稿不存。〔註 106〕

劉鶚收藏甲骨始自 1901 年，同年羅振玉在劉鶚處見到甲骨文的拓本非常驚喜並感歎說：「此刻辭中文字與傳世古文或異，固漢以來小學家若張（敞）、杜（林）、揚（雄）、許（慎）所不得見者也。」到 1903 年，劉鶚經多方搜求，收藏的甲骨已達 5000 多片。羅振玉在劉家見到劉鶚收藏的甲骨原物，慫恿劉鶚選了一千數十片並親施墨拓，用石印術印出甲骨文第一部著錄書《鐵雲藏

〔註 103〕王崇煥，《王文敏公年譜》，（臺北：臺灣商務印書館，1986 年月），48。

〔註 104〕李軍，《吳大澂交遊新證》，（上海：復旦大學博士學位論文，2011 年 4 月），頁 155。

〔註 105〕俞祖華，《王懿榮與甲骨文》，（濟南：山東文藝出版社，2004 年 10 月），頁 76～77。

〔註 106〕柳曾符，〈劉鶚的一生〉，《柳曾符書學論文集》，（臺北：華正書局，1995 年 6 月），頁 427。

龜》〔註107〕。羅振玉爲該書所作序中，記載甲骨文乃是光緒己亥年（1899）被發現，並提出甲骨文有「正經補史」的價值。劉鶚在自序中也認爲甲骨文是1899年被發現，並認爲甲骨文爲「殷人刀筆文字」。自序還記述他收藏5000多片甲骨經過，其中包括王懿榮去世後，其子爲還債賣給劉鶚的一部分。〔註108〕《鐵雲藏龜》的出版，使「甲骨文從少數學者書齋裡秘不示人的古董變成了可資學術研究的金石資料。」〔註109〕

《鐵雲藏龜》是一部甲骨著錄的開創性著作，全書沒有一定的體例可循，而且還收入了少數僞片和三組重片。此外，由於該書出版較早，拓本制作不精，再加上印刷品質較差，因而書中許多拓本模糊不清，文字難以辨識。〔註110〕其後，1931 年鮑鼎著《鐵雲藏龜釋文》；陸續發表劉鶚所藏甲骨的還有葉玉森的《鐵雲藏龜拾遺》、羅振玉的《鐵雲藏龜之餘》、李旦丘的《鐵雲藏龜零拾》、周法高的《冬飲廬藏甲骨文字》、王國維的《戩壽堂所藏殷墟文字》、商承祚的《殷契佚存》、郭若愚的《殷契拾綴》、胡厚宣的《戰後南北所見甲骨錄》等多種。自從甲骨爲考古家重視以來，售價日昂，於是有些僞刻出現。而凡劉鶚所藏出土最早，僞品極少，因此這些材料都很可靠，十分珍貴。〔註111〕1975年，嚴一萍將《鐵雲藏龜》加以整理，編爲《鐵雲藏龜新編》，由臺北藝文印書館出版。嚴氏在序中指出《鐵新》與《鐵》六點不同之處：選換拓本、斷代分類、綴合、補背、去複、去僞。《鐵新》實收甲骨1043片，總計選換拓本約400片，全部是嚴一萍從後出的甲骨著錄中輯出的。仍用《鐵》原編號。每片除拓本之外，還附有摹本。〔註112〕

〔註107〕1903年10月，抱殘守缺齋石印本6冊，1931年5月又由上海蟫隱廬石印，與羅振玉自纂的《鐵雲藏龜之餘》合爲6冊，附鮑鼎釋文。本書共收甲骨1058片。

〔註108〕劉鶚，《鐵雲藏龜・序》，（板橋：藝文印書館，1975年），序葉1。

〔註109〕王宇信、魏建震，《甲骨學導論》，（北京：中國社會科學出版社，2010年6月），頁22～23。

〔註110〕王宇信、魏建震，《甲骨學導論》，（北京：中國社會科學出版社，2010年6月），頁193。

〔註111〕柳曾符，〈劉鶚的一生〉，《柳曾符書學論文集》，（臺北：華正書局，1995年6月），頁428。

〔註112〕王宇信、魏建震，《甲骨學導論》，（北京：中國社會科學出版社，2010年6月），

甲骨文被王懿榮確認並從而建立起甲骨學，在文化學術界引起了連鎖反應。它為回溯華夏文明的歷史源頭，為殷商考古學的發展，為古文字學、古代科技史、古文獻整理、甲骨文書法藝術等其他領域的進展，奠定了堅實的基礎。它不僅開闢了中國學術的新紀元，並且促進了國際學術事業的發展。〔註113〕

二、王懿榮的篆書表現

王懿榮科第出身，家學淵源，所以小楷的功夫非常深厚，有硬底子功夫，卻也難脫館閣體的影響，但的確打下了堅實的筆墨功底，為寫好行楷、篆書打下了良好的基礎。他的大字楷書主要胎息柳公權，也有蘇東坡的遺意，以大氣奪人。至於他的隸書，目前僅見匾額〈百晉齋〉三字，取法漢隸，有〈禮器碑〉的痕跡。〔註114〕他的書法在清末已頗負雅名，同治朝狀元東閣大學士陸潤庠曾說他：「洵不愧一代偉人，即其書法一端，剛健清華，無美不備，亦實足以傳世。」〔註115〕，「無美不備」略顯溢美，「足以傳世」則絕非諛詞。光緒進士、民國政要徐謙在王懿榮手箚題記中寫道：「若公者，本不藉書法以傳；抑若公之書法，又奚可以弗傳？」〔註116〕王懿榮是書法家，同時在金石文字收藏鑒賞考據論證等諸多方面成就斐然。他的書法典雅富貴、雍容大氣、沉著痛快，正是其人品、學養、眼界、氣節等綜合因素的醞釀。因此研究王懿榮的書法藝術就應該從其「學、才、志」等多方面入手進行全面詮釋，在這諸多板塊上，尋繹其書法意蘊，才能順理成章而不失偏頗。正如劉熙載在《藝概》書論中所言：「書，如也。如其學，如其才，如其志。總之曰：如其人而已。」；「書如其人」，讀其書而觀其人，誠哉斯言。〔註117〕

〈月下、水邊七言聯〉（圖2-2.1）聯云：「月下門藏松葉路，水邊人語稻

頁193。

〔註113〕俞祖華，《王懿榮與甲骨文》，（濟南：山東文藝出版社，2004年10月），頁85。

〔註114〕衡政安，〈肇啟契學　炳耀千古——王懿榮與甲骨文及其書法〉，《書畫世界》，（安徽美術出版社，2006年1期），頁16。

〔註115〕呂偉達，《王懿榮集》，（濟南：齊魯書社，1999年3月），頁630。

〔註116〕呂偉達，《王懿榮集》，（濟南：齊魯書社，1999年3月），頁619。

〔註117〕王子微，〈王懿榮及其書法藝術研究〉，《東方藝術》（河南省藝術研究院，2013年18期），頁117。

花天。」以金文字形結字，起筆多方而收筆或尖或戛然而止，相對位置上的單字輕重相呼應，有相當的布局概念。此聯曾見於《吳大澂大篆楹聯》〔註 118〕，此書分七言與八言，共計 175 聯，書寫在 22 頁紙上，聯語之下綴以楷書釋文，間有文字出處。自言「金文石鼓所缺之字間用許書及秦刻石詔版，略采薛尚功鐘鼎款識並注於下，免向壁虛造之譏」。〔註 119〕吳大澂官翰林時與王氏相識。吳氏雖年長於王氏，然凡辨別古器眞僞，考釋古器文字，有疑難者，多推王懿榮審定。〔註 120〕如吳氏於同治十一年（1872）三月初七致沈樹鏞書云：「弟所得銅器，蓮生審爲秦器無疑。」〔註 121〕十一月致沈書又云：「廉生鑒別吉金，爲吾輩第一法眼。」〔註 122〕王氏多居於京師，吳氏則多居官在外，然二人尺牘往來極爲頻繁，內容尤以金石之學爲主。吳大澂每獲銘心佳品，致王懿榮函中必列舉無遺，分享所得。王氏在京，亦盡心爲之代辦各項事務。吳大澂久慕陳介棋收藏之名，屢以所獲拓本寄贈簠齋，又輾轉經王懿榮向陳氏求取藏器拓片全份，殆此事非熟人不能辦也。〔註 123〕吳氏在京師之外從事金石書籍的拓、摹刻、裝訂、印刷時有較多困難，這些瑣事則多由王氏代辦。時陳介祺在山東，陳氏與吳氏二人之間的尺牘、拓本、拓資亦由王氏轉寄。吳、王二人交誼甚厚。如吳氏於同治十三年（1874）正月致陳氏尺牘云：「大澂偏處秦中，無可與語。京華故人惟王廉生農部邃於金石之學，相契最深。」〔註 124〕吳士鑑爲王氏所作〈王文敏公遺集序〉對二人關係亦有記述：「王文敏公……通漢學家言，尤究心金石。與張文襄（之洞）公、吳愙齋（大澂）中丞、鮑子年（康）太守爲身心性命之交。」〔註 125〕諸如此類之記載，顯見

〔註 118〕吳大澂，《吳大澂大篆楹聯》，（上海：上海書店出版社，2001 年 7 月），頁 3。

〔註 119〕吳大澂，《吳大澂大篆楹聯》，（上海：上海書店出版社，2001 年 7 月），頁 1。

〔註 120〕張俊嶺，《吳大澂的金石研究及其書學成就》，（暨南大學碩士學位論文，2004 年 5 月），頁 10。

〔註 121〕顧廷龍，《吳愙齋先生年譜》，（台北：文海出版社，1965 年 6 月），頁 36。

〔註 122〕顧廷龍，《吳愙齋先生年譜》，（台北：文海出版社，1965 年 6 月），頁 37。

〔註 123〕李軍，《吳大澂交遊新證》，（上海：復旦大學博士學位論文，2011 年 4 月），頁 170。

〔註 124〕謝國楨編，《吳憲齋（大澂）尺牘》，（臺北：文史哲出版社，1983 年 6 月），頁 14～15。

〔註 125〕吳士鑑〈王文敏公遺集序〉：吳士鑑整理，王懿榮，《王文敏公遺集八卷》，《近

王在當時金石家集群中的重要位置。

王懿榮在當時最重要的金石文化群體中擔負重要角色，彼此之所得自然互相交流，不在話下，此聯之取資於吳大澂所集，也是順理成章了。

圖 2-2.1　王懿榮〈月下、水邊七言聯〉

古璽文	頌敦
散氏盤	毛公鼎
盂鼎	頌敦
僕兒鐘	安臧幣
曾伯黎簠	空首幣
石鼓	拍盤
彔伯戎敦	史懋壺蓋

1893 年秋 130×32cm	《吳大澂大篆楹聯》頁 3	《古籀補》對應字

代中國史料叢刊，正編第 89 輯》，（臺北：文海出版社，1967 年），頁 7～8。

此集聯中用字悉可見於吳大澂之《說文古籀補》，來源有鐘鼎銘文及貨布泉文。其中「葉」字：「古文葉不從草，枼重文。」〔註 126〕；「古葉字，象木之有枝葉也。」〔註 127〕「藏」、「臧」古同字。吳氏集聯已具收尖之筆，感到隱隱的刻銘風韻；王懿榮所書小異於集聯，但參考之跡甚明。用筆以圓爲主，起筆多姿，少數逆筆中鋒而下者，如「水」字、「路」中「夊」符斜下之筆甚有秦篆之堅實感；側鋒逆而起者多，多隨筆鋒方向迅疾而出，故姿態豐富；收筆或斬截或尖銳，有如青銅器物之刻銘者，結字造型較諸集聯反另有作意，如「門」之不對稱、「松」之右側偏枯、「稻」之左輕右重，乍看似爲稚拙，實則或有意爲之；上聯線條多方折剛硬渾厚，下聯多圓轉秀勁雅潔；「下」、「邊」二字簡繁對比甚劇，而反以重輕之筆調故作調節；「天」之肥筆厚實收尖以作收結，可以說是用實驗性與創造性很強的思維來書寫已被限制住了的集聯作品。

吳大澂亦曾書似此聯予沈汝瑾〔註 128〕（圖 2-2.2），通篇作平實中和之筆，筆筆中鋒，雖仍著意於起筆之變化，終歸於典麗之格調。結字近於所集、結構穩妥中正。與王氏所書對照，創作思維與人格特質之不同對書法創作之影響有如此者。

〔註 126〕吳大澂等，《說文古籀補三種》，（北京：中華書局，2011 年 6 月），頁 10 下。

〔註 127〕吳大澂等，《說文古籀補三種》，（北京：中華書局，2011 年 6 月），頁 31 下。

〔註 128〕沈汝瑾（1858～1917），字公周，號石友，別署鈍居士，室名笛在明月樓、月玲瓏館、師米齋、鳴堅白齋。江蘇常熟人，諸生。工詩詞，藏硯頗多，亦精刻硯，善書。

圖 2-2.2　吳大澂〈月下、水邊七言聯〉

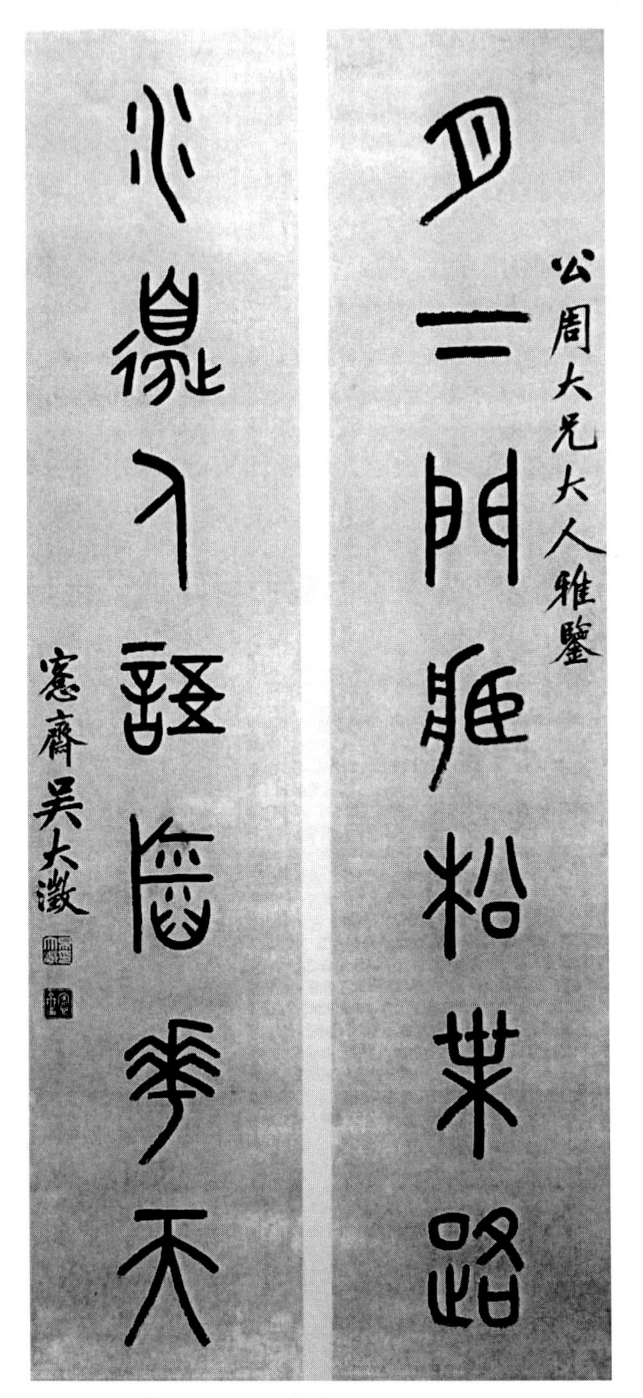

〈月下、水邊七言聯〉139×28×2

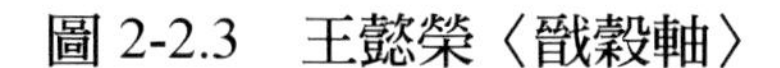

圖 2-2.3　王懿榮〈戩穀軸〉

12 下 40

7 上 50

〈戩穀軸〉1899 春節

寫於光緒己亥（1899）年春節時的〈戩穀軸〉（圖 2-2.3），「戩」，《說文》：「滅也。」段注云：「滅者，盡也。盡之義兼美惡，故滅之義亦兼美惡。凡盡皆得云滅，亦皆得云戩也。〈天保〉曰：『俾爾戩穀』，朱子曰：『戩，盡也；穀，善也。』此注甚合古義。」〔註 129〕穀《說文》：「續也。」段注云：「穀與粟同義，引申爲善也。《釋詁》、《毛傳》皆曰穀善也；又〈大雅〉傳曰穀祿也。」〔註 130〕，故戩穀二字爲盡善之義，乃吉祥之語。款中「直廬花衣」〔註 131〕爲其晚年之號，與其 1894 年後授翰林院侍讀，在南書房行走，後又三爲國子監

〔註 129〕段玉裁，《說文解字注》，（臺北：黎明文化事業，1991 年 8 月增訂八版），頁 637。

〔註 130〕段玉裁，《說文解字注》，（臺北：黎明文化事業，1991 年 8 月增訂八版），頁 329。

〔註 131〕直廬係舊時侍臣值宿之處；花衣係清代遇慶典或年節時百官所穿的蟒服。

祭酒凡七年之德望相符。

此二大字飽實氣滿，線條紮實渾勁，黑線條密度甚高，形成前進性，與白地的低密度退縮感共同造成「圖」從畫面上浮出於「地」的空間層次感。此正與包世臣讚嘆鄧石如之語「字畫疏處可以走馬，密處使不透風，常計白以當黑，奇趣乃出。」〔註 132〕相當。行筆節奏稍快，間有澀進之調；起筆多逆而變化多姿，收筆戛然而止儀態豐富，接角圓轉處改短畫重起，將樣貌平滑的線條調節成筆斷意連的節奏。這種將祝願之語和書法表現相結合的作品，絕對是相當成功的。

未記年的〈舊書、嘉樹七言聯〉（圖 2-2.4）聯云：「舊書不厭百回讀，嘉樹新成十畝陰。」同樣將字畫密處的白地壓縮至極為緊迫，與字畫疏處的空靈形成對比反差，可見他對鄧石如篆書書風的理解。筆墨飽滿，轉折流暢，狀如折帶，線條雄渾莊重且提按有致，富有韻律感。神完氣滿，展現出深厚的功力。此作風格有同時期同道中人王瓘〔註 133〕篆書之特色；從所舉三例書作來看，王懿榮對於篆書資料的蒐集與掌握是非常豐碩的，而且善學各種風格之篆書表現，或許難於形成自家語彙風格，筆墨功力仍是不凡。李宗焜以中央研究院所藏王氏致陳介祺尺牘書跡非常平庸，而評王懿榮「他把甲骨文從中藥提升到學術地位，不可不謂之慧眼獨具，但他的書法功夫卻極不高明。」〔註 134〕應該是沒有見過王氏其他書作的結果。

〔註 132〕祝嘉，《藝舟雙楫疏證》，（臺北：華正書局，1980 年 5 月），頁 5。

〔註 133〕王孝禹（1847～？），名瓘，字孝禹（一作孝玉）辛亥（1911）後，以字行，四川銅梁人，李浚之在《清畫家詩史》中稱「由舉人官江蘇道員，曾爲兩江總督的幕僚，工篆，尤善隸書。」得鄧石如、趙之謙、楊沂孫諸家之長，兼工篆刻，亦善山水，所作山水蒼渾秀潤，能詩，精鑒別，富收藏，以金石書法聞名於世人。

〔註 134〕李宗焜〈從分期分類談甲骨書法風格〉，《出土文物與書法學術研討會論文集》，（臺北：中華書道學會，1999 年 4 月修訂再版），頁壹～3。

圖 2-2.4　王懿榮〈舊書、嘉樹七言聯〉

傳統文化的薰陶、獨特的藝術稟賦、特殊的政治地位和人文環境等諸多因素的優化整合，釀成王懿榮書法藝術的高品位和豐富的內涵。深厚的金石學功底，豐富的收藏和扎實的鑒賞能力，驗證於王懿榮的書法上，體現出魏晉碑版與唐宋氣息相互融會貫通，金石氣與書卷氣互爲映照生發。忠貞耿直的品格，憂國憂民的思想充盈於王懿榮的書法中，讓我們看到了書家的醇厚正直和凜然正氣，折射出王懿榮崇高的人格魅力。〔註 135〕

〔註 135〕王子微，〈王懿榮及其書法藝術研究〉，《東方藝術》（河南省藝術研究院，2013 年 18 期），頁 117～119。

第三節　孫詒讓——樸學殿軍 研契權輿

孫詒讓（1848～1908），浙江溫州瑞安人。生於清宣宗道光二十八年戊申八月十四日，卒於德宗光緒三十四年戊申五月二十二日，年六十一。少名效洙，又名德涵。詒讓之名，有時也作貽讓。字仲頌，一作中容、仲容。晚號籀廎居士，別署荀羕。〔註 136〕同治舉人，清末樸學大師，與德清俞樾、定海黃以周齊名，世稱「清末三先生」，一生致力於學術研究和興辦地方教育。〔註 137〕

孫詒讓出身書香門第，幼承父親授四子書，十六、七歲時開始讀江藩《漢學師承記》、阮元刻《皇清經解》，始知清儒治經、史、小學家法；其時得元大德本《白虎通德論》、阮元校刻本薛尚功《鐘鼎彝器款識法帖》，並取呂大臨《考古圖》、王黼《博古圖》、王俅《集古錄》諸書較各器款識，始爲鑑藏善本及治金石學。二十一歲，開始收藏古代文獻，深善王念孫《讀書雜志》，並取其義法以治古書，時與金陵諸公切磋學問，爲重疏《周官》、研治經、子以及古文字學打下基礎。〔註 138〕他的學術研究涉及領域頗廣，諸如經學的《周禮正義》、諸子學的《墨子閒詁》、文字學、訓詁學的《札迻》、校勘學的《廣韻姓氏刊誤》、地方文獻學的《溫州經籍志》、《永嘉叢書札記》等各方面都有著述，已成者達 26 種。但歸納起來，其學術上的主要成就還是在於訓詁校勘與文字學研究兩個方面。其治學之法兼及錢大昕、段玉裁、王念孫諸家，爲有清一代樸學之殿軍。〔註 139〕

一、孫詒讓的古文字學成就

孫詒讓在文字學研究的著作主要有《契文舉例》、《古籀餘論》、《古籀拾遺》、《名原》及《籀廎述林》的部分章節。

〔註 136〕葉純芳，《孫詒讓《名原》研究》，（永和：花木蘭文化出版社，2007 年 3 月），頁 20～21。

〔註 137〕程邦雄，《孫詒讓文字學之研究》，（上海：華東師範大學博士學位論文，2004 年 4 月），頁 6。

〔註 138〕程邦雄，《孫詒讓文字學之研究》，（上海：華東師範大學博士學位論文，2004 年 4 月），頁 8。

〔註 139〕程邦雄，《孫詒讓文字學之研究》，（上海：華東師範大學博士學位論文，2004 年 4 月），頁 6。

（一）孫詒讓的金文學成就

孫詒讓窮四十多年的時間在研究青銅器銘文上，先後著有《古籀拾遺》、《古籀餘論》二部書。《古籀拾遺》撰寫目的在對宋薛尚功的《歷代鐘鼎彝器款識》、清阮元的《積古齋鐘鼎彝器款識》、吳榮光的《筠清館金文》等書作糾謬的工作；《古籀餘論》則仿照《古籀拾遺》的體例，對清吳式芬《攈古錄金文》一書作釐正的工作，這兩部書可以說是清代金文研究著作的總結。〔註 140〕

同治十一年（1872），孫詒讓二十五歲，他依據薛、阮、吳三家的金文著錄爲底本，對其中有疑問的銘文內容進行校勘考證的工作，撰成《商周金識拾遺》三卷。同年，他又作〈毛公鼎釋文〉。二十六歲，作〈召伯虎敦拓本跋〉。二十七歲，作〈周季子白盤跋〉。二十九歲，得到〈周要君盂〉，又購得葉志詵金文拓本二百種，有龔定庵的考釋題字，孫氏非常珍愛這些資料。四十一歲（1888），將《商周金識拾遺》改名爲《古籀拾遺》重校付刊，〔註 141〕全書共分三卷：上卷從薛書中選錄了 14 件銅器的摹刻銘文；薛氏的書雖然是宋代著錄家中最完備的，但是這本書的重點在於鑑別書法，對於文字的考釋卻多有謬誤，因此，孫氏選出 14 篇銘文，詳加考釋勘誤。中卷從阮書中選錄了 30 件銅器的摹刻銘文；阮書目的在接續薛書，爲研究清代所見古銅器銘文的第一部書，但是，其中仍存有許多的錯誤，因此，孫氏選出部分銘文，加以考證。下卷從吳書中選錄了 22 件銅器的摹刻銘文；吳書金文初由龔自珍、陳慶鏞兩人擔任編纂，但因龔氏爲詩人，陳氏爲經學家，對於古文字不是太熟悉，所以有望文生訓的弊病，於是孫氏選出部分銘文加以糾謬。〔註 142〕

清代，尤其是晚清的學者，在通讀銘文時，非常重視分段、句讀，比起宋代學者來實是一大進步。如孫詒讓於《古籀拾遺》中釋讀〈宗周鐘〉銘文時指出：「此鐘文鉦間爲第一段，鼓左爲第二段，鼓右爲第三段。鼓左一段順讀，自右而左。鼓右一段逆讀，自左而右，文義本自明晰；吳氏誤以鼓右爲二段，鼓左爲三段，又順讀鼓右三行，遂至文句舛午，不可通，疏繆甚矣。

〔註 140〕葉純芳，《孫詒讓《名原》研究》，（永和：花木蘭文化出版社，2007 年 3 月），頁 1。

〔註 141〕葉純芳，《孫詒讓《名原》研究》，（永和：花木蘭文化出版社，2007 年 3 月），頁 44。

〔註 142〕葉純芳，《孫詒讓《名原》研究》，（永和：花木蘭文化出版社，2007 年 3 月），頁 44。

今特正之。」〔註143〕鐘銘常是上下左右錯落構成，有時順讀逆讀相間，段與段之間如何銜接，確是問題。如果銜接不當，則銘文不可通，所以爲學者所注重。但是，這種段與段之間的關係，和整體鑄刻成的銘文按文意分段而形成的段與段之間的關係，有所不同。〔註144〕後者，如孫氏於《拾遺》上6頁至18頁通釋〈齊侯鎛鐘〉銘文時指出：「銘文前後當分爲四段……分別紀齊侯命叔尸〔註145〕治軍政之辭、齊侯錫叔尸采地及國社之事、錫車馬戎兵，言尸又敢再拜稽首、叔尸自紀其先代世系及作鐘之事。」〔註146〕分段釋銘，能使銘文文意脈絡清楚，層次分明，便於理解。以上兩類分段法，有益於詮解，也利於發現文意詰屈難通之處，所以一直爲後代學者所沿用。〔註147〕

斷句，是整理、注疏古代典籍最基本的方法，清代尤其是晚清學者大多是古籍整理專家，長於此道，移植過來用於解釋銅器銘文，是很正常的現象。其釋〈弔龢鐘〉曰：「此銘翟耆年《籀史》別有釋文，與薛頗異，謂銘皆以四字爲句……今案：此銘邦與雝韻，煌與亯、疆、慶、方韻，惟厘、立、宜三字不協韻。短則二字三字爲句，長則五字六字爲句。韻法、句法變化無方，《周頌》固有此例。翟臆定爲四字句，既析其文，又失其韻，殊不足信。」〔註148〕因爲斷句是基礎，所以也爲後代學者所沿用。〔註149〕

四十二歲，作〈井人殘鐘拓本考釋〉。四十三歲，作〈克鼎釋文跋〉。四十四歲，撰成〈宋政和禮器文字考〉。四十九歲，於永嘉得〈周麥鼎〉並撰成〈周麥鼎考〉。五十歲，友費屺懷寄贈金文拓本五十種給孫氏，他寫定釋文。五十六歲，重訂〈毛公鼎釋文〉，並撰成《古籀餘論》二卷。本書撰於清光緒二十九年（1903），孫氏生前未及印行，1929 年方刊成行世。共考釋吳式芬《攈古錄金文》中摹刻的比較重要的銅器銘文共105器。〔註150〕五十七歲，作〈籀文車字

〔註143〕孫詒讓，《古籀拾遺．古籀餘論》，（北京：中華書局，1989年9月），頁44。

〔註144〕趙誠，《二十世紀金文研究述要》，（太原：書海出版社，2003年1月），頁75。

〔註145〕孫氏原文作叔及，乃誤釋，今正。

〔註146〕孫詒讓，《古籀拾遺．古籀餘論》，（北京：中華書局，1989年9月），頁4～7。

〔註147〕趙誠，《二十世紀金文研究述要》，（太原：書海出版社，2003年1月），頁76。

〔註148〕孫詒讓，《古籀拾遺．古籀餘論》，（北京：中華書局，1989年9月），頁2～3。

〔註149〕趙誠，《二十世紀金文研究述要》，（太原：書海出版社，2003年1月），頁76。

〔註150〕葉純芳，《孫詒讓《名原》研究》，（永和：花木蘭文化出版社，2007年3月），頁

說〉，並撰成《契文舉例》。五十八歲，撰成《名原》。其他無法繫年的古文字學著作多見於他的《籀廎述林》中。〔註151〕

（二）孫詒讓的甲骨學成就

1903 年，甲骨學史上第一部著錄書《鐵雲藏龜》出版，孫詒讓見書後十分欣喜，謂「不意衰季睹茲奇迹，愛翫不已，輒窮兩月力校讀之，以前後復踵者，參互審繹，迺略通其文字」。光緒三十年（1904 年），孫詒讓根據《鐵雲藏龜》，寫成《契文舉例》。此書分爲上下兩卷共十章（月日、貞人、卜事、鬼神、卜人、官氏、方國、典禮、文字、雜例），約五萬字。

《契文舉例》以釋讀《鐵雲藏龜》中的甲骨單字爲主要視點，結合相關的不同用例，初步嘗試對甲骨卜辭內容進行考察。由於孫詒讓繼承了乾嘉學派重視考據的治學方法，加上自身有著很深厚的古文字研究素養，因此他僅用了短短的兩個月便寫成了甲骨學史上第一部考釋文字的專著，考釋甲骨文字 185 個，並正確釋讀出貞、乘、射、羌、去、省、若、亘、兆、禽、周、毋、叀、復、易等難度較大的字。〔註152〕

受當時所根據的甲骨著錄材料的局限，僅能據《鐵雲藏龜》一書，因而《契文舉例》一書中存在不少錯誤之處，不少學者對此書頗有微詞。儘管如此，《契文舉例》考釋文字的首創之功是不可抹殺的，而書中將文本分爲十章，也開啓了甲骨文分類研究的雛形。陳夢家以爲：「孫氏將不同時代的銘文加以偏旁分析，藉此種手段，用來追尋文字在演變發展之中的沿革大例——書契之初軌、省變之原或流變之迹。他對於古文字學的最大貢獻，就在於此。」〔註153〕唐蘭也說：「古文字的研究，到孫詒讓才納人正軌，他的精於分析偏旁和科學方法已很接近了。」〔註154〕

《契文舉例》在考釋所得文字、考釋文字的方法和編寫體例方面都作出了開創性的貢獻，即便認爲《契文舉例》無甚可取的羅振玉，從其《殷商貞卜文

44～53。

〔註151〕葉純芳，《孫詒讓《名原》研究》，（永和：花木蘭文化出版社，2007 年 3 月），頁 44。

〔註152〕王宇信、楊升南，《甲骨學一百年》，（社會科學文獻出版社，1999 年月），頁 90。

〔註153〕陳夢家，《殷墟卜辭綜述》，（北京：中華書局，1988 年月），頁 56。

〔註154〕唐蘭，《古文字學導論》，（齊魯書社，1981 年 1 月），頁 183。

字考》中也可以看出受到《契文舉例》的影響。〔註 155〕

孫詒讓晚年，寫了《名原》一書，這部書雖然是孫詒讓最後一部古文字學的著作，卻是中國古文字學史上第一部綜合甲骨文、金文、石鼓文等古文字資料而成的著作，它所代表的意義，是正式結束歷代以「著錄金文並考釋文字」，亦即「以一器釋一器之文」的研究型態，而爲純粹以討論古文字字形爲主的專著。〔註 156〕

《名原》於光緒三十一年完成，於孫氏死後，由其家人倉促付梓，在刻工不明古文字的點畫，校者又以不識篆籀而闕之的情況下完成。其後的點校工作曾有沈兼士、容庚、馬衡、劉節、戴家祥等人參與，方有現今之面貌。雖如此，《名原》實總結了孫詒讓在古文字學研究上的成就與地位：

（一）打破以「以一器釋一器之文」的研究型態：由對單篇銘文的考證，進而欲串連各器銘中相同的文字，以尋求文字的初軌，勢必要將各篇銘文重新整合、分析、比較，《名原》便在此觀念上產生，以《古籀拾遺》、《古籀餘論》爲基礎，結束「以一器釋一器之文」的研究型態，代之以研究古文字字形變化爲重點的新趨勢。

（二）首先將甲骨文、金文、石鼓文等古文字資料融於一書：孫詒讓將甲骨文、金文、石鼓文、貴州紅巖古刻等古文字資料來與《說文》古籀相比較，以觀文字演變之跡，寫成《名原》，雖然目前仍無有力證據證明貴州紅巖古刻是文字或圖畫，但能將多種古文字資料融於一書，在當時是絕無僅有的。清代小學家的研究方式一向以秦篆爲本、以《說文》爲據；晚清以後，研究方式則變爲上溯三代的甲骨、彝器，下推秦漢以來的殘簡碑碣，《名原》一書可謂導其先路。

（三）善用古文字的研究方法：民國以來的文字學者都非常標舉孫詒讓的「偏旁分析法」，認爲雖然遠從許慎《說文》起便有此種概念，但一直到孫詒讓才將此法發揮至極致。細審《名原》，孫詒讓除在第三篇〈象形原始〉大量利用「偏旁分析法」來解說古文字外，其他各篇則較常使用「比較法」、「辭例推勘法」、「古制度法」來解說。他利用「偏旁分析法」考釋出古文字以「止」爲偏

〔註 155〕王宇信、魏建震，《甲骨學導論》，（北京：中國社會科學出版社，2010 年 6 月），頁 229～231。

〔註 156〕葉純芳，《孫詒讓《名原》研究》，（永和：花木蘭文化出版社，2007 年 3 月），頁 1。

旁的相關字，如：「夊」、「韋」、「降」、「舛」等；利用「比較法」，將甲骨文、金文、石鼓文中的「鹿」字串連起來比對，並藉由「廌」字的佐證，證明小篆形體已違失造字原始之形；利用「辭例推勘法」，考證金文〈毛公鼎〉文與〈酒誥〉同，因而推勘出「湎」字；又因孫氏撰注《周禮正義》，熟悉古制度，故又能從《周書·大�》，考證出「牆」的借字用法。表示孫詒讓研究古文字是不拘泥於一種研究方法，而是旁徵博引，針對不同的字例運用不同的研究方法。

（四）補正《說文》的闕失：孫氏作《名原》的主要目的是「尋古文、大、小篆沿革之大例」，還另立一篇〈說文補闕〉，針對甲文、金文中常見，卻在《說文》中失收的古文字作補遺的工作。即使如此，他並沒有否定許慎作《說文解字》的成就，反而能體諒許慎受環境的限制導致失誤，而常以「《說文》偶失矣」帶過。〔註157〕

孫詒讓認爲甲骨文「大致與金文相近，篆畫尤簡渻，形聲多不具，又象形字頗多，不能盡識」，可以用來補「商一代書名之佚」〔註158〕。他的《名原》在一定程度上開始跳出了金石學和傳統文字學的圈子，自覺地利用甲骨文材料考證文字演變的過程。同時，將甲骨文和銅器銘文材料做對比作綜合性的研究，代表了清代古文字研究的最高水平，是古文字學史上有重要意義的一部著作。〔註159〕

二、孫詒讓的篆書表現

孫詒讓留下的篆書書迹極少，只能從他所題書耑及書籍序文得見，且爲刻本，未免失眞；雖然，仍可見其彷彿也。如其〈古籀拾遺書耑〉（圖2-3.1），就用字來看，以《說文》小篆爲主，但因其古文字研究之便利與心得，將「籀」字中「留」的偏旁採用「[illegible]屯留幣」的字形；「遺」之「貝」採用如金文「[illegible]曶鼎」之形；「辵」符能改正《說文》「彳」的訛誤，用更古老、更正確的字形組合來讓這書耑題寫更有古意，也算是研究之餘的副產品了。就書法來看，「古」字各

〔註157〕葉純芳，《孫詒讓《名原》研究》，（永和：花木蘭文化出版社，2007年3月），頁172～174。

〔註158〕孫詒讓，《契文舉例·敘》，（濟南：齊魯書社，1993年12月），序頁。

〔註159〕郭國權，《清代金文研究綜論》，（長春：吉林大學博士學位論文，2011年4月），頁44。

畫起筆姿態豐富，有橫畫的隸書蠶頭式、豎畫的楷書式、口符左右的側鋒直起、自然出鋒，且筆道凝重，字簡而視覺量感重；其他三字繁而筆畫輕盈秀麗，起筆或藏或露，收筆斬截，接角轉多於折，較有周合之感，細觀線條也有細微輕重變化，可以說將所有篆書的用筆方式都用上了。字形結構穩定而重心多落於中段，有古拙之感。

圖 2-3.1　孫詒讓〈古籀拾遺書耑〉

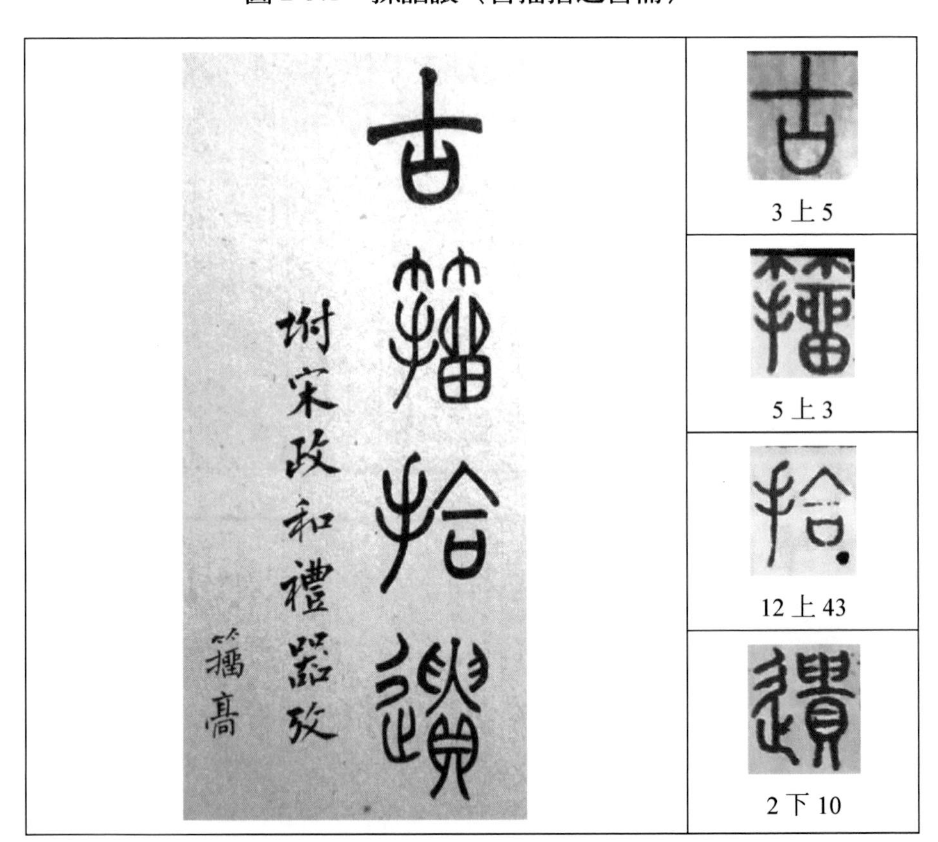

再如光緒 16 年正月（1890）《古籀拾遺》刊成時，用小篆所寫的長序，驅遣文字隨心自如，具見其文字學者的本色，特以原書大小呈現如下：

〈古籀拾遺敘〉（圖 2-3.2）：「攷讀金文之學，蓋萌柢于秦漢之際。《禮記》皆先秦故書，而〈祭統〉述孔悝鼎銘，此以金文證經之始。漢許君作《說文》，據郡國山川所出鼎彝銘款以修古文，此以金文說字之始。誠以制器爲銘，九能之選，詞誼瑋奧，同符經義，至其文字，則又上原倉籀，旁通疋（雅）故，博稽精斠，爲益無方。𠷣（然）則宋元以後，最錄款識之書，雖復小學枝流，抑亦秦漢經師之家法歟！宋人所錄金文，其書存者，有呂大臨、王楚、王俅、王厚之諸家，而以薛尚功《鐘鼎款識》爲尤備；𠷣（然）薛氏之恉在於鑒別書法，蓋猶未刊集帖之陋，故其書摹勒頗精，而平（評）釋多繆。以商周遺文而迺與晉唐隸草絜其甲乙，其于證經說字之學庸有當乎？」

圖 2-3.2　孫詒讓〈古籀拾遺敘〉

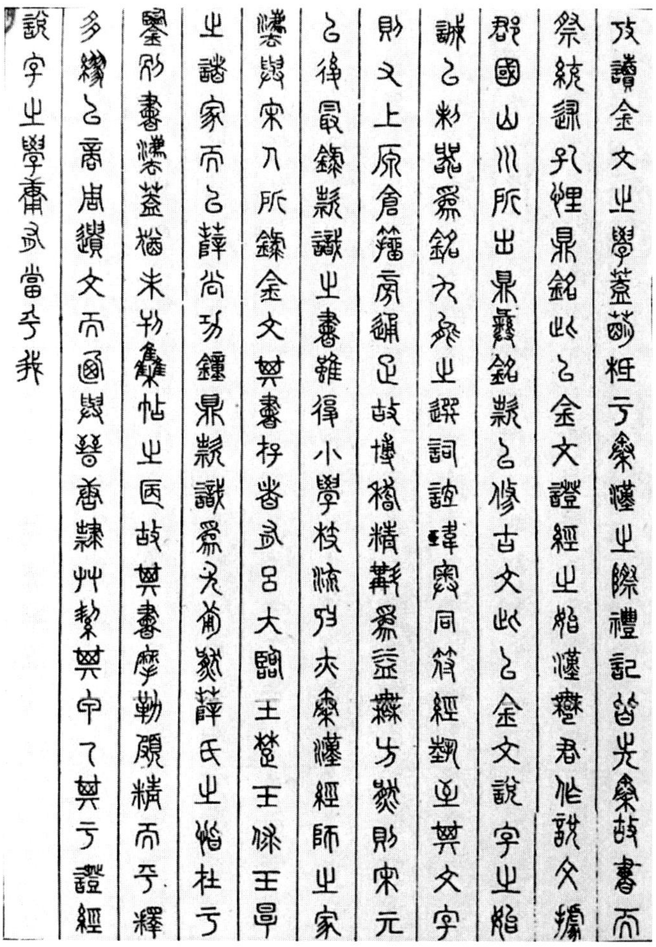

〈古籀拾遺敘〉1890 正月

本段先敘金文之學的的源流，從秦漢之際《禮記．祭統》以金文證經，到東漢許慎作《說文》，據郡國山川所出鼎彝銘款以修古文，以金文說字；這些銘文製作精良、詞義古奧與經書的文法、用語皆可相參證，而文字更近於古，對探討文字的初形本義多有助益。雖然宋元以來金石款識之學僅是小學旁枝，呂、王諸家書中，以薛尚功《歷代鐘鼎彝器款識法帖》最爲完備，但所著重者在書法，對文字考證多存誤謬，在證經說字方面的功能是未能彰顯的。孫氏以其經學家的角度大力的讚揚《說文》的貢獻，而對宋元以來款識之書微詞頗多，間接表明了這段期間金文學的衰弱。

「我　朝乾嘉以來，經術道盛，修學之儒肇斠篆籀，輒取證于金文，儀徵阮文達公遂集諸家拓本賡續薛書；南海吳布政榮光著《筠清館金石錄》，亦以金文五卷冠首。阮氏所錄既富，又萃一時之方聞邃學以辯證其文字，故其攷釋精塙（確），率可依據；吳書釋文蓋龔禮部自珍所纂定，自負其學爲能冥合倉籀之恉，而鑿空肔繆，幾乎陽【楊】承慶、李陽冰之說，嘫（然）其孤文瓻（碎）誼，偶窺扃窅，亦間合於證經說字，終非薛氏所能及也。」

有清乾嘉以來，經學、小學大盛，以金文來佐證、校訂《說文》者所在多有。其中最著者阮元的《積古齋鐘鼎彝器款識》是要賡續薛書的，蒐羅宏富而且專家學者辯證下，考釋精確；吳榮光的《筠清館金文》釋文是龔自珍纂定，然而荒疏錯謬者多，僅偶有突破，勉強勝過薛書而已。

接著對秦焚書後歷代曾有之古文字資料發現與湮滅，發出江河日下的感嘆，且感覺到以金文窺三代遺迹、正經說字的重要性；而興起對薛、阮、吳三家之書校訂的意圖：「詒讓束髮受經，略識故訓，嘗慨獷秦燔書別刱（創）小篆，倉沮舊文寖用湮廢，漢人掇拾散亡，僅通四五，壁經後出，罕傳師讀；新莽居攝，甄豐校文書，崇奇字而黜大篆——甄豐所定六書：一古文、二奇字、三篆文即小篆、四左（佐）書、五繆篆、六鳥蟲書，而無大篆，是其證也——建武中興，史籀十五篇書缺有閒；魏正始時經或依科斗之形以造古文；晉人校汲冢書以隸古定，多怪詭不合六書。蓋古文廢于秦、籀缺于漢，逮魏晉而益微，學者欲窺三代遺迹，捨金文奚取哉？端居諷字，頗涉薛、阮、吳三家之書，展卷思誤，每滋疑惑。閒用字書及它刻互相斠覈，略有所寤（悟），輒依高郵王氏《漢隸拾遺》例，爲發疑正讀。」

於是蒐羅字書、比較版本，用王念孫《漢隸拾遺》的體例寫成三卷書。「書成三卷，自惟末學膚受，不足以通古籀之原，竊欲刺剟殘碎，少坿（附）證經說字之學，至于意必之論刊除未盡，且僅據傳摹，罕覯墨本，點畫漫缺，或滋妄說。世有好古文字如張敞、顏游秦者，黨能理而董之矣。同治十一年余月，瑞安孫宜讓敘。」書成於同治 11 年（1872），謙虛的說明自己的侷限與不足，並期待有志於此者能據此而更加精進。其實孫氏書在上卷校正薛書 14 器；中卷校阮書 30 器；下卷校吳書 22 器，共收 66 條。每條都楷書銘文，須要考釋的字即摹寫原形，同一個字拓、摹本不同的則羅列比勘，各家解釋不一的則善而從，有誤者重新考定。此書糾正前人許多錯誤，在形體勘比和字詞的通假上解決了很多難題。〔註 160〕

〔註 160〕郭國權，《清代金文研究綜論》，（長春：吉林大學博士學位論文，2011 年 4 月），頁 92。

此書在金陵完成後，續在光緒戊子（1888）重新校訂，在溫州刊刻；刻成已是光緒庚寅（1890）年正月了。文末特別表彰同里周璪爲此書手寫上版、訂正文字的功勞，猶如張力臣爲顧炎武校寫《音學五書》一般，雖說自己不敢望顧亭林之項背，但周璪的修學好古，實今世之張力臣也。

「此書成于同治壬申，時在金陵。光緒戊子重校定，刊于溫州，同里周孝廉璪亦耆（嗜）篆籀之學，爲手書上版，并是正其文字，中牽于它事，三載始畢工。昔亭林顧先生刊《音學五書》，山陽張力臣爲之校寫，世珍爲善本。亭林古音曠代絕學，非疏陋所敢卬（仰）希萬一，而周君之修學好古，則固今之力臣也。庚寅正月刊成記之，詒讓。」古籀拾遺敘畢〔註 161〕

〔註 161〕孫詒讓，《古籀拾遺．敘》，(臺北：華文書局，1971 年 5 月)，頁 1～4。此版本圖

于溫州同里周季廉璪大書篆籀之學爲予書之上
版并是正與文字中章于史事三載始畢工亭林
顧先生於音學五書山陽張力臣爲之校寫世珍爲
善本亭林古音曠代絕學非淺因所能知系屬一而
周君之修學好古則固今之力臣也求實正以於成
記之詒讓

古籀拾遺敘敦

如此長文全用小篆，其精於《說文》可見，其中用本義本字者，如「嘫」、「疋」、「孳」、「墑」、「瓬」、「左」、「寣」、「坿」、「卬」、「耆」等，更見其邃密之把握；另外小篆與今文字差距甚大的「許」、「復」、「陋」、「枂」、「疏」、「敢」、「好」等字皆有本有源，無怪乎能以《說文》之學上窺金、甲也。

本敘字小，筆畫表現以鐵線篆法為主，對字型結構的掌握亦中規矩，常見「又」符下垂筆肥筆形，表現古籀年代較早的特徵。總體看來工穩而字字不懈，所重在學問之展現，豈可以書法之良窳衡之哉。

孫詒讓以其古文字學研究偶涉篆書創作，不求書法之工的展示學問，又一次讓我們看到學者餘事弄翰的可貴，又再一次博得我們的驚嘆與尊敬。

版較清晰，故擇以分頁攝影之。

第三章　近、現代古文字學者之篆書表現

第一節　羅振玉——討文傳後　盛業克昭

羅振玉（1866～1940），清同治五年六月二十八日子時生於江蘇淮安南門更樓東寓居，世籍浙江慈谿，南宋始遷上虞三都之永豐鄉，曾祖時遷淮安。先生乳名玉麟；稍長，父名之曰寶鈺；十六歲赴紹興應童子試，乃改名振鈺，字之曰式如；入學後，又更名振玉，字叔蘊，後又字叔言；初號雪堂，晚年因清廢帝溥儀贈予手書之「貞心古松」匾額，又號貞松、松翁。此外，更有老殘翁、抱殘老人〔註1〕、永豐鄉人、商遺父〔註2〕、仇亭老人〔註3〕等別號。

〔註1〕羅振玉於民國19年（西元1930年）所撰〈貞松堂集古遺文序〉，自署「老殘翁」；民國20年所撰〈遼居乙稿序〉，自署「抱殘老人」。此等別署之由來，於羅振玉63歲（西元1938年）時所爲〈自輓聯〉，或可得窺其緣由：「畢生寢饋書籍，歷觀洹水遺文，西陲墜簡，鴻都石刻，柱下秘藏，抱殘守缺差自幸。」其中對於得幸歷觀出土甲骨、墜簡石刻等史料遺物，並加以保存，頗感自豪。《貞松老人外集。卷四》，《羅雪堂先生全集》續編。冊四，頁1835。

〔註2〕羅振玉於民國2年（西元1913年）所撰〈鳴沙石室佚書序〉，自署「商遺父」，爲東渡日本後的別署。

〔註3〕羅振玉於民國3年（西元1914年）所撰〈芒洛冢墓遺文序〉，自署「仇亭老民」，

〔註4〕民國29年5月14日卒於遼寧旅順，享壽七十有五。

羅振玉收藏宏富，博學多識，是著名的古文字學家、收藏家、鑒賞家、出版家、書法家。他學術見聞廣博，傾一己之力廣泛搜集各類新發現的文物資料，分門別類地加以整理、著錄，爲近現代社會科學研究珍貴資料的保存與傳布，做出了巨大的貢獻。他自幼喜愛收集金石銘刻，終生不輟。甲骨、銅器、金文拓本、璽印、封泥、古器物範、明器、古鏡、瓦當、符牌、鈔幣、刑徒磚、買地券等都有收藏，掌握了豐富的古文字資料。他以深厚的國學功底對這些資料進行了深入的研究，留下了大量學術著作，在甲骨學、金石學、敦煌學、文字學、文獻學等方面均有卓著貢獻，影響深遠。學術思想上，羅氏已受西方學術思想的影響，「以爲西人學術未始不可資中學之助」。他曾主張把傳統的金石學改爲古器物學，表現出廣闊的學術視野。

他在語言文字方面的貢獻主要體現在甲骨文的蒐集研究、銅器銘文的編纂印行、簡牘碑刻的搜羅刊布等。舉凡古文字方面他均有涉及。羅振玉一生勤於研究，留下了大量學術著作。其治學方法秉承乾嘉樸學之餘緒，兼有革新，創獲良多。特別是在甲骨文的考釋與研究上著力甚多，貢獻卓著，已爲學界廣泛承認爲「甲骨四堂」之一。〔註5〕

一、羅振玉的古文字學成就

甲骨文字之刊行與研究，雖不始於羅振玉，然而甲骨文之發揚光大，得以有今日之盛況者，則羅氏之功爲多；劉鶚之印行《鐵雲藏龜》也，羅氏實贊其成；孫詒讓《契文舉例》之得印行也，實由羅氏。使無羅氏，此二書未必得與世人相見。與羅氏共治斯學者爲王國維，其交情在師友之間，〔註6〕後人以「羅王之學」目之，故討論羅振玉之古文字學研究，必兼及王國維也。

亦爲東渡日本後的別署。

〔註4〕莫榮宗，〈羅雪堂先生年譜〉，《羅雪堂先生全集．初編》，（臺北：文華出版公司，1968年12月），頁8693。

〔註5〕譚飛，《羅振玉文字學之研究》，（華中科技大學博士學位論文，2010年5月），頁1～2。

〔註6〕容庚，〈甲骨學概況〉，《容庚文集》，（廣州：中山大學出版社，2004年11月），頁8。

（一）羅振玉的古文字學治學特徵

羅振玉和王國維結交垂三十年，他們之所以能在學術上獨樹一幟，留下深遠的影響，極其重要的一點是，他們有著共同的治學方法。他們研究學問的方法，和乾嘉以來的小學家們相比，雖也有不少共同點，如都以《說文》的研究爲基礎，都尊重客觀事實，遵循識字、釋文、斷句、通讀的程序來釋讀銘文，都採用分類法對各類器物分門別類地進行研究，但相異之處也很多。由於他們所碰到的問題，所見到的材料（即羅氏所謂「文字之福」）遠比乾嘉諸儒要多得多，又由於他們不同程度上吸收了近代的科學方法，所以他們的治學方法具有與乾嘉樸學迥然不同的特徵。即便與同時期的一些學者們相比，他們也有其自己的特色。

羅、王治學的基本特徵可以歸納爲以下三個方面：

第一、二重證據法：

以往研究學問，大都從文獻到文獻，以經注經，或以群經注一經，注來注去，弄得越來越煩瑣；小學家們也不例外，只知「以字考經，以經考字」，根本不重視地下出土的實物資料。甚至甲骨文出土後，有的學者還斥爲僞物，並認爲地下所出資料均不可據，唯文獻資料方爲信史；當時又有一派學者一味的「疑古」，將大量的文獻典籍列爲「僞書」，對夏禹一類的人物都持懷疑態度。這兩種傾向皆爲羅、王所不取。他們既熟悉古籍文獻，又握有大量的地下資料，並將二者結合起來研究，於是別開生面，在中國學術史上揭開了新的一頁。此法即所謂二重證據法，雖非王國維所首創，然由他言之最詳，運用也最有成效。王國維說：

> 吾輩生於今日，幸於紙上之材料外，更得地下之材料。由此種材料，我輩固得據以補正紙上之材料，亦得證明古書之某部份全爲實錄，即百家不雅馴之言亦不無表示一面之事實。此二重證據法，惟在今日始得爲之。雖古書之未得證明者，不能加以否定，而其已得證明者，不能不加以肯定，可斷言也。〔註7〕

又說：

〔註7〕王國維，〈古史新證〉，《王國維文集》，（北京：中國文史出版社，1997年5月），頁2。。

……故此新出之史料在在與舊史料相需，故古文字、古器物之學與經史之學實相表裡。惟能達觀二者之際，不屈舊以就新，亦不絀新以從舊，然後能得古人之眞，而其言乃可信於後世。〔註8〕

他們之所以能從甲骨文中考釋出一系列殷先公先王的名字，完全得力於這種研究方法。經過他們的研究，證明《史記．殷本紀．三代世表》所述殷代世系雖略有錯誤，但基本上是正確的。羅、王之後，有的學者據地下材料證諸子百家，有的則據以證《史記》、《漢書》；前幾年山東臨沂銀雀山漢簡和湖南馬王堆帛書出土後，學者們又據以整理《孫子兵法》、《孫臏兵法》、《尉繚子》及《老子》、《戰國縱橫家書》等等，凡此種種，實際上都是運用此二重證據法而在整理古籍方面作出貢獻的。

第二、不迷信《說文》，對《說文》持批判態度：

羅、王以前治小學者莫不以《說文》爲圭臬，以許慎爲至高無上的權威。注釋、研究《說文》的人大都在《說文》本身的範圍內打圈子，不論「以許注許」也好，以群書注許也好，其目的無非是爲了證明許慎的正確無誤；只有極少數學者如顧炎武、孔廣居懷疑過許慎是否「盡得古人之意」，餘者雖對《說文》提出過一些懷疑或批評，也不過是說其有傳鈔之誤，有脫漏而已，並不敢疑到許慎本身頭上去。和許慎心心相印的段玉裁，其精思卓識，常令人拍案叫絕，他也發現了《說文》中明顯的錯誤，但往往一言以蔽之曰「此淺人妄改也」，通觀一部《說文解字注》，極少眞正批評許慎的話。羅振玉和王國維則立足於地下出土的第一手資料，認定甲骨文、金文比篆籀要早得多，篆籀不過是其流變，故可據《說文》上推金文、甲骨文，但不能削足適履，以《說文》來規範甲骨文、金文。所以他們既參證《說文》以釋甲骨文字，又不爲《說文》所束縛，而能認出一批與《說文》字形不同的甲骨文，反過來糾正《說文》的錯誤，這就比前人大大高出了一籌。甲骨文之所以能經他們二人之手而大致考釋出來，得以通讀，與此有莫大的關係。

第三、闕疑待問：

這本不是他們兩人的新發明，但他們對此特別重視，不僅身體力行，而且以此戒飭子弟後學。在他們的倡導下，《殷虛文字類編》書末附有待問編十

〔註8〕王國維，《殷虛文字類編．序》，（臺北：文史哲出版社，1979年10月），頁5。

三卷；《金文編》則將圖形文字之不可識者列爲「附錄上」，形聲之不可釋者及考釋猶待商榷者爲「附錄下」。《古璽文字徵》、《漢印文字徵》以及《甲骨文編》等書正編之後亦均附錄不識或待商榷之字，以供進一步研究。

闕疑待問，其精神本是積極的、進取的，不應將它誤解爲消極的、後退的，因而以此爲藉口，一味「存疑」、「闕如」。如果這樣，就大違羅、王原意。關於這一點，王國維也闡述得非常精闢、透徹：

> 自來釋古器者，欲求無一字之不識，無一義之不通，而穿鑿附會之說以生。穿鑿附會者非也，謂其字之不可識，義之不可通而遂置之者亦非也。文無古今，未有不文從字順者。今日通行文字，人人能讀之解之，《詩》、《書》、彝器亦古之通行文字，今日所以難讀者，由今人之知古代不如知現代之深故也。苟考之史事與制度文物，以知其時代之情狀，本之《詩》、《書》以求其文之義例，考之古音以通其義之假借，參之彝器以驗其文字之變化，由此而之彼，即甲以推乙，則於字之不可釋義之不可通者，必間有獲焉。然後闕其不可知者，以俟後之君子，則庶乎近之矣。〔註 9〕

這就是說，經過了各方面的努力，實在到了山窮水盡的地步，才可將一時無法解決的問題作爲「闕疑」，以待異日。既尊重歷代相傳的文獻記載，又重視地下所得的實物資料；既把《說文》作爲研究的基礎，又跳出它的圈子，糾正它的錯誤；知之爲知之，不知爲不知，實事求是，老老實實，這就是我們所認識到的羅、王治學的基本特徵。〔註 10〕

（二）羅振玉的古文字學成就

容庚謂：「羅氏之功有三，一在流佈：褊心之人，對於研究之材料，每私爲己有，不肯公之同好。羅氏則自謂『所學未邃，且三千年之奇跡，當與海內方聞碩學之士共論定之』。故先印行《殷虛書契》而後乃作《考釋》，且印刷之書，務極精美，吾人所據以爲研究之資料，多出於羅氏所印行。流佈之

〔註 9〕王國維，〈毛公鼎考釋序〉，《觀堂集林》，（石家莊：河北教育出版社，2001 年 11 月），頁 179。

〔註 10〕陳煒湛，〈論羅振玉和王國維在古文字學領域內的地位和影響〉，《甲骨文論集》，（上海：上海古籍出版社，2003 年 12 月），頁 187～190。

功，至今尚未有能過之者。一在考釋：其所作《殷商貞卜文字考》、《殷虛書契考釋》，分別部居，創通條例，深入顯出，後之學者，多率循其範圍。《考釋》自序謂『予爰始操翰，訖於觀成，或一日而辨數文，或數夕而通半義。譬如冥行長夜，乍覩晨曦，既得微行，又蹈荊棘，積思若痗，雷霆不聞；操觚在手，寢食或廢』〔註 11〕。其鑽研之苦，於斯可見，宜其爲斯學獨闢康莊也。一在傳授：民國十一年，羅、王兩先生任北京大學研究所國學門導師，余與商承祚、董作賓、丁山，皆研究生也。而關葆謙、柯昌濟、商承祚，又皆羅氏及門弟子。唐蘭受羅氏之知，招之至津，館於周氏者七年。十四年，王氏任清華大學研究院教授，余永梁、吳其昌、朱芳圃、徐家瑞、衛聚賢、劉盼遂、劉節、戴家祥、周傳儒、徐中舒，亦皆研究生也。十五年，余任燕京大學教授，得學生孫海波、瞿潤緡、蕭炳實、邵子風、陳競明、陳夢家數人。胡厚宣、張政烺、屈萬里，皆畢業於北京大學，任職歷史語言研究所，承董作賓指導。以上諸人，於甲骨文皆有述作，雖造詣有深淺專兼之不同，而其衍羅氏之傳則一。」〔註 12〕

容庚以爲羅氏之功有三，流布之功，論之已詳；傳授之勳業，霑溉無算，特就其古文字考釋刊布之得，再加說明：

（三）羅振玉甲骨文字學之貢獻

1910 年，羅振玉完成《殷商貞卜文字考》一書，文章分爲考史、正名、卜法三章，試釋甲骨文字二三百個，後來對《殷商貞卜文字考》修訂的稿本實際上成爲其甲骨名著《殷虛書契考釋》的綱目與初草。1915 年，《殷虛書契考釋》出版發行。分爲都邑、帝王、人名、地名、文字、卜辭、禮制、卜法等八章。以「由許書以溯金文，由金文以窺書契，窮其蕃變，漸得指歸。」〔註 13〕的方法考釋文字，共釋得形、聲、義皆可知者 485 字，僅知其形與義者 56 字。在文字考釋的基礎上，結合史籍，考求商代典制與史實，考證出先王先妣 45 名，人名 78 個，地名 193 個。另外還通釋卜辭 655 條，進而從帝系、京邑、祀禮、卜法、官制等方面達到尋繹商史和商文化的目的。

〔註 11〕羅振玉，《增訂殷墟書契考釋》，（板橋：藝文印書館，1981 年 3 月），序頁 2。

〔註 12〕容庚，〈甲骨學概況〉，《容庚文集》，（廣州：中山大學出版社，2004 年 11 月），頁 8。

〔註 13〕羅振玉，《增訂殷虛書契考釋》，（板橋：藝文印書館，1981 年 3 月），序葉 1。

1927 年，羅振玉又出版了《殷虛書契考釋》的增訂本，此增訂本並非只是對初印本的增補，實質上是「羅氏在甲骨學上最後的總集」〔註 14〕。《增訂殷虛書契考釋》爲三卷二冊，許多內容較其前身有所增益，據羅琨、張永山的統計，「帝王、人名都有增加；地名增至 17 類 230 個；考釋難形、音、義可知的 560 字；用今楷寫出可通讀的卜辭 1196 條；較初印本增加了十分之四強……還盡量吸收了王國維氏在甲骨文研究方面的貢獻。」〔註 15〕

《殷虛書契考釋》及《增訂殷虛書契考釋》的問世，標誌著甲骨學由初創時期進入了全面的文字審釋時期，在百年甲骨文字考釋的發展進程中，該書起著承上啓下的劃時代意義。〔註 16〕除了有前後相承關係的這三種著作外，單篇短文還有收入《雲窗漫稿》的〈釋爰〉、〈釋叔〉、〈與林浩卿博士論卜辭王賓書〉、〈與王靜安徵君論卜辭上甲書二札〉，收入《後丁戊稿》的〈釋奚〉、〈釋止〉、〈釋行〉。還有一些甲骨文著錄的序也有涉及，如〈鐵雲藏龜序〉、〈殷虛書契待問編序〉、〈鐵雲藏龜之餘序〉、〈殷虛書契前編序〉、〈殷虛書契後編序〉、〈殷虛書契菁華序〉，後 5 篇均收入《雪堂校刊群書敘錄》。〔註 17〕

羅振玉、王國維在 19 世紀末 20 世紀初中西學術衝撞融合的背景下，在吸收乾嘉學者成就的基礎上，將甲骨學研究大大向前推進了一步。〔註 18〕

（四）羅振玉金文文字學之貢獻

1. 著錄豐富冠絕前賢：

自宋代以來，金文著錄的書籍，以清代吳式芬《攈古錄金文》與吳大澂《愙齋集古錄》爲最詳備。然合二書著錄的總數，不過收錄二千餘器。羅振玉於民國 19 年至 23 年間編成《貞松堂集古遺文》三編，二十二卷，收錄前

〔註 14〕陳夢家，《殷虛卜辭綜述》，(北京：中華書局，1988 年 1 月)，第 59 頁

〔註 15〕羅琨、張永山，《羅振玉評傳》，(南昌：百花洲文藝出版社 1996 年 12 月)，頁 127。

〔註 16〕王宇信、魏建震，《甲骨學導論》，(北京：中國社會科學出版社，2010 年 6 月)，頁 232～233。

〔註 17〕譚飛，《羅振玉文字學之研究》，(華中科技大學博士學位論文，2010 年 5 月)，頁 3～4。

〔註 18〕王宇信、魏建震，《甲骨學導論》，(北京：中國社會科學出版社，2010 年 6 月)，頁 6。

人所未收的器銘共 2214 器。其中 118 器雖然已見於著錄，〔註19〕但其餘未見著錄的部份，確實大量補足了前人的數量，成果豐碩。又民國 25 年所成《三代吉金文存》二十卷，專錄三代器銘共 4835 件，也是獨步學林的巨製。〔註20〕此書按器物種類排列，每器種下又按字數多寡序列，無釋文。該書收羅宏富、鑒別嚴準、印刷精良，集一時銅器銘文原始資料之大成，在國內外產生了巨大影響，爲後世金文研究保存了寶貴資料，爲金文研究者所必備。該書僅有目錄，然正如孫稚雛先生所言「分類排列的本身，包含了編者對銅器分類學、器物定名、辨僞以及拓本的審定等各方面的豐富知識」。〔註21〕僅此二書，在著錄內容的豐富程度上，已經是宋代以來的學者所望塵莫及的成就，更爲民國以後的學者樹立了一座高聳的指標。〔註22〕

2.首開商器鑑別法風氣與條例：

清代學者著錄彝器，大多習慣以「三代器」爲名，而不細分商、周。潘祖蔭《攀古樓彝器款識》以後，尤爲如此，因此對商、周器的鑑別與年代考訂等研究，便缺少了可資遵循的條例。1917 年，參考安陽殷商遺物出土，鑑別研究之後，頗有心得，於是編纂《殷文存》一書，爲殷商器物的鑑別方法找到部份可供參考的鑑別條例：

> 惟書契文字出於洹陰，其地爲古之殷虛，其文字中又多見殷先公先王之名號，其爲殷人文字，信而有徵。若夫彝器，則出土之地往往無考。昔人著錄號爲商器者，亦非盡有根據。惟商人以日爲名，通乎上下，此編集錄，即以是爲埻（準）的，而象形文字之古者，亦皆入之。雖象形之字或上及夏代日名之制，亦下施於周初，要之不離殷器者近是。〔註23〕

由這段敘述可知，羅振玉判定商器的標準，是依據商人「以日爲名」的命名方

〔註19〕王永誠《先秦彝銘著錄考辨》，（國立台灣師範大學國文研究所博士論文，1978 年），頁 400。

〔註20〕熊道麟，《羅振玉金文學著述》，（永和：花木蘭文化工作坊，2005 年 12 月），頁 25。

〔註21〕譚飛，《羅振玉文字學之研究》，（華中科技大學博士學位論文，2010 年 5 月），頁 5。

〔註22〕熊道麟，《羅振玉金文學著述》，（永和：花木蘭文化工作坊，2005 年 12 月），頁 25。

〔註23〕羅振玉，《羅雪堂先生全集・三編》，（臺北：文華出版公司，1970 年 4 月），頁 151。

式與「古象形文」的字形特徵爲主。他的這套標準，雖然未稱允善，然而最重要的價值還在於他開了風氣之先。也爲後來馬衡考訂《考古圖》中的〈亶甲觚〉、〈足跡罍〉及〈兄癸卣〉等三器爲商器的成果提供了觀念上的基礎。〔註 24〕

3. 大量引用甲骨文互證金文：

甲骨文出土之後，根據甲骨文考訂金文，爲金文研究開闢新路的著作，首推孫詒讓《名原》一書。羅振玉繼孫氏之後，於清宣統 2 年刊印《殷商貞卜文字考》一書，已能根據甲骨文從事古史研究的工作。其中〈正名篇〉第二，便依據甲骨文與金文的字形，考辨許慎《說文解字》；更認爲甲骨文與金文可在文字的研究上相互發明。他認爲金文可辨明《說文》之不足與學者的爭議、甲骨刻辭有助於古金文考釋，甲骨、金文字形可相互印證。金文研究至此而旁證大增，解讀也愈趨正確。羅振玉在金文學史中所扮演的承先啓後角色，也更加地彰顯出難以磨滅的地位與價值。〔註 25〕

對於金文與相關器物的研究，羅振玉在這個層面所下的功夫其實頗深，也時有劃時代的創見。可惜這方面的成就，卻往往在甲骨研究與文獻傳布的豐功偉業遮蔭下，零散地蟄伏在各個著作的角落中。其實羅振玉在金文的研究方面，眼界與目標都是非常清晰而明確的。他在〈悳齋集古錄序〉中寫道：

> 予弱冠治金石文字之學，私以爲金石文字者，古載籍之權輿也。古者大事勒之鼎彝，故彝器文字，三古之載籍也；唐以前無彫板，而周秦兩漢有金石刻，故周秦兩漢之金石刻，彫板以前之載籍也。載籍愈遠，傳世愈罕，故古彝器之視碑版爲尤重焉。……吾人對三代列邦古彝器，是不啻不下堂而觀三古列國之寶書也。生三千年之後，而神游三千年以前，得據以補詩書之所遺佚，訂許鄭諸儒之譌誤，豈非至可快之事哉！〔註 26〕

羅振玉將上古的古金文字，視爲載籍的濫觴，價值甚至超越後世的經籍。因

〔註 24〕馬衡，《凡將齋金石叢稿》，（北京：中華書局，1977 年 10 月），頁 119～120。

〔註 25〕熊道麟，《羅振玉金文學著述》，（永和：花木蘭文化工作坊，2005 年 12 月），頁 25～30。

〔註 26〕羅振玉，〈悳齋集古錄序〉，《悳齋集古錄》，（臺北：台聯國風出版社，1976 年 9 月），頁 1。

此他認爲這些傳世的吉金文字，足可據以「補詩書之遺佚」；更可以「訂許鄭之譌誤」且確有成果。〔註27〕「今日得以考求古文之真，固非由許書以上溯古金文；由古金文以上窺卜辭，不可得而幾也。」〔註28〕。正由於這一層的認知，羅振玉在研究甲骨文時，便經常引用金文互證甲骨，而徵引金文以訂正《說文》的研究成果同樣豐碩。〔註29〕

除以上之大端，涉及金文的著錄還有《秦金石刻辭》三卷（1914）、《夢郼草堂吉金圖》（1917）、《貞松堂吉金圖》（1935）等。羅振玉對金文進行具體討論的文章不如甲骨文豐富，在《俑廬日札》、《金泥石屑附說》、《殷虛古器物圖錄附說》、《雪堂所藏古器物圖說》、《古器物小識》、《古器物範圖錄附說》、《鏡話》等有所討論。在其序跋類文章中亦多有涉及，可參見《雪堂類稿．丙．金石跋尾》。單篇短文還有〈夨彝器考釋〉。〔註30〕

另外，在碑刻陶文、古器物方面，考釋研究類的著作有《讀碑小箋》、《石鼓文考釋》以及一些序跋。

二、羅振玉的篆書表現

在羅振玉的書法實踐中，臨摹一直是最主要的方式，其數量和意義都遠遠超過甚至替代了通常的創作自運。羅振玉臨摹的書體和種類十分全面，甲骨文、金文、漢碑、唐楷都是他經常臨仿的對象，實際上他是通過對各種古代書跡的臨習領悟，來表達自己對書法藝術的理解並在技巧方面體會。羅氏這種不同於其他書家的獨特實際方法，源於其博聞多見的經歷和踏實嚴謹的學者氣質。反覆的考釋研究和豐富的收藏鑑賞經驗，使他能夠充分發揮學者所特有的沉靜細緻和觀察敏銳優勢，從而在長期反覆的臨摹活動中，逐漸隱藏和放棄了對個性書風的表現和追求，以發掘和品味古代書跡的微妙意韻爲樂趣，豐富和表達自己的修養和理解。這種以臨摹代替創作的實踐方式，一

〔註27〕熊道麟，《羅振玉金文學著述》，（永和：花木蘭文化工作坊，2005 年 12 月），頁97～98。

〔註28〕羅振玉，《增訂殷虛書契考釋》，（板橋：藝文印書館，1981 年 3 月），卷中葉 79。

〔註29〕熊道麟，《羅振玉金文學著述》，（永和：花木蘭文化工作坊，2005 年 12 月），頁102～103。

〔註30〕譚飛，《羅振玉文字學之研究》，（華中科技大學博士學位論文，2010 年 5 月），頁 5。

方面讓羅振玉時時有「覺今是而昨非」的滿足感和新發現，故能沉浸其中而樂此不疲，老而彌篤；另一方面也使他在對古代書跡的廣泛涉獵和深入體驗方面，足以傲視同儕。

羅振玉在近現代書法史上的最大貢獻，在於他最早把新發現的甲骨文引入書法創作活動中，爲民初書壇增添了一個新的品種。他以學者的敏感和長期摹寫古代書跡的習慣愛好，在大量搜集甲骨的基礎上，首先用書法作品的形式來寫甲骨文。他的甲骨文作品，字形一概集自於原物，從不妄加臆造竄改，用筆則出於小篆筆法，流麗均勻，穩健遒勁，點畫神情一如其寫金文或權量詔版，極力體現書寫的筆意，不作斑剝刻削的模仿。「羅振玉的書法風格溫文爾雅，從容穩健。其篆書善於摹寫多種面目，從甲骨文、金文、石鼓文、小篆到權量虎符銘刻之屬，無不各得其神態。」〔註 31〕其中一以貫之的追求是體現書寫的筆意，不以模擬刀刻趣味爲能事。其所蘊含和流露的意趣韻致，都極其明顯的與羅振玉好古崇文、深邃嚴謹的精神氣質相契合。此外他還編成了《集殷墟文字楹帖》手書印行，對推動和普及甲骨文書法創作起到很大的作用。〔註 32〕

羅振玉的篆書，淵源於金石文字之學，以字體（按：應作書體）可分爲小篆、臨金文、書殷契遺文三種。其中商周金文書法，皆臨自青銅器銘文；書小篆（包含秦漢以來的金文），有臨寫各種器銘碑碣，亦有通行楹聯、橫額等；所書殷契遺文，數量多亦最具特色。其中有錄書卜辭，然更多者爲集聯。此爲其將甲骨文研究成果，推向普及化，爲古老書法藝術拓展出一嶄新而應用於實際之新天地。〔註 33〕

羅氏 16 歲赴杭州應試，遊郡庠得觀阮元所摹天一閣本《石鼓文》，遂手榻一本，自此留心搜羅金石文字。後於 1916 年的 7 月，撰成《石鼓文考釋》〔註 34〕，據天一閣、甲秀堂、顧研諸本，討論了 75 個石鼓文形體。運用的考

〔註 31〕轉引自宋海濤，《清末民初書風研究》，（山西師範大學碩士學位論文，2012 年 5 月 15 日），頁 18。

〔註 32〕宋海濤，《清末民初書風研究》，（山西師範大學碩士學位論文，2012 年 5 月 15 日），頁 18。

〔註 33〕羅隨祖，〈羅雪堂先生的書法及其贗作〉，《羅振玉法書集》，（香港：翰墨軒，1998 年 2 月 1 日），頁 84。

〔註 34〕羅繼祖，〈雪堂鑒藏撰著出版歷代名人碑帖墨跡記略〉，（北京：中國書法雜誌社，1990 年 4 期），頁 18、19。

釋方法有歷史形體比較、形音義綜合考察、偏旁分析、運用文字學規律、比照文獻資料等，值得注意的是還有利用語源學相關知識、書寫形式和文例類推等。在考釋的同時，羅氏對文字之相關問題多有闡發。

圖 3-1.1a　羅振玉〈汧殹復原〉臨本

〈汧殹〉復原臨本 1916/7　原高 15.1cm

圖 3-1.1b　徐寶貴〈汧殹復原圖〉

羅氏對《石鼓文》的考釋和復原作出極大的貢獻，由其〈汧殹〉鼓的復原臨本（圖 3-1.1a），可見他對《石鼓文》平動線條、行列章法的掌握，可以說是將原貌（圖 3-1.1b）如實重現了。至於其《石鼓文》大字作品，不管是臨寫或集句，更可以從中見到他對書法創作的觀點，如〈臨石鼓文．汧殹〉（圖 3-1.2a）。

圖 3-1.2a　羅振玉〈臨石鼓文．汧殹〉

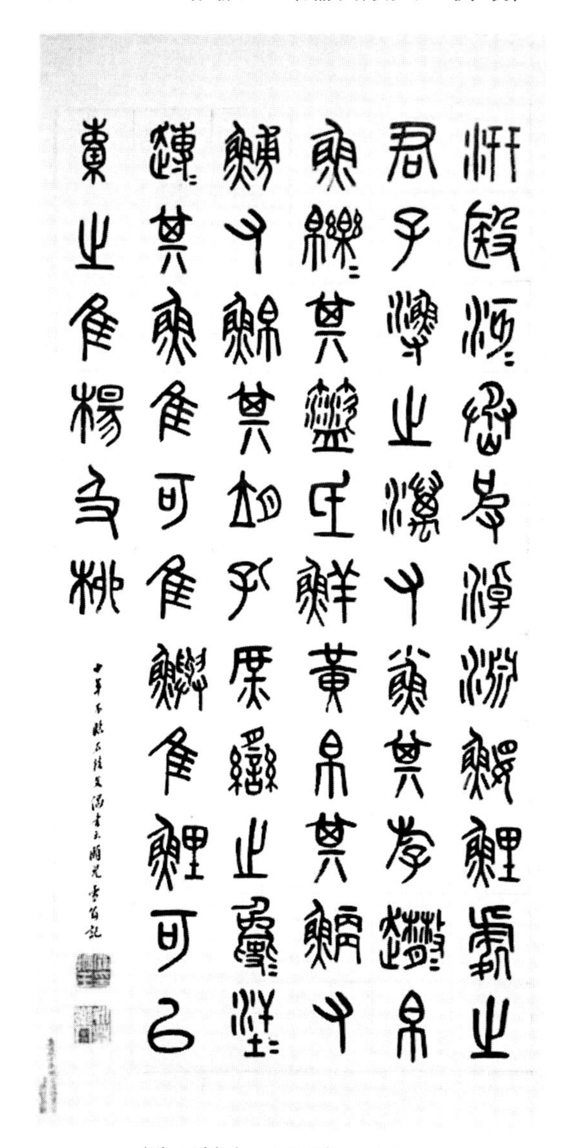

〈臨石鼓文．汧殹〉65×31cm

圖 3-1.2b　吳昌碩〈贈子諤臨石鼓四屏〉（2、3 屏汧殹部分）

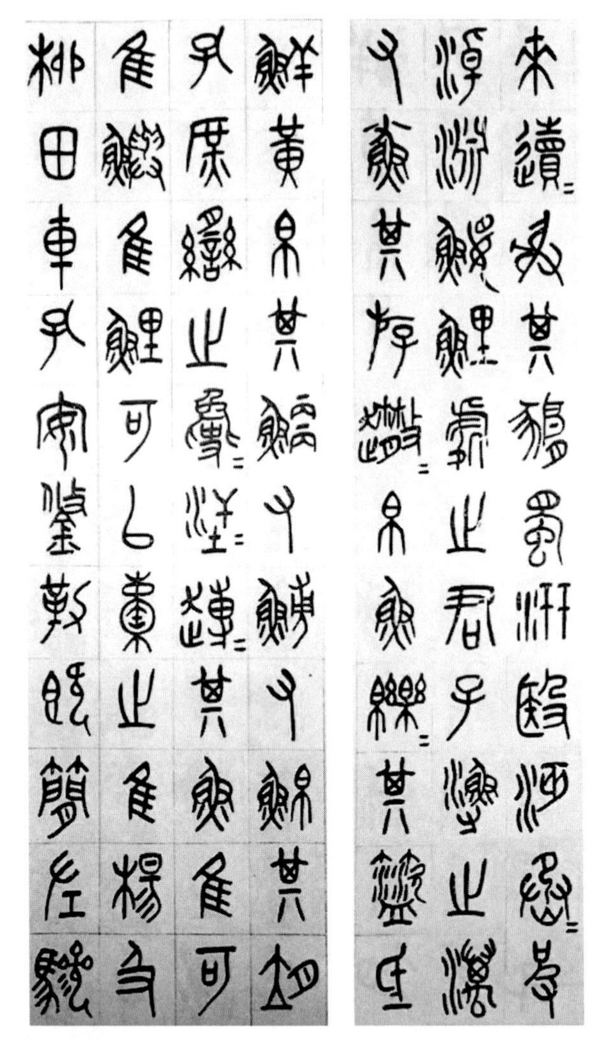

〈贈子諤臨石鼓四屏〉（2、3 屏汧殹部分）1889 年　133×39cm

吳昌碩書法以寫石鼓文得名天下，1886 年間，初得《石鼓文》精拓，乃擇定爲主要臨習範本；他非常認眞的研讀、領會其精神，掌握其結體與用筆的要領，如其〈贈子諤臨石鼓四屏〉（圖 3-1.2b），結字工整古樸、用筆秀勁圓潤，字形結構相當接近所臨阮刻本。他寢饋於《石鼓文》數十年，早、中、晚年各有意態，各有體勢。大約 60 歲左右漸立自家面目，7、80 歲隨心所欲，恣肆爛漫。〔註 35〕羅氏臨石鼓文的作品很多，均以圓潤中和的線條，嚴謹中實

〔註 35〕劉江，〈吳昌碩書法評傳〉，《中國書法全集 77》，（北京：榮寶齋出版社，1998 年

的結字一以貫之。比較而言，吳、羅二人所臨石鼓文，代表了頗不相同的理解和不同的個性詮釋。前者越到後期越重視覺的藝術效果；後者重傳統文化藝術精神的內涵，而不欲張揚。觀前者要會看，看奇峰競秀、萬壑爭流；觀後者要善品，品繞樑妙曲、百般滋味。吳書後期作品喜用漲墨（線條起始處），然不掩驚人筆力；羅書絕無浮筆，能酣暢淋漓而意勢縱橫。吳氏一生致力於石鼓，雖名之爲臨、而實際上是創多於臨；羅氏是偶或涉足，差異出自天然，是臨多於創。〔註 36〕

圖 3-1.3　羅振玉〈臨新郪虎符〉/〈新郪虎符〉再製本

〈臨新郪虎符〉49×36.5 1919/10

〈新郪虎符〉再製本
高 7.5cm

11 月），頁 14。

〔註 36〕叢文俊，〈雪堂書法敘論〉，《中國書法全集 78》，（北京：榮寶齋，1993 年 3 月），頁 20。

羅氏精研金石文字，每有所見，必先悉心研究，對情趣相合者，再三臨習，以求深入、溫故知新。久而久之，竟成習慣，即使是友人贈答，也每每以臨書酬之，這就是何以在傳世的羅氏作品中臨書佔有很大比例的原因。〔註 37〕羅氏在〈臨張遷碑立軸〉中記道：「兒時習張遷頌，頗見賞於儕輩，今復臨之，始知往昔全無合處，一藝之難如此。」〔註 38〕又〈臨朝侯小子碑冊〉記云：「甲子六月五日，松翁臨第三過，漸能心手相應。書雖小技，亦不可躁心求之。」〔註 39〕1919/10 的〈臨新郪虎符〉（圖 3-1.3）也是個極好的例子。

符爲判合之器，《說文》所謂「分而相合」者也。古多以竹木爲之，爲發兵之符始用銅。〔註 40〕周秦之符，如鷹符、齊虎符、秦新郪符中皆有穿，可以貫笱，〈新郪虎符〉之穿，適當必、燧、事三字之間，故此三字筆畫不完。〔註 41〕

王國維曾作〈秦新郪虎符跋〉曰：文四行，錯金書，云「甲兵之符，右在王，左在新郪，凡興士被甲，用兵五十人以上，必會王符乃敢行之。燔燧事雖無會符行殹」。羅叔言參事得其影本，臨以寄余。秦文甲作，兵作，在作，與秦〈陽陵符〉同，凡作，與〈散氏盤〉同，敢作、也作殹，與《詛楚文》同，餘字皆同小篆。余謂此秦符也。新郪本魏地，〈魏策〉蘇秦說魏王：「大王之國，南有許鄢、昆陽、邵陵、舞陽、新郪，至安釐王時尙爲魏有」。《史記．魏世家》：「安釐王十一年（秦昭王四十一年），秦拔我郪丘」。應劭以爲即新郪。然郪丘〈秦本紀〉作邢丘；〈六國表〉作廩丘，〈秦本紀〉言「是年攻魏，取邢丘懷」。邢丘與懷二地相接，自當以邢丘爲長。其後公子無忌說魏王云：「秦葉陽、昆陽與舞陽鄰」，是彼時葉陽、昆陽屬秦，舞陽屬魏。新郪在舞陽之東，其中間又隔以楚之陳邑。時楚正都陳，秦不能越魏、楚地而東取新郪明矣。至昭王五十四年，楚徙巨陽。始皇五年，又徙壽春。新郪入秦，當在此前後。然則

〔註 37〕叢文俊，〈雪堂書法敘論〉，《中國書法全集 78》，（北京：榮寶齋，1993 年 3 月），頁 19。

〔註 38〕羅繼祖，〈雪堂公論書綜述〉，《中國書法》，（北京：中國書法雜誌社，1990 年 4 期），頁 17。

〔註 39〕羅振玉，〈臨朝侯小子碑〉，許禮平主編，《羅振玉》，（香港：翰墨軒，1998 年 2 月 1 日），頁 72。

〔註 40〕馬衡，《馬衡講金石學》，（南京：鳳凰出版社，2010 年 1 月），頁 26。

〔註 41〕馬衡，《馬衡講金石學》，（南京：鳳凰出版社，2010 年 1 月），頁 27。

此符當爲秦并天下前二三十年間〔註 42〕物也。〔註 43〕

對此符考證周詳，此外，他對先出的〈陽陵虎符〉的書法極爲推崇，他說：

> 李斯書存于今者，僅泰山十字耳。琅邪台刻石則破碎不復成字。即以拓本言，泰山刻石亦僅存二十九字，琅邪台雖有八十五字，而漫漶過半。此符乃秦重器，必相斯所書，而二十四字字字清晰，謹嚴渾厚，徑不過數分而有尋丈之勢。當爲秦書之冠。〔註 44〕

現今可確定的李斯書法遺跡，〈泰山刻石〉、〈瑯琊刻石〉均風化漶漫過甚，而符文新出而字字清晰，謹嚴渾厚，可爲秦書之冠。羅氏曾書〈陽陵虎符〉其中 12 字付羅福頤，並志曰：「相斯筆法悉在此十二字中。」〔註 45〕可見羅氏將虎符文字奉爲作篆用筆的典範，與王國維所見相同；〈新郪虎符〉與之同類，字數更達 40 字，更爲可寶。

〈新郪虎符〉爲一立體伏虎形，順其弧度製銘並錯金其中，無法施拓，故所見爲羅福頤手描之再製本產生的拓本效果。羅振玉此作所臨（或是背臨）字形頗能近乎原貌，然亦有如兩「甲」字第一筆不應出頭的誤失、字內「十」符太近外框的黏搭失眞；「燔」字「火」符中畫過短的現象；「符」臨成「便」的意外之錯。但對於〈新郪虎符〉的點畫粗細相等，橫平豎直，結體造型左右均衡，風格平穩安靜的風格掌握仍是十分出色的。但一味如此，會顯得呆板，必須同時強化動態，造成對比，爲此，這件作品採用三種方法：一是某些筆畫求圓，如「甲」、「以」、「上」等字。二是某些筆畫求斜，如「兵」、「右」、「左」、「被」、「乃」、「行」等。圓的特徵是「婉而通」，斜的特徵是左右傾側，都有動的感覺。三是章法上根據字形繁簡，作大小變化，疏密關係處理得工整而靈活。〔註 46〕羅振玉臨此〈新郪虎符〉銘文厚重方正，存西周金文古意，在秦書中自樹一幟。羅氏所臨字形雖肖，卻能以圓曲盡其全篇，使之意勢暢達，與臨石鼓

〔註 42〕關於新郪虎符之年代，馬衡以爲作於爲稱帝以前，22 年滅魏之後。

〔註 43〕王國維，〈秦新郪虎符跋〉，《觀堂集林》，（石家莊：河北教育出版社，2001 年 11 月），頁 560。

〔註 44〕王國維，〈秦陽陵虎符跋〉，《觀堂集林》，（石家莊：河北教育出版社，2001 年 11 月），頁 562。

〔註 45〕羅振玉，〈臨虎符〉，《羅振玉法書集》，（香港：翰墨軒，1998 年 2 月 1 日），頁 17。

〔註 46〕沃興華，《金文書法》，（上海：世紀出版集團，2004 年 6 月），頁 87。

文可謂殊途同歸。〔註 47〕

羅氏臨金文較多，以端嚴規範者爲宗，其中又以渾厚沉鬱者最見精神。西周早期金文以「篆引」未成，古型尙存，方圓變換頗多跳躍性，擬形則失神采，求之神氣骨力則不易把握其形，這是由於某些象形及美化的肥筆修摹痕跡太重的緣故。嘗見羅氏臨康王時名器〈大盂鼎〉銘文 44 字立軸，肥筆「捺刀」多損減原形而以近似楷法的筆勢存其大意，他如王字末筆修摹其形，餘皆以雙筆或提按書之。此雖非羅氏臨習金文的代表作，亦頗可考見作者之匠心趣旨，對原作的風格意蘊有較完整之把握。〔註 48〕而其〈臨兮甲盤四屏〉（圖 3-1.4）更可見其臨書之特色。

〈兮甲盤〉，也稱〈兮田盤〉、〈兮伯盤〉或〈兮伯吉父盤〉，西周晚期青銅器，宋代出土。〈兮甲盤〉因製作者兮甲（字吉甫，即尹吉甫）而得名。尹吉甫是周宣王的重要輔臣。此盤底刻有 133 字的銘文，講述西周宣王時期，重臣兮甲吉甫遵王令，討伐嚴允（原作玁狁）、掌政成周（即洛陽）之事。這段銘文時間、地點、人物、事件四要素齊備，對研究西周宣王時期官制、戰爭、封賞、稅賦、奴隸、貿易管理等均具有重要意義。自南宋出土，《紹興內府古器評》就有記載，卻是一路顛沛流離，後來竟淪落爲餅盤。後來歷經數代名賢收藏家之手，直到清末民初輾轉至大收藏家、鑑賞家、著名學者陳介祺之手，隨後不知下落，只留下陳介祺等人的拓片；直至 2014 年 11 月 7 日，方得重見天日。〔註 49〕

〈兮甲盤〉是宣王時器，線條已有殘泐，字形則或修短參差，還有簡化「篆引」、意到即止的表現手法，屬於厚重樸茂的風格類型。羅氏所臨〈兮甲盤〉四條屏沒有取銘文的「金石氣」，也不圖其原貌，而是整齊其字形線條，以統一的修縱體勢書之。在他所臨金石文字的書法中，十分注重文字的原始性和毛筆的書寫性，從不追求金石材質所形成的特定效果。在他看來，這種附加的效果並非文字本身，所以從不用震顫之筆去表現碑學思想所倡導的「金

〔註 47〕叢文俊，〈雪堂書法敘論〉，《中國書法全集 78》，（北京：榮寶齋，1993 年 3 月），頁 20。

〔註 48〕叢文俊，〈雪堂書法敘論〉，《中國書法全集 78》，（北京：榮寶齋，1993 年 3 月），頁 19。

〔註 49〕https://kknews.cc/culture/2p3v9.html，2017/3/7 檢索。

石氣」。〔註 50〕其用筆圓熟強健，渾厚凝重，一種深沉鬱拔之氣勃然而生，而神情意態仍是〈兮甲盤〉。看到這件作品，不由得使人確信，自清代乾嘉時期金石學大盛而致古文字書法復興以來，能求篆於金、且卓然特出者，吳大澂、羅振玉二人而已。〔註 51〕

圖 3-1.4　羅振玉〈臨兮甲盤四屏〉/〈兮甲盤〉末 6 行拓本

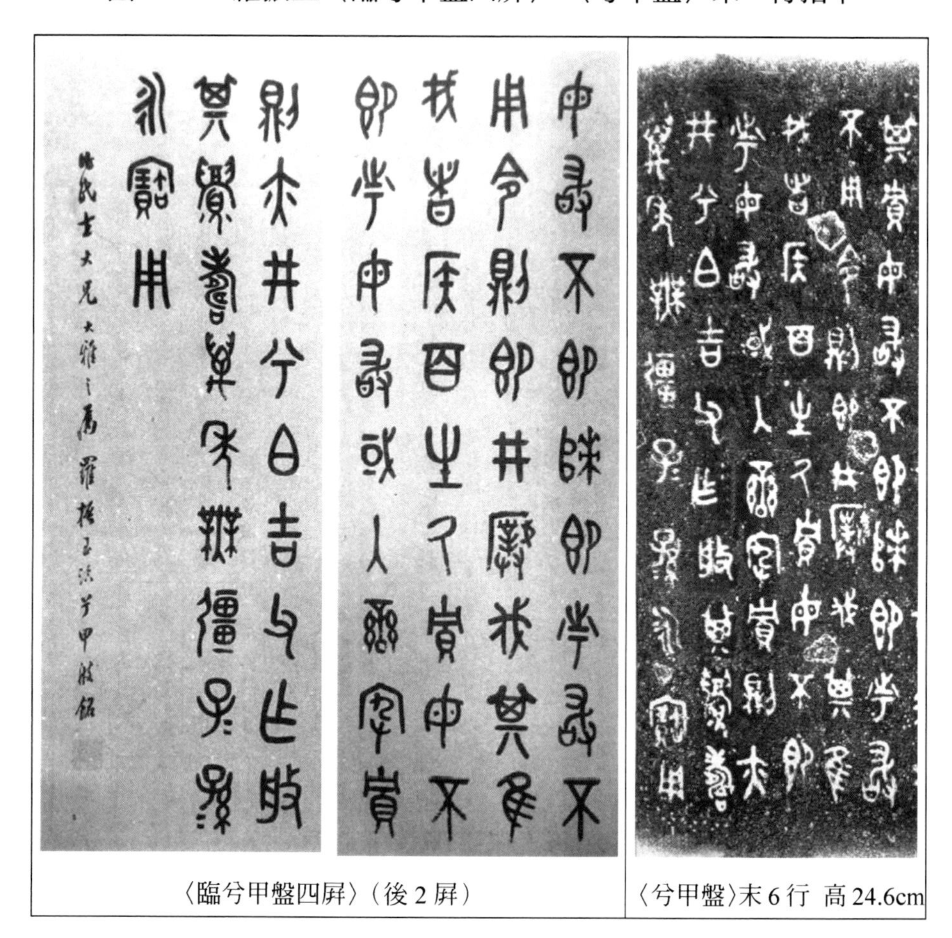

〈臨兮甲盤四屏〉（後 2 屏）　〈兮甲盤〉末 6 行　高 24.6cm

說到臨書，誰都有些體驗，但善於臨書的人卻是少之又少，何耶？面對古代書蹟中的傑作，人們大都不出「如對至尊，戰戰兢兢，亦步亦趨，逐形而下」

〔註 50〕汪珂，〈羅振玉：翰墨餘事而專精〉，《中國書法》，（北京：中國書法雜誌社，2013 年 7 期），頁 107。

〔註 51〕叢文俊，〈雪堂書法敘論〉，《中國書法全集 78》，（北京：榮寶齋，1993 年 3 月），頁 19～20。

的狀態；或是「淺嘗輒止，以意爲之」，名爲「遺貌取神」、「意臨」，其實和杜撰、抄寫差不多。前者吃虧在於太老實。後者吃虧在於太不老實。臨書是學習借鑑，是提高、豐富自己的必要手段。太老實會丟掉古代傑作的精神、情采等本質的內容，僅得其皮毛；太不老實會使臨書成爲遊戲，成爲沽名標榜的虛飾，自絕於誘進之途，使臨書失去應有的意義。合適的尺度必須倚仗過人的識見與修養才能獲得，絲毫不能勉強或取巧。唐太宗〈論書〉云：「今吾臨古人書，殊不學其形勢，唯在求其骨力，而形勢自生耳。吾之所爲，皆先作意，是果以能成也。」這是善臨者的體會，也可以用來概括羅氏臨書的主要特點。〔註 52〕

羅振玉早年即習金文和小篆，後得甲骨遺文，遂一意模擬，即晚年鬻書亦概以契文應之，間或作金文，小篆反少見。如其贈作民篆書〈容王、呑雲六言聯〉（圖 3-1.5），聯云：「容王導輩數百，呑雲夢者八九。」此聯語出陸游〈放翁自贊〉：

> 進無以顯於時，退不能隱於酒；事刀筆不如小吏，把鋤犁不如健婦。或問陳子何取而肖其像？曰：是翁也，腹容王導輩數百，胸呑雲夢者八九也。

從自注裡可知是陸游 83 歲時，陳伯予命畫工爲他記顏而屬其自作之贊。前半是詩人自己眞實的形容寫照，更是一種無奈的自諷自嘲。但他的胸懷和境界卻是非凡的；仍懷有經天緯地的氣度和襟懷，故能有此豪壯之筆。〔註 53〕

本聯用字以小篆爲主，間採金文（百）、石鼓字（導）；「輩」字中「非」符、「呑」字中的「天」符；「雲」字的「雨」符都另以金文、石鼓等出之，在造型的古樸上有相當提升，並對《說文》的形誤有所諟正。字形的選擇則多樣，有〈秦刻石〉的大氣婉轉、〈袁安碑〉、〈袁敞碑〉的茂美渾融、〈天發神讖碑〉折拗屈伸，因而對線條採分解的處理（如輩、數、雲、者、八、九等字），一反篆書力弇氣長的常規，從而獲得極大的靈活性和生動感。整體風格脫出文字學者向來所習用的鐵線篆法，而統一在《石鼓》的雄肆整肅氣韻之中，整篇氣息渾

〔註 52〕 叢文俊，〈雪堂書法敘論〉，《中國書法全集 78》，（北京：榮寶齋，1993 年 3 月），頁 19。

〔註 53〕 《中國書法全集 78》李義興所作本聯考釋，釋文作「容王道輩數百」，則文義乖違不順。

然無間，豐富生動。小篆自二李、二徐以來之傳統、清代自鄧石如以來的新風，融會在羅氏渾厚的大篆筆意、倔強的線條、磅礴的氣勢之中，向人們展現出獨到的高古雄渾的篆書神采，可以說是納三代於筆下，遺二李於毫端的不朽之作，秦刻以下，一人而已。〔註 54〕

圖 3-1.5　羅振玉〈容王、吞雲六言聯〉

2 上 13	7 下 10
11 下 16 / 石鼓文	1 上 18
7 下 24	石鼓
泰山刻石 / 袁安碑	14 上 53
天發神讖碑 / 城隍廟碑	會稽刻石
袁敞碑 / 天發神讖碑	矢方彝

羅振玉自 1901 年於劉鶚處得見殷代甲骨遺文，開始了他對甲骨學的研究。數年來，不遺餘力地收集、整理、研究、編印，可謂傾注了大量心血。其著述宏富，對於甲骨學的建立，具有「披荊斬棘，以啓山林」之功。

〔註 54〕叢文俊，〈羅振玉書法觀後〉，《中國書法》，（北京：中國書法雜誌社，1990 年 4 期），頁 22。

羅氏曾言：

> 文字既明，卜辭乃可得而讀。顧商人文辭頗簡，方寸之文或記數事；又字多假借，有能得其讀不能得其誼者。今依貞卜事類分爲九目，曰祭、曰告……，弟錄文之完具可讀者，其斷缺不可屬讀者，不復入焉。〔註55〕

在研究過程中，羅氏也留下許多臨摹甲骨文的書作，如1925仲春的〈臨商契文軸〉（圖3-1.6），是臨自其《殷墟書契前編》中四片甲骨中五則卜辭，第一則是「此以先七日卜」〔註56〕；第二則「言貞、言之于或但言之、言于者……，之者適也，之於某猶持牲饋食禮。筮辭云：適其皇祖某子矣」〔註57〕第三則是「此以先二日卜而並祀二人者。」〔註58〕；第四則可歸於前述「貞于」例中；第五則「此先一日卜」〔註59〕者，皆在其貞卜事類九目之「祭」類中，是其臨契之選擇，非是隨意，乃有一定去取的原則，而且是「文之完具可讀者」，足見與其古文字研究相表裡。

〈臨商契文軸〉用筆的方式以秦篆筆法爲基礎而稍加以方折，行筆略帶枯澀，毫無輕率放縱；偶有模擬原刻尖利的起筆，但總的來說還是圓勁均勻爲多；線條堅實內斂，渾勁而雅緻；不覺中會將大部分字形寫成同樣大小且字距皆相當，故乍看有行列整齊之感。因爲他對所有古文字都有系統、深入的研究，所以以秦篆筆法爲本、鐵線篆的線條爲基，加入甲骨一些折筆、方正、剛硬的特性，而成就此一類型的大字臨書作品。

〔註55〕羅振玉，《增訂殷墟書契考釋》，（臺北：藝文印書館，1981年3月），殷下葉1。

〔註56〕羅振玉，《增訂殷墟書契考釋》，（臺北：藝文印書館，1981年3月），殷下葉8。

〔註57〕羅振玉，《增訂殷墟書契考釋》，（臺北：藝文印書館，1981年3月），殷下葉21、24。

〔註58〕羅振玉，《增訂殷墟書契考釋》，（臺北：藝文印書館，1981年3月），殷下葉8。

〔註59〕羅振玉，《增訂殷墟書契考釋》，（臺北：藝文印書館，1981年3月），殷下葉20。

圖 3-1.6　羅振玉〈臨商契文軸〉

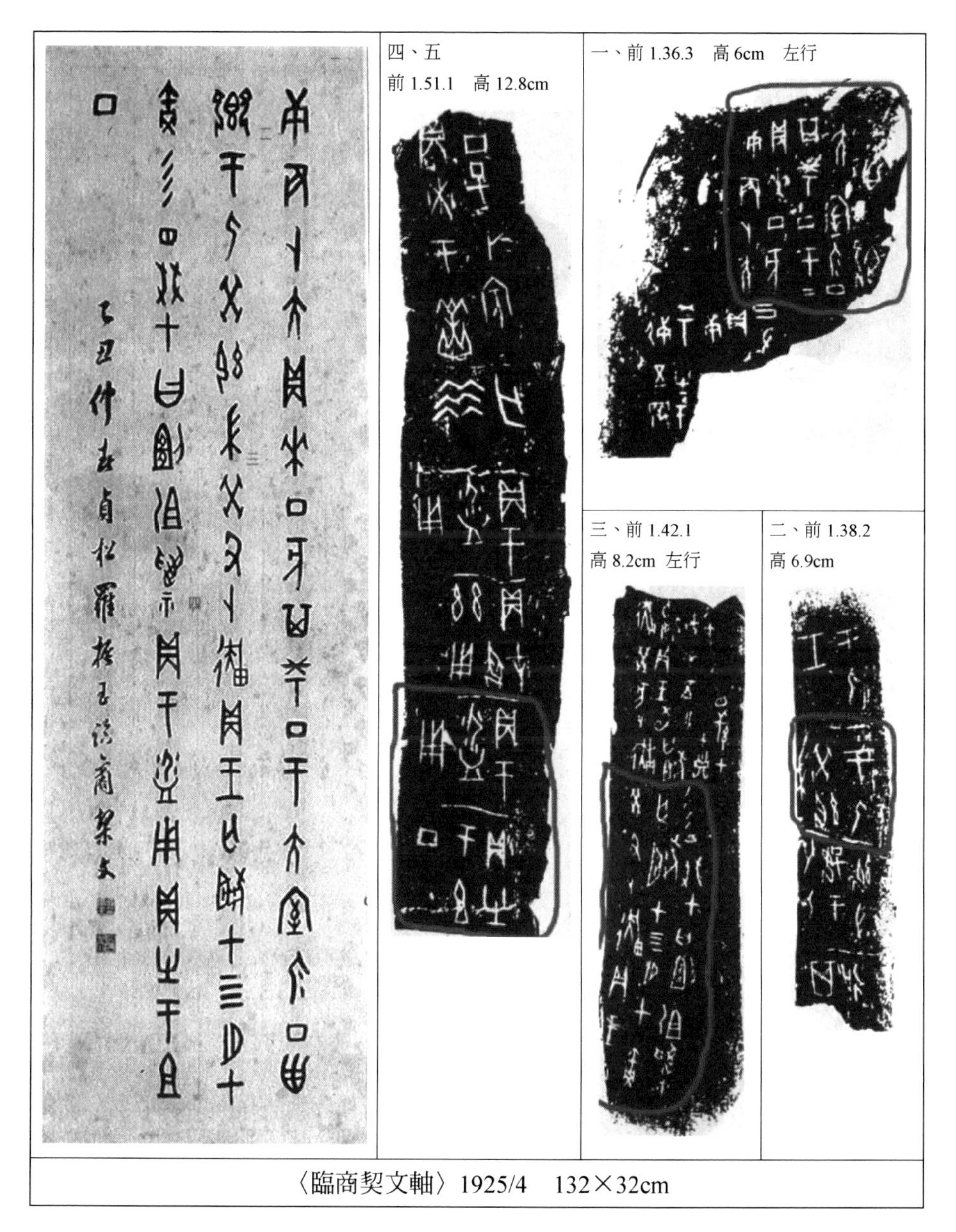

〈臨商契文軸〉1925/4　132×32cm

羅振玉也不乏忠實地臨寫原片、體現原樣式的臨摹之作（如其臨寫甲骨文的扇面作品）。筆法的多變不定，看似雜而無方，實際大恰是作爲開拓者首倡實踐、多方嘗試之體現，事實上他的這些實踐也都對後世產生了深遠的影響。茲以其〈甲骨文成扇〉（圖 3-1.7）說明之。

此扇面錄甲骨卜辭四則，行列悉照原拓而書，並附釋文。現依書寫次序將原拓〔註 60〕原寸及扇面原寸局部先示於下：

圖 3-1.7　羅振玉〈甲骨文成扇〉

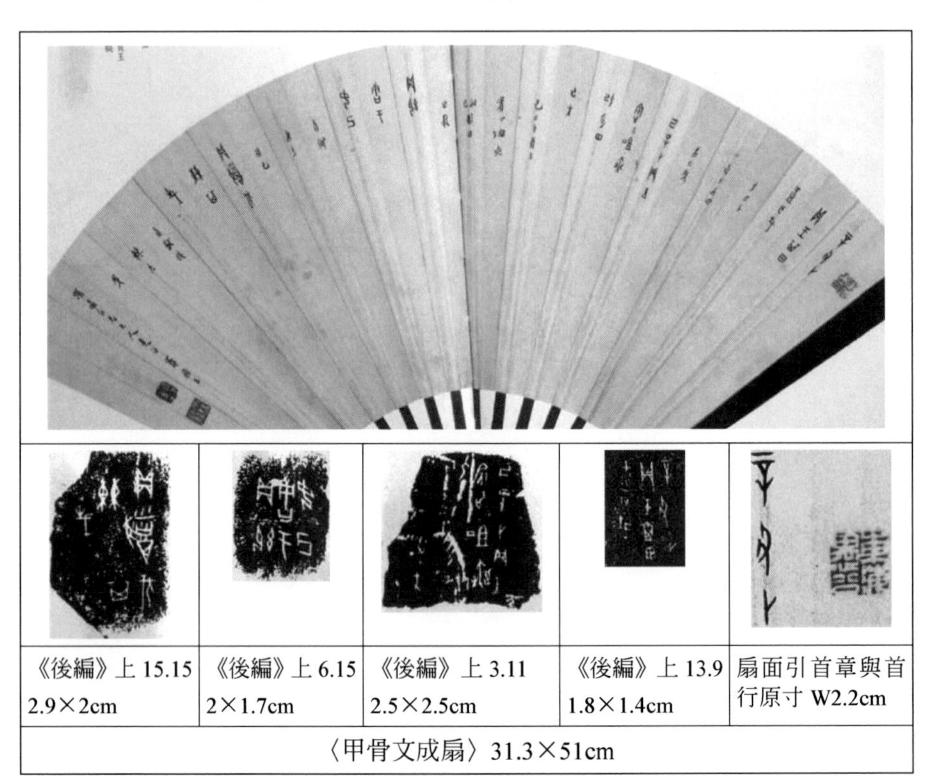

《後編》上 15.15 2.9×2cm	《後編》上 6.15 2×1.7cm	《後編》上 3.11 2.5×2.5cm	《後編》上 13.9 1.8×1.4cm	扇面引首章與首行原寸 W2.2cm
〈甲骨文成扇〉31.3×51cm				

由原拓可以觀察到的是，單字最小如「卜」字僅 0.2×0.15 公分，最大如「猶」也只有 1×0.6 公分，原字的刻畫精細，可以想見貞人契刻功力。而拓片本身纖毫畢現，捶拓工夫也令人讚嘆，只是甲骨久埋地底，壓損浸蝕在所難免，令後人摹寫困難重重。如《後》上 3.11 片，因字細小又有兆文、碎痕交雜其中，不過，這些阻礙，在羅振玉手上似乎也不成問題，若不是對古文字有深入研究、對甲骨文字形熟稔、摹寫經驗豐富，絕對會錯誤百出。

整體而言，此作以臨為創，所有字集中於扇形上方 1/4 處，依原片行文，釋文亦如之，引首章「東海愚公」係三分印，0.9×0.9 公分，單字高與此印相當，而寬則半之，大部分作瘦長方形處理，顯然受到過往寫篆書習慣之影響，

〔註 60〕以下對照拓片分別取自《羅雪堂全集七編》2042、2022、2028、2046。

做黃金分割比例。筆畫細勁，結構穩妥，細部對比則如下：

《後編》上 13.9 模糊處甚多，第一辭（圖 3-1.7a）卻能在參考其他拓片的情形下完整寫出，而且是寫得最有精神的一則，尤其第一行各字筆畫的接筆處形成的黏接帶，完全體會了契刻時下刀的方向和輕重。其他字也都能很自然的展現豐中銳末的線條，卻不流於機械化、公式化。

《後編》上 3.11 字小且破損嚴重，第二辭所寫（圖 3-1.7b）不若第一則以直筆卻能表現圓轉的線條，顯得方折而生硬，筆畫相接處的黏接較不自然；字形拉長處理，在「貞」、「祖丁」處失去了原本布局的寬綽。

《後編》上 6.15 之卜辭爲左行，原本字距寬而行距密，礙於扇面的折線，第三辭（圖 3-1.7c）反而寫成字密行寬。而字形伸縮成同等大小，「唐」字本頎長而縮減之尤爲明顯。故意的有行有列，顯然是在章法上有所堅持。

此則（圖 3-1.7d）亦是刻意拉長了字形，但接筆處又回復如第一則的神采。當字體小時，筆畫輕重本就難以細緻，線條也往往在遲疑中就失去果決的爽利，然而在這扇面的四個段落中，卻都可以把單刀契刻的鋒芒及迅捷表現出來，羅氏長久浸淫在篆書中的深厚實力，可見一斑。

圖 3-1.7a　羅振玉扇面 1 辭 / 後上 13.9

羅振玉扇面 1 辭	《後編》上 13.9　右行

圖 3-1.7b　羅振玉扇面 2 辭 / 後上 3.11

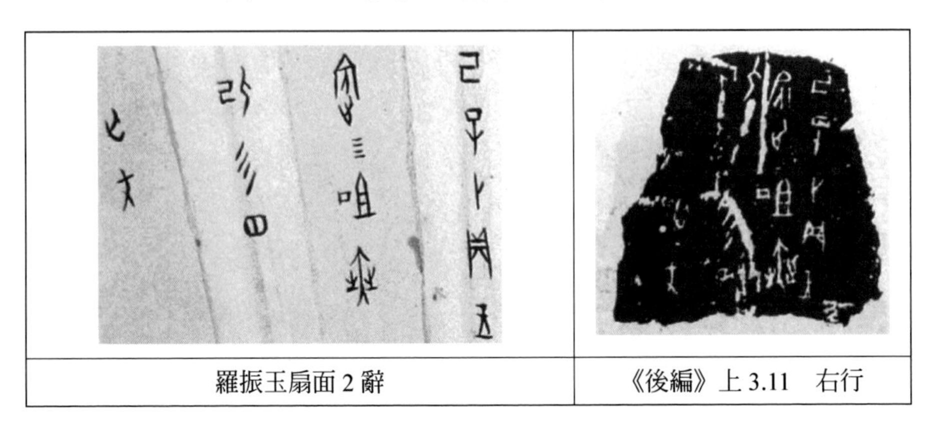

羅振玉扇面 2 辭	《後編》上 3.11　右行

圖 3-1.7c　羅振玉扇面 3 辭 / 後上 6.15

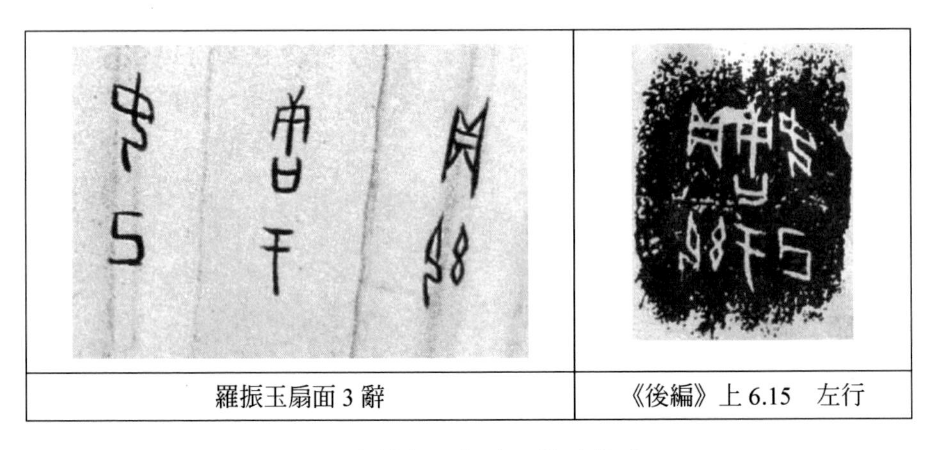

羅振玉扇面 3 辭	《後編》上 6.15　左行

圖 3-1.7d　羅振玉扇面 4 辭 / 後上 15.15

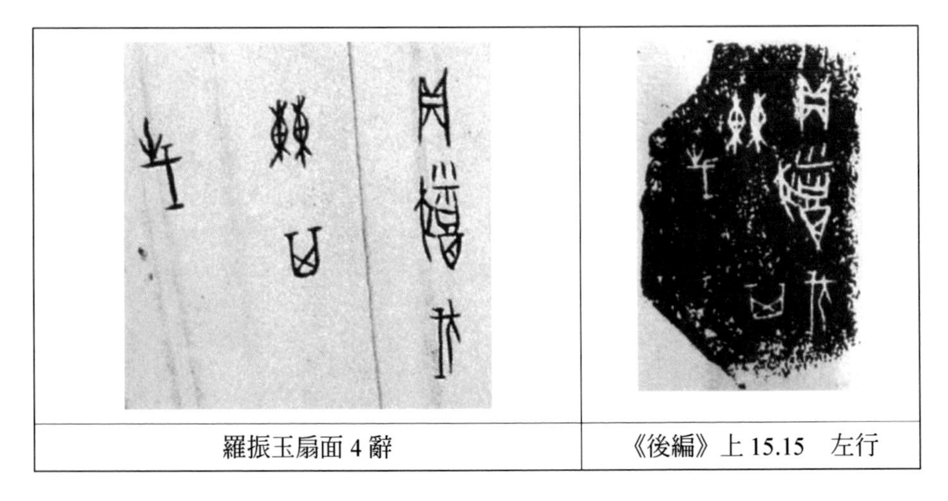

羅振玉扇面 4 辭	《後編》上 15.15　左行

此扇面，字大小僅稍大於原片，一絲不苟，其觀察之仔細與對原刻風神的揣摩及筆法的探索，使他所臨的甲骨文成就了在書法史上的兩個意義：一是他首先從書法學習上奠定了甲骨文作爲「法帖」的地位。第二個意義就是顯示了他是眞正以一個書家的態度來對待甲骨文書寫，在按照書法內在的規律在完成學習到創作的過程。

羅振玉 1906 年 2 月由學部尚書榮慶奏調到北京出任學部參事（官五品），這時他開始自行蒐求甲骨。1911 年辭去參事官，11 月下旬攜眷東渡，在日本京都吉田山前淨土寺町寓居 8 年，直到 1919 年回國。回國後先居上海長樂里，後遷天津英租界集賢村。就是在天津時，他組織了「東方學會」，並開設有古玩店兼書店性質的「墨緣堂」和「貽安堂」。他的《集殷虛文字楹帖》（貽安堂出版）完成於天津的這段日子裡。羅氏在日本，除了他自己說的「避地東土，患難餘生，著書遣日」外，還兼給日人鑒定古董，可謂應酬繁忙。而在回國後，特別是他在政治上與溥儀有了接觸後，家業初步安定，漂泊的日子也告一段落，使集聯、寫字等活動獲得了生活保障。羅振玉未能早將視野放諸甲骨文書法，大約一是與他生活不定，二與他在日本熱衷於甲骨文及漢簡的研究，學術重點並非在此有關。

羅氏在《集殷虛文字楹帖》的自記中說：

> 昨以小恖塵勞，取殷契文字可識者集爲偶語，先後三日夕，遂得百聯，存之巾笥，用佐臨池。

他自己敍述的這個起因頗有點偶然性。短時間的興致使他共得四、五、六、七、八言聯計 99 對，這在當時識字尚少的情況下，是頗爲不易的。他的初衷實際是想增加一種文字格式來作爲他自己對聯書寫的輔助。

宋鎭豪從學理上認爲甲骨文集聯行爲的產生存在一定的必然性：

> 蓋緣出文人墨客之雅趣閑興，大抵是集已識甲骨文字，瀚筆濡毫而書詩文聯句，抒其心境逸情，或自賞自娛，或轉輾賓朋同好，襯之裱之，古意盎然，又每集成多聯，以備隨時錄用。〔註 61〕

在書寫格式上，主要以對聯創作爲主。對聯是有清一代在書法創作格式上

〔註 61〕宋鎭豪，〈甲骨文書學發展簡說〉，《殷都學刊》，1994：4，（安陽：殷都學刊雜誌，1994 年 12 月），頁 5。

最突出的貢獻，由於廣泛的重視和眾多書家的不斷實踐，對聯創作不但在清季盛極一時，而且技巧也已相當完善。篆書作爲對聯創作的主要書體之一，用甲骨文這種新體來爲之聊備一格、豐富對聯的創作體式當是順理成章。

作爲新發現字體，甲骨文書法實踐的前提是正確地認識和把握其構形。〔註 62〕羅氏在進行書寫實踐的初期，一個明顯的特徵就是對於甲骨文字構形的重視要遠大於對其造型的開拓。這種性質決定了在創作上，羅氏並不注重對甲骨文字之造型體態的表現，他編的《集殷虛文字楹帖》就是自己手寫的，這本字帖假如放大來寫的話，其線條的臃腫與誇大，早已超出了美觀的範疇。他的《集殷虛文字楹帖》目的是提供字形作爲參考，關鍵字在於「用佐臨池」的「佐」上。而這個「佐」首先也是爲了自己，羅氏的很多甲骨文作品就取自這本楹帖。其後三年，復有增訂，並合章鈺、高德馨、王君九三家所集於1927 年成《集殷虛文字楹帖彙編》。

羅振玉的集聯至少在書法史上有這樣的意義：

1、開創集聯之行爲，克服了字少難敷創作之用的局限，爲後來者開啓了方便法門。

2、親身實踐，以自己深厚的書法功底寫出了自己對甲骨文之理解，取得了當時的最高成就，爲甲骨文書體在現代的發展打下重要的基礎。〔註 63〕

《彙編》之出，對甲骨文書法的推而廣之，甚有影響，許多民間書家，無緣直接從甲骨文摩挲領會其神韻古風，常取此書作楷式，得以靠近這塊富態的書法領地。其餘緒歷久不衰，日本書家歐陽可亮曾對《彙編》重加編輯董理，1961 年由日本春秋學院出版發行。日本內山知也新近還對羅氏《彙編》作出譯注，編爲《甲骨文墨場必攜》一書，1986 年 10 月由東京木耳社出版行世。〔註 64〕

羅繼祖回憶說：「辛酉（1921）年我八歲，已能記事，每見公爲人寫楹帖總

〔註 62〕構形是文字學術語，它指採用哪些構件、數目多少、拼合的方式、放置的位置等。見王寧，《漢字構形學講義》，（上海：上海教育出版社，2002 年 3 月），頁 27。

〔註 63〕姜棟，《20 世紀大陸地區甲骨文書法實踐狀況研究》，（北京：首都師範大學碩士學位論文，2006 年 5 月），頁 10。

〔註 64〕宋鎮豪，〈甲骨文書學發展簡說〉，《殷都學刊》1994：4，（安陽：殷都學刊雜誌，1994 年 12 月）頁 6。

是集契文，大小篆倒反而少寫。以後也常常如此，如果人家不指定要那一體的話，就統以契文應之。」〔註 65〕確實，有了集聯之後，極利轉化成作品，故其往後書作，多爲甲骨對聯了。如書寫於 1923 年 10 月的〈寶馬、龢風七言聯〉（圖 3-1.8），此聯見於《集殷虛文字楹帖》第 27 聯「寶馬珍裘樂年少，龢風甘雨卜西成」，屬於他的早期作品，線條的起訖一致，均勻的字距與縱勢伸展的章法運用，皆是小篆格局。通篇追求的是「雅」與「正」。這種小篆格局正是羅振玉被今人所指摘處，他們認爲直接用小篆的方法未免簡單化了，沒有寫出甲骨眞正的味道。殊不知恰可從另一角度來看，此亦正是羅氏身處彼時的一種選擇：甲骨原字皆小字，小字放大來寫，所用的筆法與通篇之佈局都要有很多相應的變化才行。羅氏書寫的對聯都非小件，由小到大的轉變當是他書寫時必須要考慮的。

他嘗試了筆劃較重的小篆線條，後來還用過金文筆法來書寫，甚至在臨寫時也會採用上述兩種筆法。〔註 66〕羅氏結體以篆法長勢，中鋒鋪筆，用字考究，從不臆造，爲後世毛筆書寫甲骨文書法開闢一條規範之路。〔註 67〕

董作賓對甲骨文字書法的藝術風格分期爲五：盤庚至武丁爲一期，特點是書風宏闊開張，大字居多；祖庚至祖甲爲二期，字形修長，趨於整飭；廩辛至康丁爲三期，筆畫較第二期率意；武乙至文丁爲四期，風格勁峭、放達；第五期從帝乙至帝辛時期，字形逐漸縮小，嚴整勻稱而佈局最爲疏朗。此幅對聯氣勢宏大，與第一期風格最爲接近，而又揉進了《石鼓文》的用筆方法和筆意，在結字開闊洞達的基礎上，又有著遒婉酣暢、凝重渾樸的特點。〔註 68〕

〔註 65〕羅繼祖，〈《集殷虛文字楹帖》跋〉，羅振玉篆《集殷虛文字楹帖》，（長春：吉林大學出版社，1985 年 3 月），頁 134～136。

〔註 66〕池現平，《近現代甲骨文書法研究》，（河南大學碩士論文，2012 年 5 月），頁 30。

〔註 67〕池現平，《近現代甲骨文書法研究》，（河南大學碩士論文，2012 年 5 月），頁 30。

〔註 68〕李義興，〈羅振玉作品考釋〉，《中國書法全集　第 78 卷》，（北京：榮寶齋，1993 年 3 月），頁 193。

圖 3-1.8　羅振玉〈寶馬、龢風七言聯〉

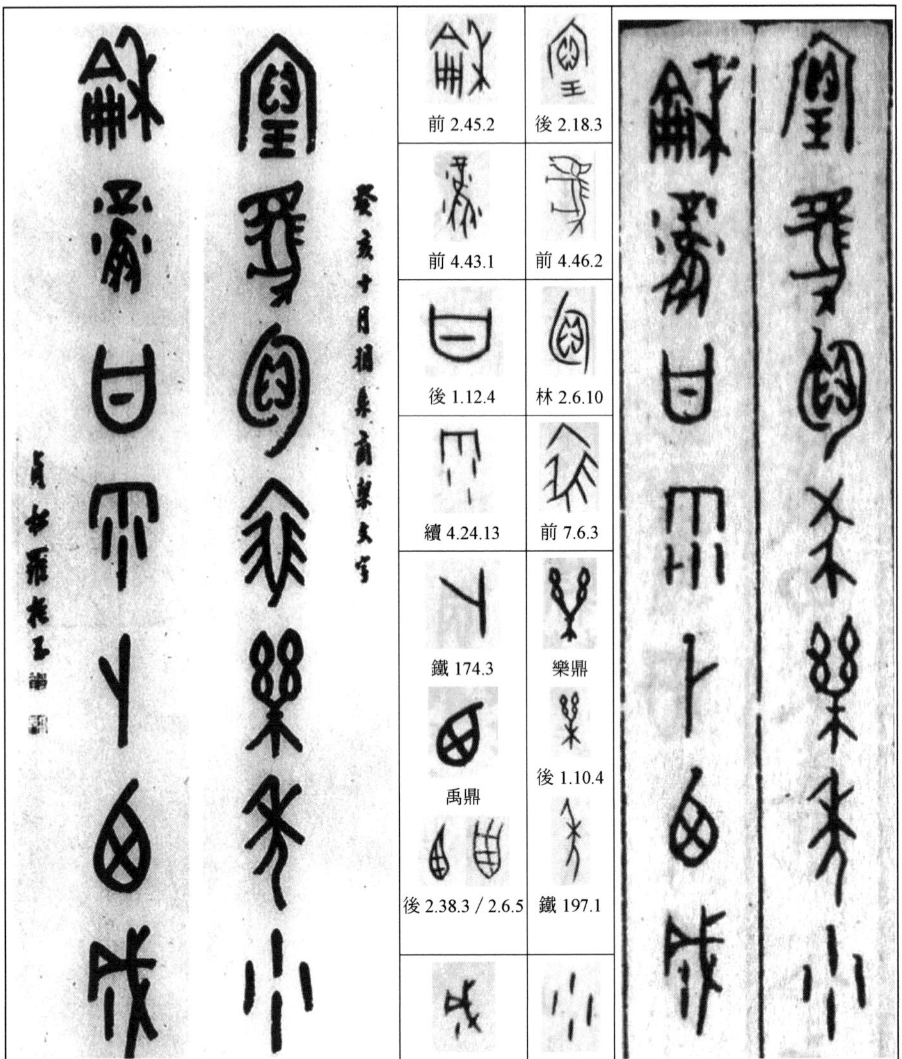

〈寶馬、龢風七言聯〉1923/10			《集殷虛文字楹帖》27
	前 2.45.2	後 2.18.3	
	前 4.43.1	前 4.46.2	
	後 1.12.4	林 2.6.10	
	續 4.24.13	前 7.6.3	
	鐵 174.3	樂鼎	
	禹鼎	後 1.10.4	
	後 2.38.3 / 2.6.5	鐵 197.1	
	前 5.10.5	前 4.55.3	

從藝術上來說，羅振玉首開了甲骨文書風古雅厚重的風格，這是從小篆借鑒、轉移而來的。叢文俊根據羅振玉所臨武丁卜辭四立軸認爲「羅氏選擇了第一期的風格類型」〔註 69〕。但這或許是一種巧合。他挑選臨寫範本的標準，

〔註 69〕叢文俊，〈羅振玉書法觀後〉，《中國書法》1990：4，（北京：中國書法雜誌社，1990 年 4 月），頁 17。

恐怕是清晰與否，還涉及不到風格分期（這還有待於後來的學術進步）。而當時較好的圖版，又多是文字較大、較爲清晰的第一期甲骨片。按照董作賓的概括，這一期的書法審美風格是體勢開闊宏偉的；而羅氏的甲骨書法吸收了篆意而加以雅化，用筆改變了甲骨刻辭恣肆放縱的瘦勁，而變爲玉箸篆的圓韻豐滿，起筆藏鋒，收筆斬齊。並效法小篆縱長之結體，大小整齊，點畫平衡對稱，協調統一，形成雋雅而質樸、端莊且謹嚴的風格。〔註 70〕

在用字方面，「，貝與玉在宀內，寶之誼已明，古金文及篆文增缶，此省。」〔註 71〕；「从ㄅ貝，乃「珍」字也。篆文從玉此从貝者，古从玉之字或从貝，如許書「玩」亦作「貦」是其例也。ㄅ貝爲珍乃會意；篆文从玉聲則變會意爲形聲矣。」〔註 72〕；「裘」字於作品與集聯中有兩形之不同，因其據說文裘省衣作求，故贊同王國維意見將「、」也釋爲求；〔註 73〕然此二字實應釋爲「豸、柰」也。不過在寫作品時或有警覺，故仍採無爭議之「」形。羅振玉作《集殷虛文字楹帖》時，所識、釋之字仍極有限，故以今日的高度來看，其中錯誤必定不少。但此書開山之功，實不可沒；此書對甲骨文書法影響之大，不可輕易視之。

書法屬於藝術的範疇。人們在利用甲骨文字以表現書法藝術的時候，不可能與甲骨學界對甲骨文字辨識的要求完全相等。我們認爲，某些尚無定論的甲骨文字考釋，只要釋可備一說的，作爲書法，都可不妨採用。但是，書法藝術也有其科學性的要求。不論寫古字還是寫今字，所有的眞草篆隸同樣都不能寫錯別字，在形體結構上都要求準確無誤。

二十世紀初葉，由於各種條件的侷限，人們對甲骨文字的辨識，不可能完全正確，我們必須正視這一客觀事實。後代的人有責任、有義務根據現有的研究成果，對早期釋讀中不夠準確以至錯誤的部份進行校訂，以便大家在利用這本書的時候，能夠有所遵循。〔註 74〕這種工作，自然還是得落在古文字學者的手中。

〔註 70〕鄭博文，〈羅振玉與「甲骨書風」的勃興〉，《書法》，（上海：上海書畫出版社，2014 年 10 期），頁 53。

〔註 71〕羅振玉，《增訂殷墟書契考釋》，（臺北：藝文印書館，1981 年 3 月），殷中葉 41。

〔註 72〕羅振玉，《增訂殷墟書契考釋》，（臺北：藝文印書館，1981 年 3 月），殷中葉 41。

〔註 73〕羅振玉，《增訂殷墟書契考釋》，（臺北：藝文印書館，1981 年 3 月），殷中葉 42～43。

〔註 74〕姚孝遂，〈《集殷虛文字楹帖》校記〉，羅振玉，《集殷虛文字楹帖》，（長春：吉林

1984年，吉林大學古籍研究所在姚孝遂的領軍下，完成了對《彙編》的整理，1985年3月由該校出版社影印出版，書前增羅氏原件手跡影件9對，書後附羅氏後人繼祖跋文及姚孝遂校記，對當今甲骨文書法藝術的欣賞和普及，應有裨補，唯書名歸用初先《集殷虛文字楹帖》，刪「彙編」兩字，有失視聞，恐更違羅氏當初不沒同好之量度。〔註75〕

圖3-1.9　羅振玉〈一往、萬方十言聯〉

前3.30.5	鐵148.1
後2.13.5	鐵1.2
後1.20.12	前4.6.7
前4.28.3	前6.21.8
甲288	後2.2.5
後2.29.14	乙92
前6.2.3	後2.41.12
乙6889反	前1.5.5
存2689	前4.40.3
乙6889反	前1.5.5

〈一往、萬方十言聯〉1933年仲秋 163.5×28cm　《集殷虛文字楹帖》87

大學出版社，1985年3月），頁121。

〔註75〕宋鎮豪，〈甲骨文書學發展簡說〉，《殷都學刊》1994：4，（安陽：殷都學刊雜誌，1994年12月）頁6。

在所有書體中，羅振玉的篆書功力最深，他對鼎彝、石鼓、漢隸、行草莫不研習，常常手自臨摹，故古意盎然。羅振玉自然也會把金文的筆法用到寫甲骨文上，這裡的〈一往、萬方十言聯〉(圖 3-1.9)：「一往無前莫如八十九十、萬方多事安得三千大千」是羅氏的代表作之一。它瘦勁，又具筆意。除了一些堅挺遒勁的主筆外，輔以略輕鬆的筆調，微妙的墨的枯濕變化，體現了他對剛與柔這種對立因素的良好調控能力。

總的來說羅振玉對小篆筆法用得要多一些，也更純熟一些，尤其體現在他晚年的作品裏。羅氏晚年好用宿墨，宿墨膠性少但墨的凝聚力更大，常常出來的效果是中心齊攏的筆劃旁暈開一圈淡的水墨。這種效果有時候也出現在他的甲骨文書法中。如果進行一點勉強聯想的話，這或許是百年甲骨文書寫中較早的一種墨色求變，不能說他在藝術上是沒有創造的。〔註 76〕

在用字方面，「史、事」同字，又用「吏」爲「事」；卜辭用「㞢」爲「往」〔註 77〕，皆已獲公認；「九」字末筆須帶勾、第一筆須豎直不能彎曲；「大」字以作「大前 1.46.4」爲宜〔註 78〕，這二字的結字要求乃晚近歸納之結論，實不能苛求於早期書作；然而從「後出轉精」的應然而言，應當吸取學者們的研究成果，方能與時俱進。姚孝遂等之校訂，在 420 對集聯中有 112 聯裡有或多或少的錯誤（其中自然有許多錯字是重複的），詳閱之後引用來書寫自然能避免誤失了。

邱振中曾對一幅羅振玉用小篆筆法寫成的甲骨文對聯進行了這樣的評介，可以說是羅振玉甲骨文對聯作品的深刻體會：

> 平靜的線條突出了結構所具有的情趣：甲骨文的古樸、隨機處置在這裏變成了儀典般的雅致；但帶有象形意味的圖形與對稱、規整的結構之間，仍然有一種潛在的充滿活力的衝突。〔註 79〕

他不僅是一個先行者，而且代表了這一時期的最高水準。他見過很多鼎彝碑版，

〔註 76〕姜棟，《20 世紀大陸地區甲骨文書法實踐狀況研究》，（北京：首都師範大學碩士學位論文，2006 年 5 月），頁 13。

〔註 77〕孫海波，頁 127（史）；74（往）。

〔註 78〕姚孝遂，〈《集殷虛文字楹帖》校記〉，羅振玉，《集殷虛文字楹帖》，（長春：吉林大學出版社，1985 年 3 月），頁 128、130。

〔註 79〕邱振中，〈「巴黎中國當代書法大展」作品介紹選輯〉，《書寫與觀照——關於書法的創作、陳述與批評》，（北京：中國人民大學出版社，2005 年 6 月），頁 21。

眼界頗高，其書法篆隸行楷，皆雍雅有致。但這還不是最重要的，在面對陌生時，人們總是儘量地由已知的某一種性質、相似事物爲原點，然後出發，去進行謹慎的探索。作爲探索者，他用自己的學養、才情，爲世人揭開了甲骨文書法實踐迷人的一角幕布，使人們產生了更加強烈的發掘願望。〔註 80〕

羅氏留下大量的金石題跋，但敘及甲骨文創作的罕見。他自云「澤古深者書自工」，尤鄙時人務爲跳蕩醜怪，自詡高古之作。他在甲子年（1924）自跋臨《孔宙碑》云：

> 古人作書無論何體皆謹而不肆，法度端嚴，後人每以放逸自飾，此中不足也。卅年前亦自蹈此弊，今閱古既多，乃窺知此指。〔註 81〕

這段話代表了羅對書法的認識，其甲骨文書寫無疑也是按照「謹而不肆，法度端嚴」來實踐的。在面對同是在草創期的王襄和羅振玉兩人時，會自然想到爲什麼王襄沒有開創羅這樣一個局面？因工具的原因，甲骨文的許多筆劃呈尖銳狀，可羅振玉爲什麼沒有依形寫出如《六書通》那樣的兩頭尖、中段肥厚的線條來？這種結局沒有出現，本身即說明羅的高明見解和銳利眼光，這全得力於他作爲收藏家和鑒賞家的深厚積累。他的書法老成持重、法度謹嚴、一筆不苟而又充滿書卷氣息。〔註 82〕

羅氏性情方正謹嚴，正統觀念的影響根深蒂固，他的一生及其書法藝術，是以儒家規範和遊於藝的精神貫穿始終的。所以，羅氏作爲學者，不像一般的文學家、藝術家那樣富於激情和表現，他的書法也不像一般的文學藝術作品那樣強調外在的形式與情感釋放。相反，羅氏所孜孜以求的，是端嚴含蓄、堂皇正大的典範美，強調內心的體悟和愉悅，重在對道、氣之形而上的把握和對神采、風骨、筋力等古典主義美感的展示，以風雅高古爲指歸。傳統思想文化決定著他對哪些形式與美感自然親和，或者排斥。〔註 83〕

〔註 80〕 姜棟，《20 世紀大陸地區甲骨文書法實踐狀況研究》，（北京：首都師範大學碩士學位論文，2006 年 5 月），頁 15。

〔註 81〕 羅繼祖，〈雪堂公論書綜述〉，《中國書法》，（北京：中國書法雜誌社，1990 年 4 期），頁 17。

〔註 82〕 姜棟，《20 世紀大陸地區甲骨文書法實踐狀況研究》，（北京：首都師範大學碩士學位論文，2006 年 5 月），頁 13。

〔註 83〕 叢文俊，〈雪堂書法敘論〉，《中國書法全集 78》，（北京：榮寶齋，1993 年 3 月），

羅氏其人其書並不是一個孤立的現象，他的審美觀念、價値取向、作品風格代表了古代中國一大群書家和作品。他們擬古移情，把自己植入楷模典範的傳統之中，憑藉著書法這種象徵的藝術符號形式，透過禮樂文化精神，去參天地之造化，「作爲形而上的宇宙秩序，與宇宙的生命表徵」。在他們中間，羅氏以學術研究爲主，視書法爲末事，壓抑了藝術創作的慾望及情感的召喚與抒發，未能殫精竭慮、全力以赴，亦未能成爲一代藝術大師。但是，羅氏有幸見到大量的前人所夢想不到的三代至晉唐間各種書法遺蹟，視野之寬闊，研習之精深，很少有人能望其項背，他的甲骨文金文等方面的書法成就，均可以睥睨儕輩、雄峙華夏，此又爲前人所不及處。

《論語・述而》云：「志於道，據於德，依於仁，遊於藝。」孔子以「道德仁藝」並舉，足見「藝」之於君子修身的重要性。又《禮記・學記》云：「不興其藝，不能樂學。故君子之於學也，藏焉，修焉，息焉，遊焉。」意思是說，如果不喜歡禮樂射御書數六藝，就不能自覺勤奮地學習。君子求學的態度是，像懷抱著那樣去親和它，溫習它，以它爲勞作和休息，以它爲閒暇的遊樂。興藝而促學，樂學而遊於藝，書爲六藝之一，又是「經藝之本，王政之始」，那麼，文人士子耽之於書，技進乎道，也就是自然而然的事情了。

第二節　孫儆——知命研契　文采斐然

孫儆（1866～1952/10/30），字謹丞、謹臣，號滄叟，謚號愨文先生，江蘇南通人，晚清資深學者，多年從事甲骨文、經學、古文字學、教育學、書法等方面的研究。孫儆自幼勤學，20 歲考人江陰南菁書院，從黃元同讀經，日夜苦讀，不畏寒暑，精於《毛詩》、《三禮》，於聯語、詩詞、論文在意境、說理、煉字乃至音律等方面表現出色。好書畫、古玩，其楷書源自唐，隸書學自漢，早年間即因其紮實的書法功柢被稱爲書法神童。〔註 84〕光緒 29 年經濟特科中舉，成爲有清一代的末代舉人。

孫儆與張謇自光緒 16 年結交以來，友誼深厚，且受其影響至深。1900

頁 18～19。

〔註 84〕張朝暉，〈近代甲骨文先驅孫儆作品賞析〉，《美術教育研究》2015：12（合肥：安徽省科學教育研究會），頁 22。

年，張謇保舉孫氏到上海寶山縣任訓導，初入仕途；1907 年被推任爲南通縣教育會會長，未及述職而奉召入川，1908 年任四川青神縣知事，並供職國史館，頗有政聲。辛亥革命後曾任江蘇省議會副議長，率議會代表 35 人赴日本考察，歸國後成《東遊筆記》，開始在金沙大力興辦教育、建工廠、鋪公路、築洋橋、造劇場、辦戒菸所、育嬰堂、老人院、醫院等各項自治實業，皆大有成績。其最要者爲興辦學校數十所，居鄉致力教育事業。平生尤精甲骨文字研究，所作卜辭書法契筆堅挺，遒勁簡括。作品流傳江、浙，晚年移居海上，鬻字爲生。其甲骨書法品味不俗，爲民國著名卜辭書法家。〔註 85〕

一、孫儆的古文字學成就

孫儆 50 歲（1916）才開始研究甲骨文，1933 年，在其 67 歲時，曾獨自一人前往太行山東麓、洹水之畔尋找甲骨文的發源地，並在河南安陽小屯村的殷墟甲骨考古現場，受到考古隊隊長郭寶鈞及時任河南省博物館館長的關百益等人的熱情接待，共同參與了甲骨文的研究工作。在此期間，孫儆收集、整理了大量甲骨文資料並詳細記錄，還在周邊的村莊中不惜花費巨資購得碎骨、殘龜。經過研究，他認爲甲骨文雖然與後世的文字相去甚遠，但造字的基本結構仍然有規律可循，可以參照六書的造字方法來破譯和解讀，於是寫出《甲骨文與楷書對照手冊》一書，在甲骨字的應用上取的一定的成績。另編著《甲骨文彙編》、《甲骨文聯句》、《甲骨文集聯》等多部著作，是民國早期涉入甲骨文書法的重要成果。

二、孫儆的篆書表現

孫儆幼時即遍臨諸帖，年輕時，他又發憤臨習研摩鄧石如的小篆書法，不懈不惰，一直上溯到石鼓文，盡得圓轉用筆之堂奧，而深入渾厚高古之境，獨成一家。〔註 86〕

孫儆是甲骨文書法的先驅之一，其甲骨文作品流傳甚多，如 81 歲時所書

〔註 85〕王志，《民國篆書研究》，（南京：南京師範大學碩士學位論文，2011 年 5 月），頁 11。

〔註 86〕呂厚龍，〈詩書文章孫滄叟〉，《中華文化畫報》，（北京：中國藝術研究院，2013：1），頁 115。

〈此古、有正十二言聯〉（圖 3-2.1）款中自作釋文：「此古文在商周若鼎彝若龜甲，有正氣盈天地為河嶽為日星」，聯語屬詞清雅，用典貼切，足見其精深的國學根基。孫氏創作甲骨文書法作品時，將已知的甲骨文字重新提取出來整合為新句，再按照原有的字體構成方法以毛筆書寫，保留了甲骨文最典型的刀刻印跡。將這些長短不一、大小有異、瘦削質樸的字符字形予以規整化，透出書法的蒼勁與古意。為了便於後人理解甲骨文的含義，孫儆每每在落款中注明釋義，使人在欣賞古樸滄桑的刀刻雅趣的同時，也能順利了解這些文字試圖表達的內涵。〔註 87〕

在用字方面，聯語 24 字係集甲骨文而來，對原拓的摹擬痕跡都很明顯，在當時的各種限制下，能作長聯如此，其功力絕非泛泛。以今觀之，「古」字應是從金文轉用過來；「正」應作「」；「」，葉玉森釋「氣」，非。卜辭中為人名及方國名，〔註 88〕「氣」應作「三」；「」，葉玉森釋「盈」，與「」、「」字同，隸定為「」，于省吾謂「雨之讀為調，乃假借義，本義與卣同」〔註 89〕，實際上「盈」字甲骨、金文皆未見，所從之「」或可合用《石鼓文》「」字；「地」字甲、金文亦缺，所書「」取葉玉森釋為地，然此字應釋「往」。〔註 90〕此字或可採「侯馬盟書／說文籀文」之字形合用而以甲骨筆法書寫，除此幾字之外，已無可疑異者。甲骨文字本來能應用的文字就不多，而孫儆勇於嘗試，其作品多以十二言長聯出之，期於文從字順，固理之所必然，然而信心太過，終有錯字迭出之譏，未免貽笑大方了。雖其釋字多自葉玉森來，能從一家之言，然信之太過，反受其害。

〔註 87〕張朝暉，〈近代甲骨文先驅孫儆作品賞析〉，《美術教育研究》2015：12（合肥：安徽省科學教育研究會），頁 22。

〔註 88〕賀瓊，《葉玉森甲骨文論著研究》，（重慶：西南大學碩士學位論文，2007 年 5 月），頁 62。

〔註 89〕賀瓊，《葉玉森甲骨文論著研究》，（重慶：西南大學碩士學位論文，2007 年 5 月），頁 75。

〔註 90〕賀瓊，《葉玉森甲骨文論著研究》，（重慶：西南大學碩士學位論文，2007 年 5 月），頁 39。

圖 3-2.1　孫儆〈此古、有正十二言聯〉

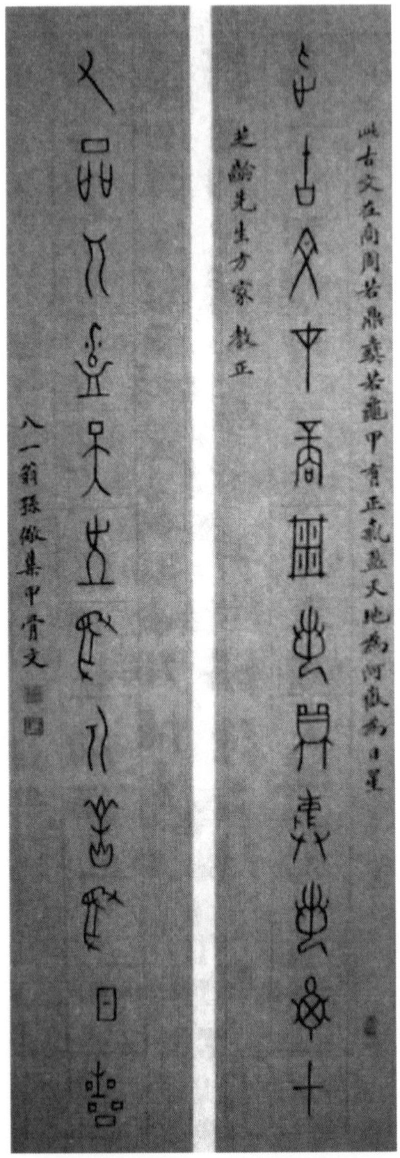

此古文在商周若鼎彝若龜甲有正氣盈天地為河嶽為日星 芝齡先生方家教正 八一翁孫儆集甲骨文	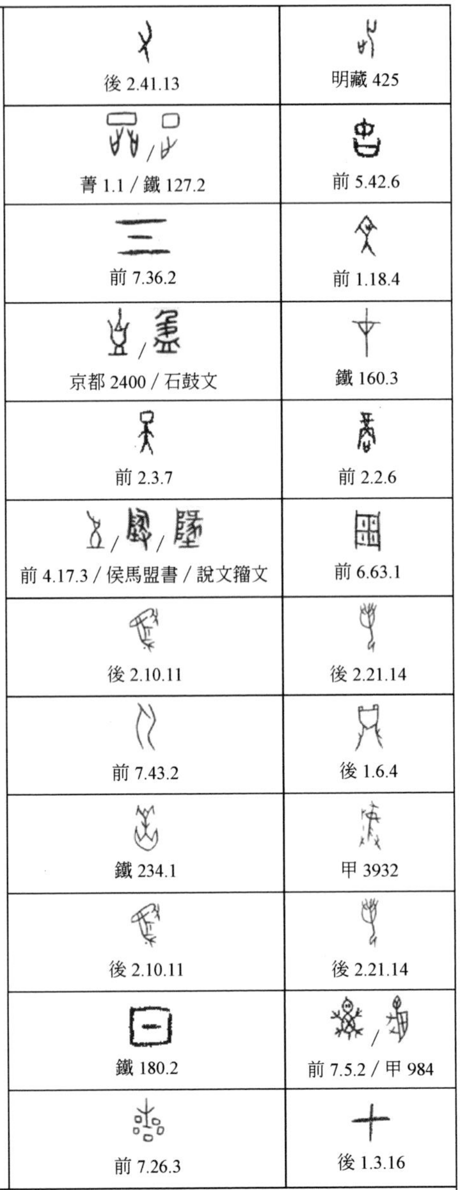 後 2.41.13	明藏 425
	菁 1.1 / 鐵 127.2	前 5.42.6
	前 7.36.2	前 1.18.4
	京都 2400 / 石鼓文	鐵 160.3
	前 2.3.7	前 2.2.6
	前 4.17.3 / 侯馬盟書 / 說文籀文	前 6.63.1
	後 2.10.11	後 2.21.14
	前 7.43.2	後 1.6.4
	鐵 234.1	甲 3932
	後 2.10.11	後 2.21.14
	鐵 180.2	前 7.5.2 / 甲 984
	前 7.26.3	後 1.3.16
〈此古、有正十二言聯〉1948 年		

試觀其書法，起筆稍重於收筆，收筆自然收尖，頗見契刻時起、收刀的節律；就線條而言，顯出於鐵線篆的鍛鍊，纖細中盈滿力度；出以小篆長方形之結構，將字形轉變成同一大小，雖有齊整之效，然易流入機械化的布算之中，

且與甲骨文隨字大小之特徵相違，大有類於葉玉森者；所幸者字內空間疏朗清雅、結字精巧流麗，在早期甲骨文書法的實踐中，已屬難能。

有評其甲骨文書法曰：「以筆代刀，揉合盤庚至祖甲這段時期契刻特徵，同時加入鼎彝碑版的神韻，運筆勁挺，轉鋒秀潤，疾徐渴濕相得益彰，以點畫剛健爲致，間架疏放，結構大度，穿插搭接變化多姿，以中宮工穩爲趣，給人以神蕩情清，氣質高古的感覺。」〔註91〕以其甲骨文書法驗之，此說差近之。

再以其在世的最後一年，高齡86的作品〈不墮、維茲十二言聯〉(圖3-2.2)爲例，其款自作釋文曰；「不墮宗風山谷名賢石齋高士，維茲壽考冬心三絕秉綬八分」，上聯意指黃山谷（庭堅）與黃石齋（道周）一宋一明，同著青史；下聯引金冬心（農，1687～1763）之詩書畫三絕與伊秉綬之八分書，在藝術成就上足以流傳久遠。在用字方面，「墮」字甲、金文皆缺，所作字不知何據；段玉裁曰：「陊，小篆作墮，俗作隳，用墮爲崩落之義；用隳爲傾壞之義，習非成是，積習難返也。」〔註92〕，從平仄來看，此音節應作仄聲，故此字或應作墜（隊）字，甲骨象人由阜下墜作「[illegible]、[illegible]」形者；「山」字所作乃小篆形；「士」甲骨缺，所作爲金文形；「丝」用爲「茲」；終、冬同字，所作偏金文形；「心」字甲骨缺，所作未詳源自何處；「受」叚爲「綬」則嫌牽強；餘者則尚能不悖繆。

此聯仍維持其一貫的鐵線篆風格，起收筆皆含藏不露而行筆略加渾厚；筆道堅韌如鐵線，運轉圓潤，結體勻稱，俊美清秀。從穩定的格局中彰顯出深厚的金文和小篆功底及古樸多姿的契刀雅趣。〔註93〕

孫儆以其對甲骨文字的熱愛，經過自身的努力在字形辨識與應用方面取得不小的成果；並以其詞章之學養涉入甲骨文書法的集聯工作，馳騁才學，大膽創作，於是存世甲骨文書作多爲長聯，在甲骨學初建的時代，成就可謂豐碩，在篆書表現上，也取得一家之言的地位。至於其用字的缺失，終究爲時代所限，無可避免；在學術研究分工越密越細的今天，孫儆的創作所面臨的困境也代表著眾多古文字書法愛好者不可迴避的難題：如何合理而有效率的接收古文字新

〔註91〕呂厚龍，〈詩書文章孫滄叟〉，《中華文化畫報》，（北京：中國藝術研究院，2013：1），頁116。

〔註92〕段玉裁，《說文解字注》，（臺北：黎明文化事業，1991年8月增訂八版）頁740。

〔註93〕http://61.155.84.107/xxgl/ShowArticle.asp?ArticleID=588，2016/12/13檢索。

知，如何將學術研究成果轉化為篆書創作的養分？大矣哉。

圖 3-2.2　孫儆〈不墮、維茲十二言聯〉

佚 518 背 鐵 92.3	後 1.16.11
鐵 178.2	侯馬盟書 14 下 5 菁 3.1 前 5.21.1
續 6.21.5	甲 521
前 2.2.6	鐵 97.1
前 4.32.7	甲 3642
師望鼎	後 2.3.3
前 6.2.3	前 6.1.4
前 5.11.4	續 1.14.3
續 6.23.10	鐵 104.3
鐵 248.1	粹 72
鐵 145.4	前 1.34.7
中大 34	貉子卣

孫儆〈不墮、維茲十二言聯〉1952 春

第三節　王襄——別裁類例　健拔高古

王襄（1876～1965），字綸閣，祖籍浙江紹興，世居天津。1907 年得王懿榮舊藏〈中白作旅簠〉，因號簠室。〔註 94〕清光緒二年十一月十六日（1876/12/31）生在天津縣城內二道街貢院胡同。七歲入塾讀，18 歲從王守恂〔註 95〕和李桐庵學科舉文字並從受讀書方法，20 歲開始從事中國金石文字的研究；為了便於研究工作，開始練習篆書和刻印。1989 年 11 月，和孟廣慧〔註 96〕知有殷契出土事，隔年，從濰縣古董商人范壽軒購得甲骨百餘片。1904 年開始研究甲骨文字。〔註 97〕宣統二年（1910）畢業於北京農工商部高等實業學堂礦科，民國二年（1913）又於天津民國法政講習所經濟科畢業，先後在天津、福建、廣東、四川、浙江、湖北等地鹽務稽核所任職。業餘時間從事金石、甲骨研究，為我國現代金石學家、甲骨學家。1949 年後曾任天津文史研究館館長，1965 年 1 月 31 日去世。〔註 98〕

一、王襄的古文字學成就

（一）甲骨學的成就

甲骨文發現後，較早大量收藏甲骨文的除了王懿榮、劉鶚、羅振玉外，還有王襄、孟定生和一些外國學者。王襄、孟定生二人收藏甲骨和玉懿榮基本同時或略晚，然因王、孟二位因財力有限，「僅於所見十百數中獲得一、二，

〔註 94〕盧燕秋，《王襄甲骨文論著研究》，（重慶：西南大學碩士學位論文，2007 年 5 月），頁 2。

〔註 95〕王守恂（1864～1936），天津人，字仁安，號阮南，晚號拙老人。清光緒二十四年戊戌科進士。曾從事政務多年，以學問文章見重於時，並致力於編纂天津文獻工作。書法纖細勁健，別具風貌，著有《王仁安集》、《天津政俗沿革記》等。見《天津三百年書法選集》，（天津：天津楊柳青畫社，1993 年 11 月），頁 82。

〔註 96〕孟廣慧（1869～1941），天津人，字定生，精金石之學，於書法無所不通，無所不能。為津臨南帖北碑第一妙手。曾用白雲山人、君子泉等許多別號。藏有漢代樂器「錞於」，遂以名室。自幼從二叔孟繼塤學習，因好古玩字畫，富收藏。善摹仿清代名家法書，幾可亂真。與王襄、王懿榮是最早鑒定收藏甲骨的人。

〔註 97〕王巨儒，〈王襄年譜〉，《王襄著作選集》，（天津：天津古籍出版社，2005 年 1 月），頁 2587～2594。

〔註 98〕趙誠，《二十世紀甲骨文研究述要》，（太原：書海出版社，2006 年 2 月），頁 576。

意謂不負所見，藉資考古而已。」〔註 99〕，1911 年前後，王襄在京師讀書，當時甲骨片大量出土，「購求者鮮，其值大削」，王襄方購得 4000 餘片。後來王襄還購得 1920 年小屯村民私掘之甲骨。於 1925 年 5 月出版《簠室殷契徵文》，著錄所藏甲骨 1125 片。〔註 100〕

王襄的《簠室殷契徵文》是第一部將甲骨文分類編排的著作，由天津博物院出版，其中拓片著錄分爲上冊天象 93 片、地望 62 片、帝系 243 片、人名 111 片、歲時 24 片、干支 23 片、貞類 36 片，共 592 片，下冊典禮 123 片、征伐 52 片、游田 135 片、雜事 139 片、文字 85 片，共 533 片，另附有《殷契徵文考釋》12 卷，將書中拓片逐一進行考釋。《簠室殷契徵文》的出版，表明王襄在甲骨研究方面，並沒有將眼光只停留在文字考釋，同時也將注意力放到了對殷禮的考證上。他將《徵文》分爲十二類，目的就是爲了便於從中考釋研究殷禮。

王襄的《徵文》是甲骨學史上將甲骨文分類編排的開山之作，它所收錄的拓片，是王襄所收藏五千多片甲骨中的精品。可貴之處有五：（一）無重片，內容豐富。（二）首次按事項將卜辭分類。（三）具有正確的考釋方法：引用古籍文獻爲其說之佐證；從金文材料上來找證據。（四）公佈了一批極有學術價值的甲骨材料。（五）附有考釋。這些長處顯而易見，但不可避免也存在著一些問題，具體說來，大致有四點：（一）將拓片剪割：王襄在選編拓片時對完整的拓片進行了裁剪，或分爲兩片，甚至三四片，破壞了拓片的完整性，而且也不利於通過語境從總體上把握卜辭的意義，另一方面，使人懷疑其眞實性，造成了《徵文》問世多年而少人問津的尷尬局面。（二）將拓片進行修改：他將原骨邊沿不齊的修剪整齊，並且對字跡不清者加以手摹。（三）正確的考釋方法未能貫串始終，有些字只依據字形就作出隸定。（四）對拓片的歸類並不十分準確。〔註 101〕

〔註 99〕王襄，〈題所錄貞卜文冊〉，《王襄著作選集》，（天津：天津古籍出版社，2005 年 1 月），頁 1788。

〔註 100〕王宇信、魏建震，《甲骨學導論》，（北京：中國社會科學出版社，2010 年 6 月），頁 24～25。

〔註 101〕盧燕秋，《王襄甲骨文論著研究》，（重慶：西南大學碩士學位論文，2007 年 5 月），頁 7～11。

1920 年 12 月，王襄出版《簠室殷契類纂》，這是甲骨學史上第一部字彙。此書按照《說文》的次序，將甲骨文字分別輯爲正編、存疑、待考三編，全書收入可釋字 873 個，存疑字 1852 個，待考字 142 個。對每個可釋字，不僅釋義，而且引用整條卜辭作爲辭例，使讀者在瞭解該字含義的同時，也可瞭解該字在卜辭中的位置和整條卜辭的意義。1929 年，《簠室殷契類纂》增訂重印，收入可識字 951 個，存疑待考字 1808 個，補錄 11 字，共編收 2776 字。《簠室殷契類纂》所開創的編纂字彙體例，具有編次清晰、檢索方便、字詞相照、可綜觀全體的優點，甚至比其後出版的商承祚的《殷虛文字類編》、朱芳圃的《甲骨學文字編》、孫海波的《甲骨文編》等字彙的體例還要優越。另外，《簠室殷契類纂》對文字的考釋也多有可取之處，許多字的考釋被人們認爲是正確的。此書所開創的編輯體例，對後世工具書的編纂產生了一定的影響。〔註 102〕

《簠室殷契類纂》的優點如下：（一）是王襄多年研究的結晶，並集同時代其他學者考釋文字的一些成果。（二）首先隸定出許多此前尚未釋讀的字：書中隸定正確的甲骨文字有 733 個，其中由其首先隸定並且正確的有 111 個。（三）採用科學的隸定方法：《類纂》在隸定甲骨文字時，不僅以《說文》爲依據，同時，還能靈活運用王國維的二重證據法，爲其隸定釋字增加說服力。（四）每字下均引用卜辭：不僅可以使讀者積極思考、探索求證，而且，也能夠更廣博地瞭解當時的政治軍事文化生活。其缺點有五：（一）濫用重文：王襄對《說文》過於依賴，所以行文中常常爲求符合《說文》而使用了 53 組重文，而不當使用者有 8 組。（二）條目字隸定正確，其下所錄字形與條目不符。（三）所寫字形與甲骨文實際不符：如「王」、「吉」、「燕」字。（四）爲遷就《說文》，同一字形反覆出現，有累贅之嫌。（五）所引卜辭均未標明出處。〔註 103〕

關於王襄在甲骨學方面的貢獻，可以總結爲四個面向：

一、收藏甲骨材料方面的成就：雖然王懿榮最早發現鑒定並購藏了甲骨，但在 1900 年王懿榮便以身殉職，還未來得及將所收藏的甲骨資料整理公佈出

〔註 102〕王宇信、魏建震，《甲骨學導論》，（北京：中國社會科學出版社，2010 年 6 月），頁 27～28。

〔註 103〕盧燕秋，《王襄甲骨文論著研究》，（重慶：西南大學碩士學位論文，2007 年 5 月），頁 12～16。

來。但是，作爲同時代學者的王襄，卻盡其所能地公佈了很多有價值的甲骨文材料。雖早年家貧，仍以一已之力，前後共收藏甲骨五千多片，其中有不少極具價值，如關於天象、農牧業等的甲骨。歷經戰亂的艱困生活，仍堅決不將所藏甲骨流出，最後，在 1952 年捐獻給國家。

二、公佈甲骨材料方面的成就：除前述《簠室殷契類纂》及《簠室殷契徵文》外，王襄還撰寫編集了許多有關甲骨學研究的著作，如 1900 年的《貞卜文臨本》、1956 年的《綸閣所錄殷契》等，在甲骨文材料的公佈以及文字的考釋上均有所建樹。

《徵文》將 1125 片拓片分爲十二類，可以說是一個很大的貢獻和成就，但是，王襄在分類的同時，又將本爲一片的卜辭分爲若干條，不僅破壞了甲骨的原狀，而且也不利於整體把握卜辭的文意，同時，也讓人們對其眞實性產生懷疑，所以，從總體上來說，是弊大於利的。《徵文》中這部分卜辭共有 433 片，綴合還原後，反映在《甲骨文合集》中爲 180 片。〔註 104〕1933 年，羅振玉出版《殷虛書契續編》，收錄了《徵文》中之拓片 755 片，肯定了《徵文》所錄的眞實性。〔註 105〕

三、甲骨文研究的成就：王襄的甲骨學著作頗多，《徵文》雖收錄的是較爲完整的卜辭，但是其中也不乏對文字的考釋，而《類纂》則完全是對文字的考釋，釋字正確率達 82.9%（733/884）〔註 106〕，另有《貞卜文臨本》、《殷契錄存》、《契文匯錄》、《殷代貞史待貞錄》、《簠室殷契》等，可謂碩果累累。而且，涉及的面也比較寬，如《殷代貞史待徵錄》是研究殷代貞人的著作，其他爲文字學考釋的著作。可以看出，他是甲骨學界早期比較勤奮的一位重要學者。

四、研究方法方面的貢獻：雖然在王襄的著作中並沒有對其甲骨文研究方法作系統的專門論述，但是，從其考釋甲骨文字的實踐當中，我們還是可以總結歸納出他的考釋方法。大致如下：（一）引用古籍文獻爲其說之佐證。（二）

〔註 104〕盧燕秋，《王襄甲骨文論著研究》，（重慶：西南大學碩士學位論文，2007 年 5 月），頁 21。

〔註 105〕盧燕秋，《王襄甲骨文論著研究》，（重慶：西南大學碩士學位論文，2007 年 5 月），頁 20。

〔註 106〕盧燕秋，《王襄甲骨文論著研究》，（重慶：西南大學碩士學位論文，2007 年 5 月），頁 92。

注意運用二重證據法：王襄在隸定甲骨文字時，不僅以《說文》爲依據，同時，還能靈活的將出土文獻與鐘鼎彝器上的金石銘文結合起來進行文字考證，爲其隸定釋字增加說服力。〔註 107〕

（二）王襄學術成果影響不大的原因

2005 年 1 月，唐石父、王巨儒整理的《王襄著作選集》上中下三冊，由天津古籍出版社據王襄原手稿影印出版，2500 多頁，估計近一百萬字。此選集收入了王襄的《簠室殷契類纂》、《簠室殷契徵文（附考釋）》、《古文字流變臆說》、《古陶今釋》、《古陶今釋續編》、《簠室題跋》、《綸閣文稿》、《綸閣詩稿》共八部著作。其中前三種著作曾公開出版，後五種均爲第一次公開出版發行（《簠室題跋》有少量文字公開發表過）。這八部著作不管是以前公開出版的，還是未公開出版的，都是當今學術界不容易見到的。

《王襄著作選集》的出版，無疑給古文字學界貢獻了一大批很有學術價值的成果，學人得以容易見到王襄的著作了。據翦安〈天津圖書館藏王綸閣先生手稿述略〉說王襄的手稿存於天津圖書館，稿本經分類整理爲《王綸閣先生手稿匯錄》共計 40 種，104 冊。〔註 108〕其中仍有大量著作未出版，如甲骨文類有《殷代貞史待徵錄》（初稿散頁，稿本 1 冊）。〈述略〉說：「全書共 8 節，採用卜辭斷代法。書中著錄五期貞人計 87 名。爲修殷史人物志者提供了珍貴的史料。是王襄歷年研究甲骨文代表作之一。」在金石類裏有《古鏡寫影》（初稿 2 份散頁，稿本 5 冊），翦安〈述略〉說：「是考證銅鏡的專著，論述了周代已有銅鏡的見解……分鏡型篇、周秦鏡篇、漢魏三國南北朝鏡篇、唐宋元明鏡篇等，收周代至明代銅鏡 759 面。」〔註 109〕又 1931 年著《先秦文字韻林》，以《說文古籀補》、《金文編》以及自撰的《簠室殷契類編》爲藍本，上起殷，下至七國，凡卜辭、金文、石鼓文、陶文、璽文、幣文釋出可識之

〔註 107〕盧燕秋，《王襄甲骨文論著研究》，（重慶：西南大學碩士學位論文，2007 年 5 月），頁 16～19。

〔註 108〕宋興晟、周寶宏，〈王襄的學術成就淺議〉，《山西高等學校社會科學學報》27：12，（太原：太原理工大學等，2015 年 12 月），頁 99。

〔註 109〕宋興晟、周寶宏，〈王襄的學術成就淺議〉，《山西高等學校社會科學學報》27：12，（太原：太原理工大學等，2015 年 12 月），頁 100。

字，依《佩文韻府》韻次分爲五編，〔註110〕收字3102，是一部廓清文字源流的先秦文字類編。此書和1961年所撰《古文流變臆說》，對闡述我國文字演變規律都做出了重要貢獻。〔註111〕所舉三例再加上該館沒收藏的手稿，其學術含量之高，書法水準之精，仍多有埋沒者，以致王襄的學術貢獻、地位未能得到相應的評價。王宇信曾歸納了四個原因：（1）王襄、孟定生早期收藏較少和精品不多，因此没有引人注目。（2）王襄所藏甲骨《簠室殷契徵文》1925年才出版，而且印製不精。（3）王襄研究甲骨文的著作到1920年才出版。（4）王襄研究甲骨文字、出版自己的著作，其時間正是1928年以前，從1928年至1937年，甲骨學著名學者出現很多，如郭沫若、董作賓，和其後的于省吾、胡厚宣、陳夢家等，而在此期間王襄沒有甲骨學專著出版。（5）從二十世紀初至二十世紀六十年代中期，王襄並沒有活躍於當時的古文字學界的圈子裏，而是在這個圈子的邊緣。（6）王襄先生不在高校工作，自然也就沒有培養出一批從事古文字學研究而且有建樹的學者；而沒有自己專門從事古文字學研究的學生，自然也就很少有人提及宣揚王襄先生的學術成就了。〔註112〕

二、王襄的篆書表現

根據《王襄年譜》所記載，關於王氏臨寫古文字與著作的相關資料甚多，可見其從青年起到去世爲止，是全然投入在古文字領域中的。

王襄自1895年開始練習篆書，私淑吳大澂，但他自己始終以功力不逮爲憾。如〈題臨彝器款識冊〉：

> 近代治古文字學者，吳愙齋先生一時傑出，即其書法，堪以遠紹斯相，識者當信爲篤論。余幼嗜鐘鼎文字，長習不衰。竊意鑄金之文以柔毫摹寫，非得畫沙印泥之妙，究無是處，惜能言之，學力終有

〔註110〕宋興晟、周寶宏，〈王襄的學術成就淺議〉，《山西高等學校社會科學學報》27：12，（太原：太原理工大學等，2015年12月），頁100。

〔註111〕李月萍，〈王襄其人其書——書擅篆楷　別出機杼〉，《收藏家》2001：10，（北京：北京市文物局，2001年10月），頁48。

〔註112〕宋興晟、周寶宏，〈王襄的學術成就淺議〉，《山西高等學校社會科學學報》27：12，（太原：太原理工大學等，2015年12月），頁100。

不逮也。〔註113〕

古籀之文至秦而亡，漢唐以後通者益少，斯相省改籀文，別作小篆，雖因七國舊文整齊畫一之，非出創作，然自秦隸興，小篆廢，古籀遺文漸次滅熄。〔註114〕吳大澂在古文字學與書法上都足以遠紹李斯；王氏自幼即嗜鐘鼎文字，欲學吳氏之法，而自謙學力不逮。又有〈題胡甘伯篆書冊〉（1962 年）、〈題篆書聯〉云：

> 自楊泗孫倡導篆書，厥後吳愙齋、胡甘伯諸人從之。與錢石齋、孫星衍、洪亮吉書法異派。吳則專力於金文，自成書法，至今藝苑稱爲絕學。丁佛言尚能繼其後。〔註115〕

> 三古金鑄之文，用柔豪寫之，易流於滑柔剝泐一派。吳愙齋悟範母之銘是由漆書，非出描摹造作，乃盡變時流所習，自成家法。余師其意以臨金文，神貌兩無所得，今則年至廢學，漸入自畫境矣。〔註116〕

前一則概言清代中晚期後之篆書發展，點出楊沂孫及其後繼者，已與傳統鐵線篆一派不同，而吳大澂專力於金文，更是對篆書領域的擴大與加深；其金文又與一味強調「金石氣」、追求剝蝕感的書風大異，著意於光潔雅健，與王襄對金文的理解相契，故淑而師之。

王襄大量而持之以恆的臨摹，嘗於 1930 年編成《簠齋臨古今文字》，內容爲臨摹陳簠齋等各家所藏彝器款識六百十八器，共四冊。第一、二冊於 1907 年寫，第三冊在 1919 年成，第四冊於是年裝幀署簽。第一冊題字：「此冊舊摹各本，陳簠齋先生藏器爲多，清光緒丁未年已編次成冊矣；今檢其空頁取近時摹本補之，披閱一通，覺筆意間今昔固無差別也。庚申，1920 年 2 月，

〔註113〕王襄，〈題臨彝器款識冊〉，《王襄著作選集》，（天津：天津古籍出版社，2005 年 1 月），頁 1736～1737。

〔註114〕王襄，〈題臨彝器款識冊〉，《王襄著作選集》，（天津：天津古籍出版社，2005 年 1 月），頁 1736。

〔註115〕王襄，〈題胡甘伯篆書冊〉，《王襄著作選集》，（天津：天津古籍出版社，2005 年 1 月），頁 2137。

〔註116〕王襄，〈題篆書聯〉，《王襄著作選集》，（天津：天津古籍出版社，2005 年 1 月），頁 2046～2047。

綸閣記。」第三冊題：「余所見彝器款識拓本，力不能得，每假歸用響拓法摹之，朋儕知余之此作可以流傳古人文字也，亦樂以拓本相助，積久成此巨冊矣。」〔註117〕這也只是部分而已。

王襄除了最早鑒定並收藏甲骨，寫了大量甲骨文等古文字著作外，留給學術界最大的遺產之一就是他一生都在讀書、著書，對古文字學一直興趣不減，一直在堅守，一直在鑽研。〔註118〕他雖不是古文字專業出身，卻因從小就培養了古文字學方面的素養，從年輕起就對古文字、古文物有興趣，而且一生興趣不減，並養成了經常讀書、研究學問、寫成論著作品的習慣。在古文字學領域堅守一生，利用一切可以利用的時間讀書、寫作，捨得投入金錢購買文物和書籍、捨得投入大量時間和精力。只為學術，不為名為利。親手臨摹大量的甲骨文、金文、戰國文字、《說文》篆文，也包括一些書籍。雖然是因為無錢購買，只得借來抄寫，但在客觀上為王襄先生研究古文字打下了堅實的基礎，因為親手抄錄、臨摹，印象深刻，一遇到類似未見古文字字形時，就能將它們聯繫在一起。這樣的功夫，很多著名的古文字學家都下過。現在買書已經不是問題，很容易得到，很少有人下這個功夫了，自然也就打不牢熟悉古文字字形的基礎。從天津圖書館所藏王襄手稿可見，其中有大量的王襄親手臨摹的甲骨文、金文的資料。從漢魏唐宋碑文墓誌到戰國陶文、秦漢以降的鏡文、西周金文、直至甲骨文的原始資料，無不收集、整理、研究、最後著書，從而對古文字字形演變情況十分清楚，因此對古文字考釋就能得心應手。不斷收集新資料，吸收新成果，始終站在學術前沿。〔註119〕

他的篆書表現與其古文字學的研究和成果的密切結合，是從這些日常的抄錄、臨摹堅實的累積起來的。而這些編集起來的資料，也常取以反觀、省察，其〈題所臨金文冊〉：

> 己酉、丙戌之歲，臘盡春始，出所有金文墨本，日以舊冊臨之。積

〔註117〕王巨儒，〈王襄年譜〉，《王襄著作選集》，（天津：天津古籍出版社，2005年1月），頁2614～2615。

〔註118〕宋興晟、周寶宏，〈王襄的學術成就淺議〉，《山西高等學校社會科學學報》27：12，（太原：太原理工大學等，2015年12月），頁100。

〔註119〕宋興晟、周寶宏，〈王襄的學術成就淺議〉，《山西高等學校社會科學學報》27：12，（太原：太原理工大學等，2015年12月），頁101～102。

久，成此十八頁，題記存之，考余書藝之進退。儻垂老有成，力學之功爲不虛矣。〔註 120〕

溫故而知新，反復求之，其力學眞不虛也。這些日常研究與臨習的積累，對其金文書法的效益不言而喻。茲以其中年時代所書〈臨散氏盤十二屏〉（圖 3-3.1）爲例：

圖 3-3.1　王襄〈臨散氏盤十二屏〉／〈散氏盤〉拓本

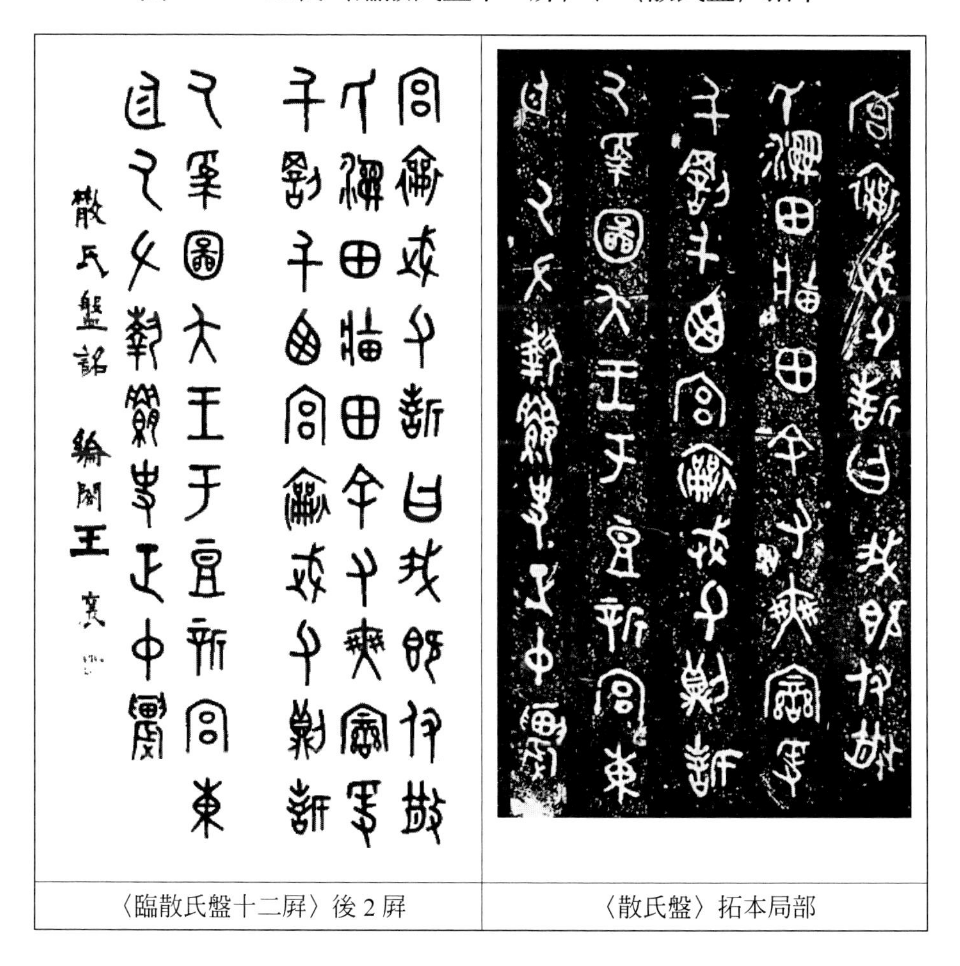

〈臨散氏盤十二屏〉後 2 屏　〈散氏盤〉拓本局部

〈散氏盤〉是西周中晚期青銅器中的重器，銘文內容大致反映出國家間有關土地糾紛方面的一篇契約，線條圓起圓收，中段飽滿渾厚；結體方中帶

〔註 120〕王襄，〈題所臨金文冊〉，《王襄著作選集》，（天津：天津古籍出版社，2005 年 1 月），頁 1982。

圓，開闊充實，有體量感；章法上字距行距都比較緊湊茂密，它是西周後期豪放型金文風格的代表作品。〔註 121〕王襄所臨共 12 條屏，每條 3 行，行 10 字，全篇共 349 字，筆道粗細均勻，無明顯張歙之跡，在控制筆力輕重方面，有著極深的功力。全篇前後貫通，一氣呵成，渾然一體，而且佈局疏朗，書寫挺拔有力，線條和結構都富有意蘊。不過，所臨之末行第五字之右下角將「女」符誤爲「月」符，不無失察；但整體說來，是在對字形結構熟透之後，以自己的創作意念將原來蒼茫渾厚、欹側恣肆之書風轉爲行列整齊且字形修長的齊整端肅。從中也可看出他對吳大澂書藝的傾心且亦步亦趨的程度了。

據〈王襄年譜〉載：1934/5/12 集契文聯，書以自勵：「上壽百歲若駒光，允宜自奮；寒士一生有食藉，何事旁求。」並記：「老無成學，恐役於外物，書此自勵。甲戌四月晦日，王襄記。」〔註 122〕實則此〈上壽、寒士十一言聯〉（圖 3-3.2）係集金文而成之聯語，所書文字應爲：「上壽百歲若駒光畯宜自奮，寒士一生有食耤（籍）何事旁求」，上聯「畯宜自奮」依文意當爲「允宜自奮」，王襄所用「畯」通「駿」，又通「俊」；然畯字從「允」得聲，借爲允似無不可；「[illegible]」《金文編》作「叒」，隸變爲「若」，與从艸右之若混而爲一；〔註 123〕實則此字象人跪跽而兩手扶其首，有巽順義，與說文訓擇菜之若偏旁不同，此處用法正確；〔註 124〕下聯「耤」叚爲「籍」，「食籍」是佛道思想中記載每人一生所享用食祿的簿冊，由黃庭堅〈戲贈彥深〉：「世傳寒士有食籍，一生當飯百甕菹」、宋．釋慧空〈與虢郎作骨董羹四首〉，其一曰：「寒士百菹食籍佳，敢比八珍五侯家；分甘長貧體生粟，誰能一飽面發霞？自羹青菘燒蘆菔，更雜石耳相天花；願留佳士宿清晝，細引爐香深炷茶。」、清．唐孫華〈挑菜〉：「書生食籍聞前定，應許支消百甕虀。」等歷代詩作可見此典故，綜合來說，上聯言人生短暫，如白駒過隙，宜自奮勉；下聯則以安貧自守，不忮不求自勵，結合自記款語，更透露了不計個人成就，儘管努力向前的昂揚心志。

〔註 121〕沃興華，《金文書法》，（上海：世紀出版集團，2004 年 6 月），頁 96。

〔註 122〕王巨儒，〈王襄年譜〉，《王襄著作選集》，（天津：天津古籍出版社，2005 年 1 月），頁 2618。

〔註 123〕容庚，《金文編》（二版），（臺北：弘道文化事業，1970 年 10 月），頁 696、328。

〔註 124〕中國社會科學院考古研究所編，《甲骨文編》，（北京：中華書局，1965 年 9 月），頁 20。

圖 3-3.2　王襄〈上壽、寒士十一言聯〉

克鼎	周□旁尊	沈子簋	𧦝鐘
秦公簋	番生簋	令鼎	邿遣簋
師遽方彝	說文古文 8 上 67		𧦝鐘
史頌簋			曶鼎
毛公鼎			盂鼎
□共簋			兮甲盤
令鼎			虎木伯盤
十六年戟		不期簋	頌簋
矢方彝			令簋

〈上壽、寒士十一言聯〉1934/5/12

就書法來看，此聯結字與所集金文極爲相似，並藉其中「光」、「一」二字突出的藏鋒重壓起筆爲主筆，以凝重堅實線條爲表現，外廓接角轉中有折，寓溫雅於剛勁；善用方形、三角形等構造，在婉曲流麗中又時有幾何造型的變化；其中「百」、「自」、「何」、「旁」等字與甲骨文字無二，又多方折之筆，無怪乎有誤以為甲骨集聯者。

因為王襄對各種古文字都有大量的摹寫與研究，故其於古文字形的時代特徵極為敏感，如其〈臨戊辰彝軸〉（圖 3-3.3）款中云：「〈戊辰彝〉銘文體與殷契同，殷器也。」〈戊辰彝〉又名〈肄簋〉，在黃组甲骨文和晚商金文的周祭材料中極有研究的價值。此器既為殷商器物，文字自然是商代風格，王襄將其線條多作剛硬直線化處理，直接往甲骨文風格靠攏，與上述〈上壽、寒士十一言聯〉有異曲同工之妙，只是將時代提得更早而已。

圖 3-3.3　王襄〈臨戊辰彝軸〉／〈戊辰簋〉拓本

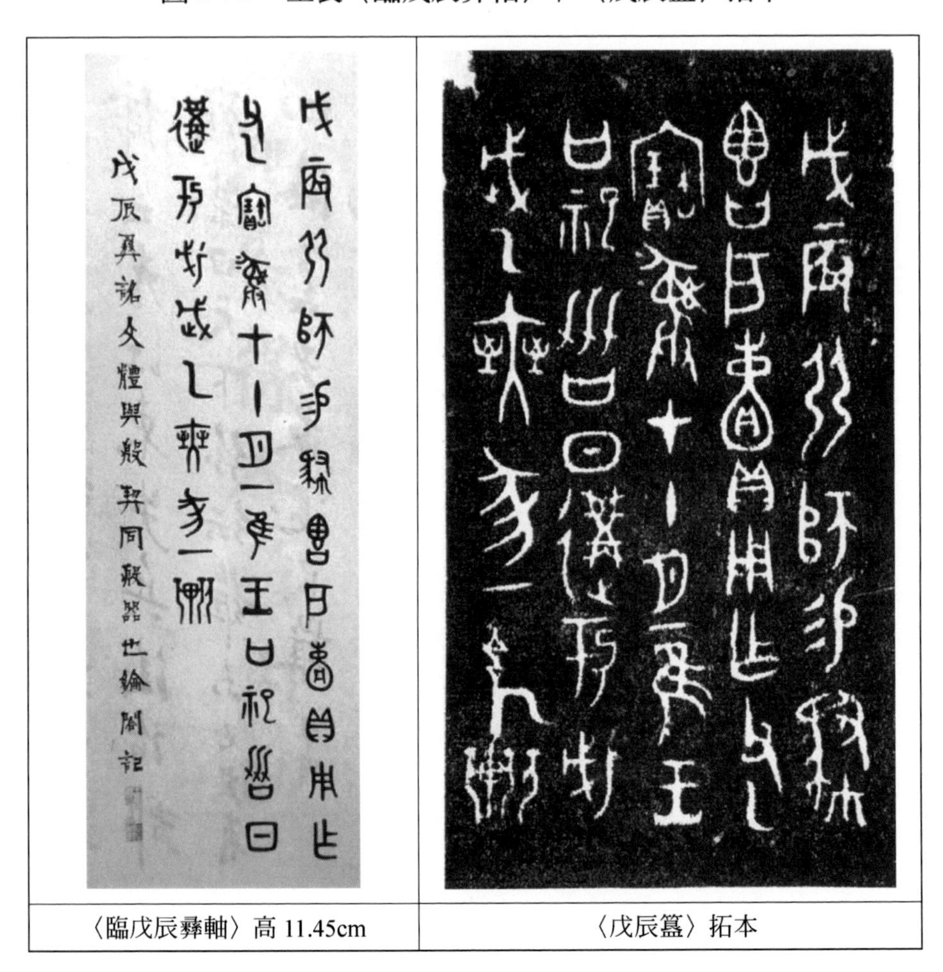

〈臨戊辰彝軸〉高 11.45cm	〈戊辰簋〉拓本

王襄是甲骨文研究先驅，對契文內容有過開創性研究；與金文研究、臨習一樣，王襄對甲骨文所下苦功亦不遑多讓。據載，他自 1906/4 錄各家所藏甲骨成《貞卜文臨本》第一冊及釋文〔註 125〕後，1933 年成《殷契錄存》，全書分二部分，第一部分爲 1931 年錄歷史語言研究所發掘報告，計 389 片；第二部分爲錄自易穭園者，計 20 片。1949 年成《契文匯錄》係錄孫海波《甲骨文錄》204 片、梅原末治《安陽遺寶》56 片、郭沫若《殷契粹編》及劉子恒藏契文拓本 365 版及楊魯庵、陳邦懷所藏等所成。1952 讀、錄唐蘭《天壤閣甲骨文存》若干、1954 題四方風名甲骨、1955 年，讀胡厚宣《戰後京津新獲甲骨集》，錄其中卜辭 219 版、1956 年讀《殷契遺珠》，錄其中甲骨 26 版，合成《綸閣所錄殷契》，同年再讀並錄《戰後京津新獲甲骨集》290 品、1958 年見王懿榮舊藏殷契拓本，錄其中 45 版於《簠室所橅殷契》。後依次編列，即爲第二、三、四、五冊。〔註 126〕

王氏摹寫的契文不下數千品，都是根據原物或拓片對臨的，有時也擇要繕錄。其摹錄之甲骨文之書作，可以中年時〈臨殷契文橫幅〉（圖 3-3.4）爲例：此作臨自《殷虛書契菁華》1.1（合 6057 正）之第一辭，原拓右行，字大而清晰，線條瘦勁，行氣擺動，結字疏宕。王襄所臨改以有行有列章法，整齊中略見參差，第四行「西」與「角」字欹側而相互對應，甚有奇趣；線條剛硬沉實而表情略嫌呆板，起收筆不求變化，一貫的以玉箸篆式的平整爲主，有機械化的傾向；也與《簠室殷契類纂》中所摹卜辭相類，均失於平整與板滯，此或與爲羅列文字以便觀讀而使之整齊劃一有關，雖與〈臨戊辰彝軸〉有異曲同工之妙，但與原作對比來看，差之毫釐，失之千里了。又，作品中第二行之「乞（迄）」中間一橫應較短，此處作三等長橫線，則誤爲「三」矣；末尾之「七十人五月」誤作「七五人」且失察合文現象；第四行末字「角」之形亦差失甚多；雖如此，王襄以法帖的態度來正視甲骨原拓而臨習不輟，這種態度與精神值得學習效法。

〔註 125〕此本初收孟廣慧藏、自藏及錄自濰賈的甲骨共 564 片，1919 年寫序，收入《簠室題跋》第一冊，改篇名爲〈題所錄貞卜文冊〉；1920 年後另有補錄，共達 636 片。見王巨儒，〈王襄年譜〉，頁 2595。

〔註 126〕王巨儒，〈王襄年譜〉，《王襄著作選集》，（天津：天津古籍出版社，2005 年 1 月），頁 2617～2650。

圖 3-3.4　王襄〈臨殷契文橫幅〉／菁 1.1（合 6057 正）

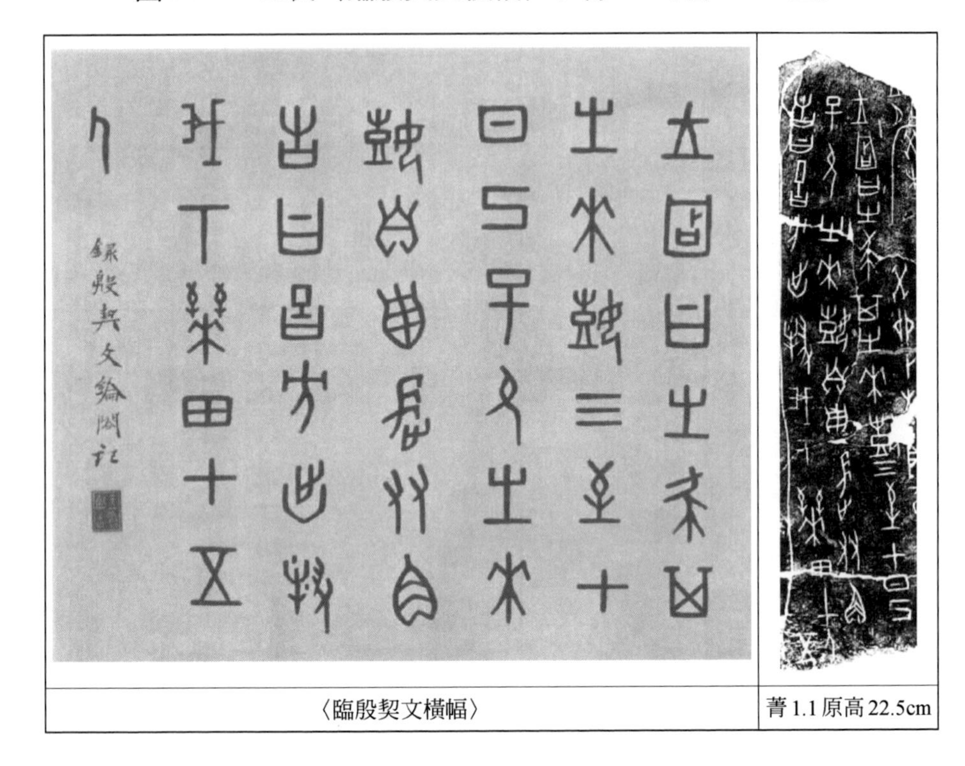

〈臨殷契文橫幅〉	菁 1.1 原高 22.5cm

王襄在甲骨、金文書法的創作上，還曾在 1936 年撰成《簠室集古籀聯語》二卷，是三十餘年來爲親友用金文、甲骨文書寫的對聯的集子。其中：四言 4 副，五言 160 副，六言 2 副，七言 333 副，八言 47 副，九言 3 副，十言 3 副，十言 1 副，十二言 1 副，計 554 副。〔註 127〕可惜迄未出版，無由探尋其中奧妙。雖然，可以〈出土、沉沙七言聯〉（圖 3-3.5）：「出土遺龜考卜事，沉沙折戟識前朝。」爲例。本聯上聯言殷墟甲骨出土，將得以考察商代各種文化現象；下聯引杜牧〈赤壁〉「折戟沉沙鐵未銷，自將磨洗認前朝」句，感慨古今，文采燦然。用字上，甲骨文、金文合用，巧妙的將二種古文字各自缺少的字挑選、補足。「戠」，孳乳爲「識」爲「織」，甲、金文構形相近；「土」卜辭後期作「⊥」與金文同，14 字中純用甲骨者 2，金文 9，共通者 3，多以金文字形爲主，故以金文筆調完成此對聯書法的創作，通篇線條婉通渾厚，長曲線爲主，短直線爲輔，交互運用，藏鋒含蓄，收筆斬截，中鋒直起。深

〔註 127〕王巨儒，〈王襄年譜〉，《王襄著作選集》，（天津：天津古籍出版社，2005 年 1 月），頁 2620。

得吳大澂「大小二篆，同條共貫」之旨，且在學術昌明之中，將用字範圍推前至甲骨文了。

圖 3-3.5 王襄〈出土、沉沙七言聯〉

	後 2.4.3	鐵 201.4 / 毛公鼎
	寰盤	前 5.23.2 / 粹 907 / 曶壺
	京都 3131 / 不嬰簋	曶鼎
	師奎父鼎	前 4.54.5 / 龜父丙鼎
	京津 4302 / 寧滬 1.331 / 趞鼎	前 7.35.2 / 後 2.35.2 / 師酉簋
	兮仲鐘	菁 5.1 / 孟簋
	後 2.3.8 / 孟鼎	乙 2766 / 毛公鼎

王襄是甲骨文早期的發現者與研究者之一，也較早進行甲骨文書法創作。其傾全力購買並保護甲骨片的事蹟堪稱是中國文化人之榜樣。在書法意義上，

他的主要書法成就在古代文字上，行書和楷書只至能品。〔註 128〕他所留下的甲骨文書法作品罕如麟鳳，今所見者僅二三。其中體現出來的氣息也總與金文相類似。他的書寫是以金文爲主，參以甲骨文字形，從他的甲骨文書法作品只有臨寫而尚未進入集字、集聯的情況看來，王襄對於金文的偏重似乎比甲骨文要濃厚一些；這種狀況，或許也與他極早涉入甲骨文領域卻被長年忽視有關吧。他的金文用筆停勻而線條感覺細膩、含蓄，表現出優雅的文人氣息。門人楊魯安評其甲骨書作：「篆勢盤拏，拙中見巧，返樸歸眞。」〔註 129〕，將甲骨書作易爲篆書創作，則近之矣。

第四節　丁佛言——踵武愙齋　醇古沉厚

丁佛言（1878～1930）〔註 130〕，原名世嶧，初字桐生、息齋、芙緣，繼諧「芙緣」音爲「佛言」，號邁鈍〔註 131〕，別號黃人、松遊庵主、還倉室主，山東黃縣（龍口）人。〔註 132〕卒於民國 19 年 12 月 1 日。丁佛言是清末民初著名的書法家、古文字學家和社會活動家。

丁佛言自幼好學，愛好刻印、書法和小學，1904 年，考入山東省城師範學堂，1905 年官費留學日本，就讀東京政法大學。1907 年畢業歸國，1909 年執教於山東法政學堂。當時清政府實行「君主立憲」，各省設立諮議局，1910 年他當選爲山東省諮議局議員，開始步入政治舞台。武昌起義後，積極參與推動山東獨立；1912 年，中華民國成立後，丁氏當選爲臨時政府的國會議員，

〔註 128〕姜棟，《20 世紀大陸地區甲骨文書法實踐狀況研究》，（北京：首都師範大學碩士學位論文，2006 年 5 月），頁 20。

〔註 129〕楊魯安，〈甲骨文書體淺說〉，《古今書法論文彙編》，（河南書法函授院，1987 年 3 月），頁 81。

〔註 130〕關於他的生年有兩說，一說生於清光緒四年（1878）；一說生於光緒十四年（1888），還不能確定。據《國史館現藏民國人物傳記史料彙編 26》所載生卒年爲 1878/12/11～1930/12/1。

〔註 131〕丁氏 23 歲始學治印，師從王常益。42 歲取號「邁鈍」，意爲邁越清初錢塘篆刻家丁鈍丁的治藝，爲自己樹立遠大目標。

〔註 132〕孫亮球，《吳大澂古文字學與篆書書法研究》，（東吳大學中文系博士論文，2007 年 7 月），頁 127～128。

當時章太炎爲改組共和黨曾進京與丁佛言洽談，二人一見如故，結爲文字之交。1913 年丁佛言先後被推選爲第一屆國會參議員、審查委員會委員、審查委員會委員長；同年共和黨改組爲進步黨，丁氏任黨務部長。丁佛言善爲政論，建議頗多，倍受推舉。曾爲《亞細亞報》主筆、進步黨創辦的《中華雜誌》總編，多次發表政論，關心國計民生，反對專制。

1914 年，袁世凱解散國會，廢除臨時約法。丁氏同駐京部份國民黨員、進步黨員共組民憲黨，1915 年袁世凱稱帝後，他先在北京西城按院胡同寓所閒居，後積極參與反袁運動。1916 年，黎元洪代理總統，國會復活，丁氏懷著極其矛盾的心情，再次進京就議員職，然後任總統府秘書長，因解決府院之爭無果，對積重難返的時局心灰意冷，任職六個月後離職。1917 年，丁佛言因抨擊張勳，離開北京去上海避難，其間在南方奔走游說，力促恢復國會，繼續制憲。他認爲民國以來政爭不息、變亂迭出皆由國家無法所致，若早定憲法，則軍閥、政客便難以肆虐。之後輾轉返回原籍。

1918 年，因地方形勢不穩，丁佛言又攜眷至京，仍在按院胡同賃一小屋，杜門謝客，讀書寫字治印。同時，開始《說文古籀補補》的撰寫，其間以鬻書治印養家。1921 年舊國會復會，再次入京就議員職，1922 年曹錕邀丁佛言寫憲法碑，丁氏凜然拒絕；後曹錕賄選，他氣憤至極，隱退原籍。1923 年 8 月因進京辦事被曹錕逮捕。在獄中，他對《說文古籀補補》一書作了認眞核校，謄清後又作了序跋，在友人孫伯恒的建議和幫助下，1924 年由商務印書館出版。同年 10 月，馮玉祥發動政變，曹錕被囚，丁氏獲釋出獄後堅辭多方徵聘返黃。1925 年去濟南任中學國文教師，隔年復隱回原籍，鑽研書法、古文字學，鑒別古玩。繼《說文古籀補補》後，又作《續字說》、《說文抉微》。1927 年又寫成《還倉述林》一書。1929 年冬丁佛言輾轉至北平，1930 年，任國民大學文字學教授，並與柯燕舲〔註 133〕、孫伯恒等成立「冰社」，共同研討

〔註 133〕柯昌泗（1899～1952），字燕舲。精于史學以及金石研究，近代著名史學家柯劭忞長子。畢業於國立北京大學文科，歷任直隸政治研究所所長，東北大學文學院教授，郁文學院國文系主任兼教授，故宮博物院專門委員，察哈爾省政府委員兼教育廳廳長，國立北京大學史學系、北平師範大學史學系、輔仁大學講師。1934 年任私立中國學院國學系講師，1949 後任北京師範學院教授。著有《語石異同評》、《後漢書校注》、《謚齋印譜》、《魯學齋金石記》、《傳習錄注》、《三國志集釋》、《山

書法。1930年秋，胃病痼疾復發，兼受風寒而逝。〔註134〕

丁氏是近代有影響的學者和社會運動家。除歷任議員、秘書長等公職外，還曾任《神州日報》、《亞細亞報》、《國民日報》、《中華雜誌》等報刊編輯，山東政法學堂教員、國民大學文字學教授。他早期社會活動較多，志高行廉，享有很高的社會聲望，受到家鄉人民和社會名流的愛戴和尊重。

一、丁佛言的古文字學成就

丁佛言一生著述很多，王獻唐曾將丁佛言遺著目錄整理發表過。主要的有：《還倉述林》575頁、《續字說》初稿一冊50頁、《還倉述異》初稿四冊、《說文古籀補補》、《古鉨初釋》底稿三冊 150 頁、《古陶初釋》底稿一冊 50 頁、《解字備忘錄》底稿一冊 50 頁、《解字底稿》一冊 100 頁、《說文部首啓明》底稿四冊200頁、《松游盦印譜》十冊等，可惜除《說文古籀補補》一書以外，這些論著均未刊行。從這些書稿目錄中可以看出，丁佛言在古文字學方面下的工夫是很大的。〔註135〕

了佛言《說文古籀補補》共補吳大澂《說文古籀補》所未及者3800餘字。收字有金文、古璽文、古陶文、古幣文、石鼓文等類，字形下間有注語，凡不能詳論者，仿吳大澂又著《續字說》。〔註136〕《續字說》未見印行，我們不能看到。現根據《補補》的收字釋字情況和丁氏書中的注語，就本書的成就作如下以下討論：

（一）繼承和發展了吳大澂的《說文古籀補》

《補》放棄韻書的編排體例，採用按《說文》部首順序編排的方法，《補補》繼承了這一點。實踐證明，按《說文》部首順序編排古文字書對研究字形來說是方便實用的。《補》中收古璽文和古陶文僅於字形下注明古璽、古陶，沒有辭

左訪碑錄校補》、《朔方芻議》、《瓦當文錄》。等。

〔註134〕本部分內容依據張久深《煙台文史資料第六輯．丁佛言》，（黃縣政協文史資料研究委員會、煙台市政協文史資料研究委員會編印，1986年）

〔註135〕張向民，《說文古籀補補研究》，（天津：天津師範大學研究生學位論文，2007年6月），頁4～5。

〔註136〕丁佛言，〈說文古籀補補凡例〉，《說文古籀補三種》，（北京：中華書局，2011年6月），頁96。

例。而《補補》則將璽文和陶文的全文附上，這爲人們研究和使用本書提供了極大的方便，使《補補》的工具書價值極大提高。通過辭例作爲索引，可以找到丁氏所摹字形出自何處，查其形是否誤摹；可以知曉丁氏曾見過哪些古璽或印譜，對研究璽印的著錄與流傳有較大價值；也可以發現一些不見於後世著錄的材料。

由於研究的深入，一些字的辨識有了新的進展，丁氏總結前人的研究成果，加之個人的研究，糾正了部分《補》誤釋的字，釋出了部分《補》不識的字。

（二）考釋出一批重要的字和疑難的字

丁氏釋讀正確的字中，有一部分前人已經釋出；也有很多字是丁氏最先釋出的，其中不乏一些重要和疑難字的釋讀。丁氏識出一些重要的偏旁，如「隹」、「曷」、「奇」……等，並以此爲出發點識出一系列從此偏旁的字。

（三）充分運用傳鈔古文考釋古文字

傳鈔古文包括《說文》籀文、《說文》古文、石經古文、《汗簡》、《古文四聲韻》等，大體保存了戰國文字的基本構形，爲考釋戰國文字提供了極其珍貴的參證。《玉篇》、《集韻》等字書也保留了很多戰國文字的隸定形體。《補補》中多次利用這些傳鈔古文來考釋文字，成功地釋出了一些難字，如「皮」、「冬」、「手」……等字，即據上列書籍得其功。

（四）對《說文》誤說進行了大膽的懷疑和校正

清代多數學者對《說文》過度尊崇；從古文字學成果來看，《說文》是存在著許多錯誤的。清末的學者逐漸擺脫《說文》許說的束縛，吳大澂《補》即對《說文》進行了較多的校正，丁佛言繼承了這一點，科學的對待《說文》；即據《說文》釋字，注語中多徵引《說文》，又不迷信《說文》，對《說文》不確之處進行了校正。〔註 137〕

雖然本書在釋字方面仍存在頗多失誤，有已有正確說法而未採用的疏漏，有當時出土資料有限的無奈，但書中的許多創獲與嚴謹的治學態度，仍足以稱其爲戰國文字研究方面一部有里程碑意義的著作，而丁佛言也堪稱爲一有成就的古文字學者。

〔註 137〕張向民，《說文古籀補補研究》，（天津：天津師範大學研究生學位論文，2007 年 6 月），頁 6～10。

二、丁佛言的篆書表現

丁佛言是丁氏家學的集大成者，終生致力於古文字學、書法、篆刻的研究。他幼承庭訓，喜吟詩作畫，日練字不輟，尤肆力於三代鐘鼎彝器，時有「南吳北丁」之稱。當時京城有這樣的評價：「吳大澂寫形，吳昌碩寫神，丁佛言形神兼備。」〔註138〕他四體皆工，不僅能寫甲骨文、金文、小篆、秦權量詔版文、陶文、漢鏡銘文、泉貨文等風格各異的篆書，也能寫隸書、楷書、章草、行草書等書體。他初學正楷，以唐·歐陽詢《九成宮醴泉銘》爲摹帖，後遵師囑摹顏眞卿、柳公權，顏筋柳骨，成字剛勁有力。十九歲師從溫方玉，溫善摹黃庭堅，受其影響，行書也深得黃庭堅之法。草書臨摹王右軍、懷素；漢隸以摹《張遷碑》、《孔宙碑》最勤，由於博學諸家，任何法帖提筆便能神似。他師承前人，集眾家之長而出新，甲骨文、鐘鼎文因其偏好，用功最多，造詣尤深。終身臨摹金石拓片不輟，不唯譽滿神州，亦爲東鄰日本推崇。所書金文凝重古樸，納欹斜於規矩，寓奇險於平正，於端莊中別含風韻，時有「金剛杵」之譽。〔註139〕

丁氏自言：

> 余生好篆書，又好治印，嗜之至廢寢食少。……中更世變，走四方、涉險怪，雖極至危疑困迫，無不以椎刀自隨，如此者幾二十年。而所交游日多、所見聞日廣、所癖好日深、所搜集亦日富，上自鼎彝龜甲以至鉨陶化布，傳形精拓，博搜遍覽，不下七八千種，皆秦前文字也，試以紙筆刀石，所向無不如意。〔註140〕

丁佛言早在1912年就開始摹寫古籀，最初是因金文研究的需要而不斷摹寫。正是在辨識、摹寫過程中，他不但掌握了古文字結體構字的規律，同時對金文書法也興趣日增，此後更是致力於先秦文字的研究與學習。他不但鈎摹銘文，而且對每個器物上的古文字包括器形都進行考釋。其次他喜藏金石，深研金石文

〔註138〕蔣惠民主編，《丁氏故宅研究文集》，轉引自鮑豔玨，〈凝神寫心的藝術晤語——淺談山東博物館藏丁佛言書法作品〉，《書法叢刊 142》，（北京：文物出版社，2014年6月），頁82。

〔註139〕鮑豔玨，〈凝神寫心的藝術晤語——淺談山東博物館藏丁佛言書法作品〉，《書法叢刊 142》，（北京：文物出版社，2014年6月），頁82～83。

〔註140〕丁佛言，〈說文古籀補補敘〉，《說文古籀補三種》，（北京：中華書局，2011年6月），頁94。

字之學，並畢生致力於此，還受惠於時風，得益於交游。他曾對 1048 件青銅器上的銘文進行過精鑒博察，又有眾多愛好金石、古文字知識淵博的友人切磋心得，如柯劭忞、康有爲、羅振玉、章太炎等人，爲他大篆的書藝成熟打下紮實的基礎。他又將所見碑版和古器物文字揉合在一起，所作或篆或籀，自然妥貼，不露痕跡。沖和儒雅，端莊樸厚。〔註 141〕

丁佛言的古文字學研究，可以說對吳大澂亦步亦趨，就連對鼎彝銘文的考證題跋也是全然模仿。在《愙齋集古錄》中常見吳氏以金文大篆書寫考證文字，在許多書序中，也見全以篆文行之。這當然是充滿自信且印證所學、所得的大好機會，更是與嗜古朋儕的溝通符碼。1923 年夏，陳寶琛（弢盦）以所藏〈召尊〉拓本囑題，丁氏洋洋灑灑逞其研究之得，愼重的寫下這段〈召卣跋〉〔註 142〕（圖 3-4.1）：

圖 3-4.1　丁佛言〈召卣跋〉

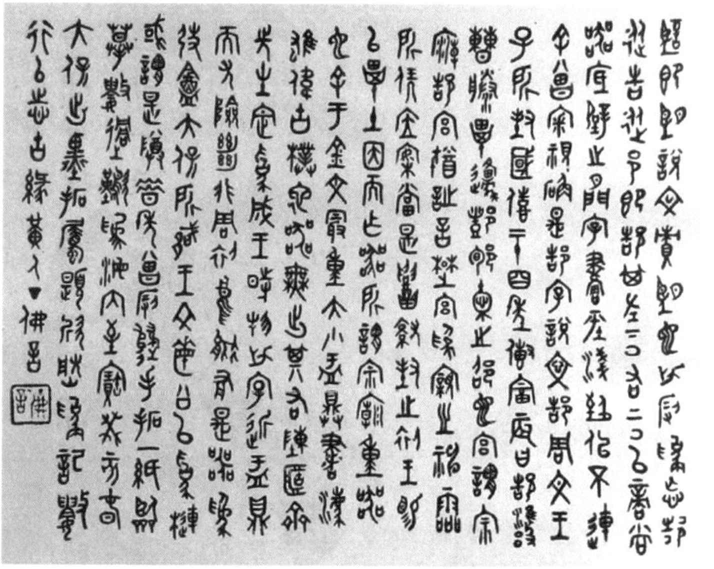

〈召卣跋〉1923 年夏　高 13.5cm

《補補》𧮫字

〔註 141〕鮑豔囡，〈凝神寫心的藝術晤語——淺談山東博物館藏丁佛言書法作品〉，《書法叢刊 142》，（北京：文物出版社，2014 年 6 月），頁 85。

〔註 142〕《澂秋館吉金圖》中名爲「召尊」，然此器實爲卣，故逕改之。

> 譭（[glyph]）即塱，《說文》：「責望也」〔註 143〕，此段爲忘。[glyph]從告從邑，即郜，其左下〕、右下〕以適當器底壁之間，字畫平淺，致似不連，余曾審視，确（確）是郜字。《說文》：「郜，周文王子所封國。」僖二十四年傳：富辰曰：郜雍曹滕畢邍酆郇文之昭也。宮謂宗廟，郜宮猶詩言楚宮，爲親之神需（靈）所凭居。案：當是召就封之初，王賜以畢土，因而作器，所謂宗廟重器也。余于金文最重大小盂鼎，書法雄偉古樸，他器無出其右，陳簠齋先生定爲成王時物；此字近盂鼎而尤險絕，非周初烏能有是？器爲弢龕太保所藏，王文敏公以爲榶，或謂是樽，昔年曾叚歸，手拓一紙，臨摹數過，歎爲海內至寶。癸亥春，太保出墨拓屬題，欣然爲記數行，以志古（故）緣。黃人丁佛言。〔註 144〕

內文首先就銘文中「[glyph]」字義作考證，以爲即《說文》「譭」字而假借爲忘；這也可以從他《說文古籀補補》中見到。接著將「[glyph]」字中兩處「□」形缺損之故作推測，確認爲「郜」字，並引《左傳》記載參以銘文，以爲此器當爲「召就封之初，王賜以畢土，因而作器，所謂宗廟重器也。」再就銘文風格與大、小〈盂鼎〉相近而尤險絕，將年代劃爲周初；末了敘述與此銘文之因緣，欣然爲記。

這篇跋文，展示了學問，也表現了書法的功力。在有行無列的章法中，隨字形大小參差而下，密集而不紛亂，有銅器銘文再現紙上之感。用筆以勻整爲主，卻在起筆的或逆筆藏鋒或露鋒尖筆中形成自然變化的筆致，避免了視覺疲勞的可能，而運筆節奏的平穩，畫面輕重的穿插卻不見造作之跡，想可於「無佛處稱尊也」。

類似的小字金文作品還有如 1925 年，48 歲時所書之〈陰符經團扇〉（圖 3-4.2）則可明顯看出其篆體淵源於《篆文論語》一路，但結字較爲緊密、修長，行列較爲緊湊，予人一種「緊張」感，未若吳大澂同類型書作來得雍容、大氣。〔註 145〕然而字字考究，實屬難能。

〔註 143〕段玉裁，《說文解字注》，（臺北：黎明文化事業，1991 年 8 月增訂八版），頁 101。

〔註 144〕丁佛言，〈召尊題跋〉，《澂秋館吉金圖》，（臺北：臺聯國風出版社，1976 年 10 月），頁 103。

〔註 145〕孫亮球，《吳大澂古文字學與篆書書法研究》，（東吳大學中文系博士論文，2007 年 7 月），頁 128。

圖 3-4.2 丁佛言〈陰符經團扇〉／吳大澂《篆文論語》

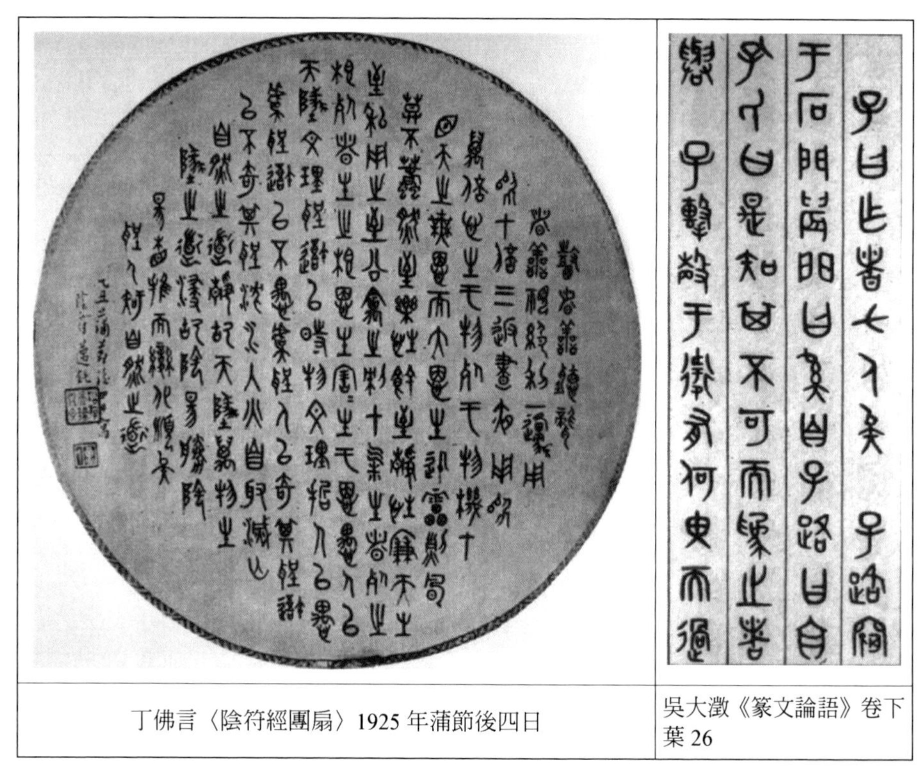

丁佛言〈陰符經團扇〉1925 年蒲節後四日	吳大澂《篆文論語》卷下葉 26

丁佛言臨寫金文時線條把握有自己的獨特面貌，他將一些奇肆的字作平整化處理，即使在臨摹中，也始終貫串這一思路。〔註 146〕他很喜歡〈毛公鼎〉銘文，臨寫過數次；此鼎全文 497 字，是銘文中的鴻篇巨製。在 1925/9 所作〈臨毛公鼎十條屏〉（圖 3-4.3）全文中，以逆筆起，重壓迴鋒中鋒用筆貫串全篇，行筆過程以穩健踏實的節奏感始終，收筆戛然而止，無拖沓之累。線條引曲勻一，富有圓潤濃重之感，看似粗重，實則勁力內含，有力量與彈性；隨著原字構形而長短互用，將西周中晚期發展完備的「篆引」線條特徵作了極佳的表現。結字上方圓互見，妙用曲折，莊重中見欹側之態，勻稱中有充盈的筆力。章法上將原本隨順器底弧度的有行無列，改爲有行有列的整齊布局，字距緊而行距寬，行氣下貫；其中又時有順應字形的繁與長的出格之舉，因而自然的破除堆疊算子之弊。展現了銘文本身及宗周書風的宏偉氣度，樸

〔註 146〕鮑豔囝，〈凝神寫心的藝術晤語——淺談山東博物館藏丁佛言書法作品〉，《書法叢刊 142》，（北京：文物出版社，2014 年 6 月），頁 86。

茂雍容，古意盎然。

圖 3-4.3　丁佛言〈臨毛公鼎十條屏〉／〈毛公鼎〉銘拓本局部

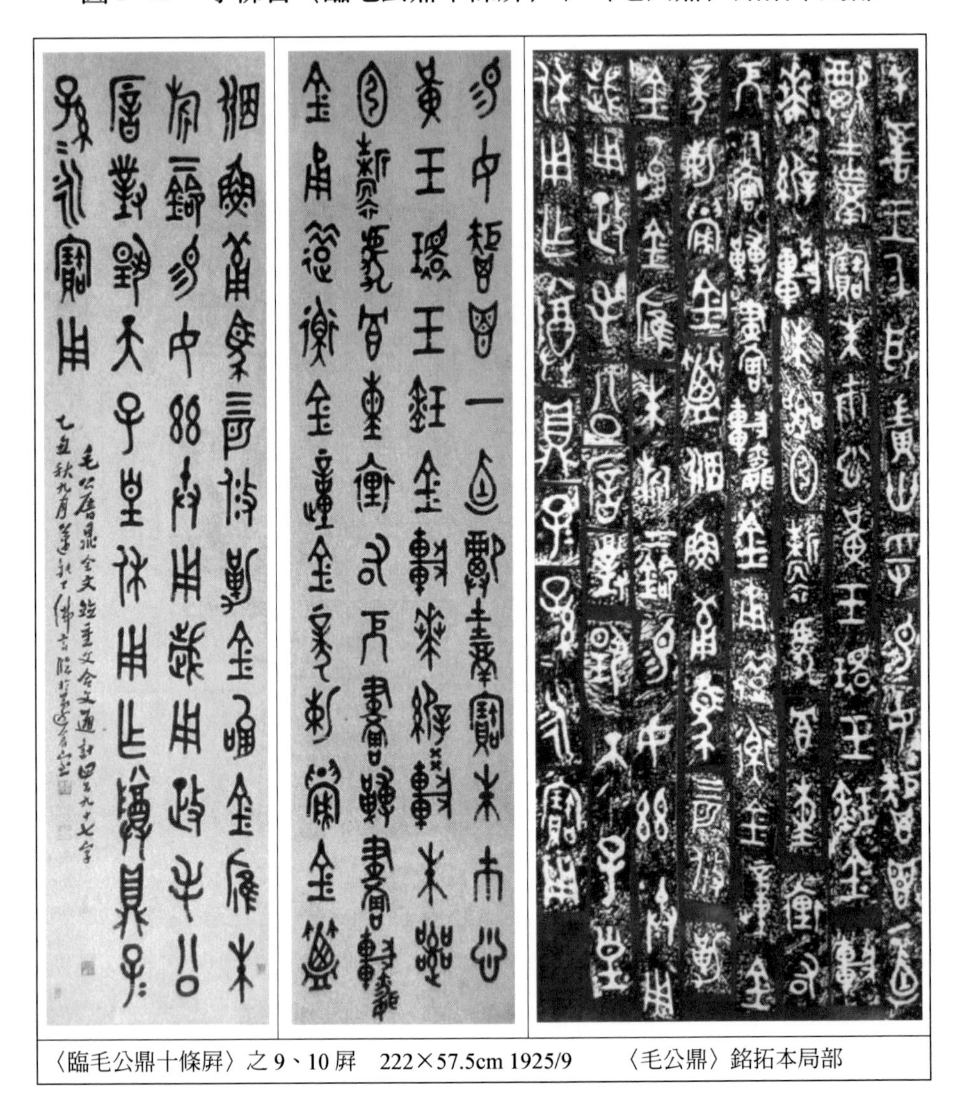

〈臨毛公鼎十條屏〉之 9、10 屏　222×57.5cm 1925/9　　〈毛公鼎〉銘拓本局部

其實，丁佛言在古文字的辨認、結構的安排和筆法方面都有字己的觀點。他曾在其書論中說：「鐘鼎文字，一字寫法多至數十種，一字釋文多至十數說，而假借旁通層出不窮。寫法多者，須多寫多記；釋文如自己無從考訂，以擇從一先人之說爲是。」又云：「鐘鼎文字最講配合，疏密、繁簡、欹斜、縱橫皆有意匠存乎其中，有因器而配合者，有因上下左右而配合者。」對於筆法中的絞

轉、頓折，他認爲「篆書用絞筆必善轉，用頓筆必善折。然用絞者必圓，用頓者必方，圓必轉，方必折；欲方而用絞，欲圓而用頓者，皆自濫其例。故寫圓筆不能用頓折，寫方筆不能用絞與轉也。」〔註147〕從以上的篆書實踐及感悟，可知書法的進境實非寸積尺進不能爲功，而其過來人之言正發自肺腑者也。

丁氏雖然「臨某器」，但較之原來字形已經放大了許多倍，無論是結體行筆，還是章法布局，均已經過重新處理，臨摹的過程實際上也是一個再創作的過程。可謂「以臨爲創」。臨寫時他注意到了各器銘文書風的時代特徵，同時也已體現了他自己的面貌。〔註148〕

又如其1925/11所作〈臨甲骨文軸〉（圖3-4.4），以小篆有行有列的章法來規整化甲骨文，從原拓中，我們看到原本字形大小自如，寬窄、長短不一的單字被限縮在同樣的空間中，原本欹斜傾側的行氣被強大的秩序感籠罩，原本率意自信的果敢在辨識清楚、字形明確的前提下，予以整飭化傳摹，雖有文勝質則史的遺憾，在當時的時空背景下，似又爲必然的選擇。

然而，甲骨文在當時畢竟還是新興的學門，即使是專業研究者對字形的掌握仍有可能偏差，如本作中「」與原字「」中女部跽坐之姿大異，形象相差甚遠；「」上方之手形明顯與原字「」手部動作方向不同，「臬」之木符未上突出等。這提醒了我們，連專業的古文字學者在臨摹時都不免有失誤的狀況，更何況一般書家或好尚此道之人呢？在這些前輩學者的努力累積下，後人對字形的掌握也能越來越得心應手，「前修未密，後出轉精」，學者們的躬行嘗試，爲後代的甲骨文書法建築了穩實的基礎。

〔註147〕見山東龍口市博物館藏丁佛言筆記手稿，轉引自鮑豔囝，〈凝神寫心的藝術晤語——淺談山東博物館藏丁佛言書法作品〉，《書法叢刊・總第142期》，（北京：文物出版社，2014年6月），頁86。

〔註148〕鮑豔囝，〈凝神寫心的藝術晤語——淺談山東博物館藏丁佛言書法作品〉，《書法叢刊142》，（北京：文物出版社，2014年6月），頁84。

圖 3-4.4　丁佛言〈臨甲骨文軸〉

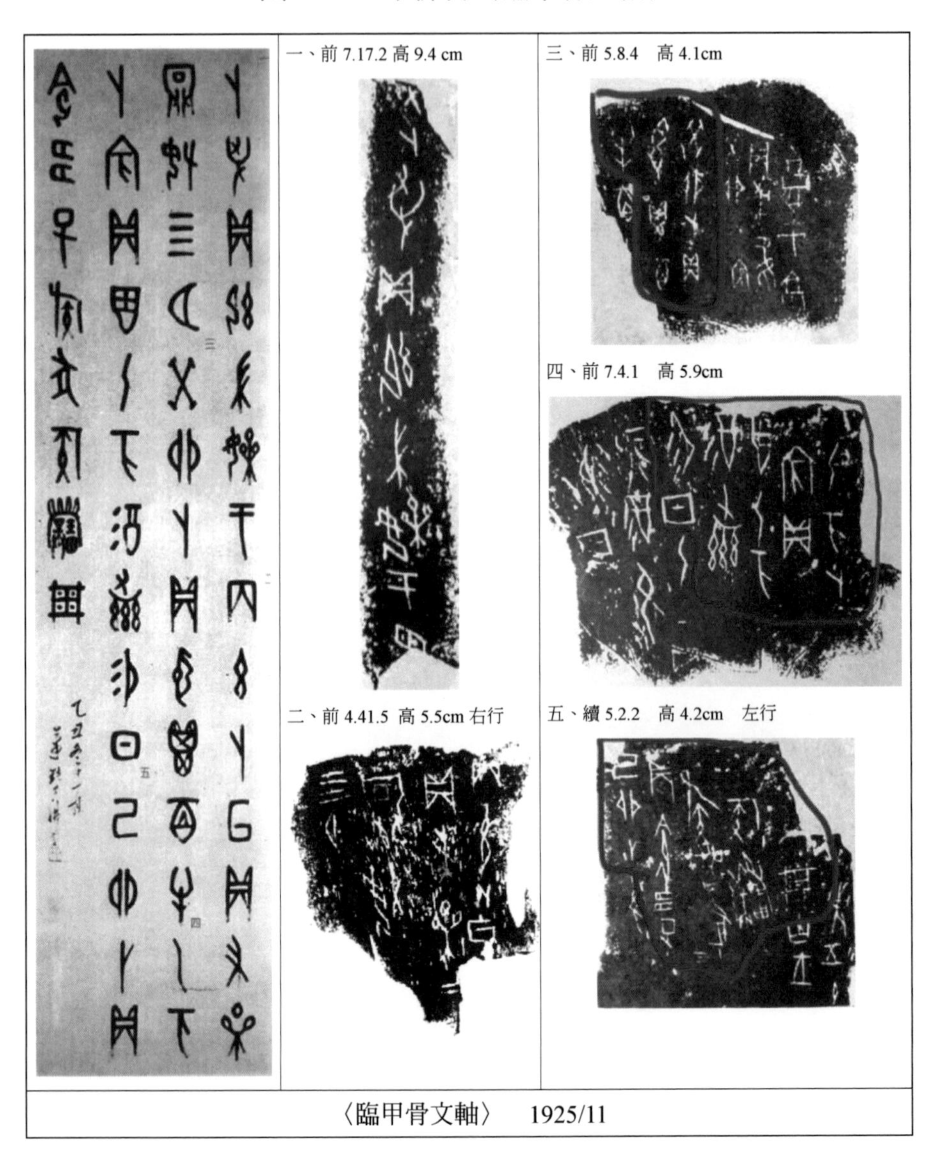

〈臨甲骨文軸〉　1925/11

即使是創作相對自由、較大字形的集字楹聯，在丁氏筆下同樣是字形規整，同時加進了金文、石鼓文書法蒼厚古拙的特點。如書寫「小室多珍羅鼎彝，豐年有客足雞豚」的〈小室、豐年七言聯〉（圖 3-4.5），其起筆皆逆，深藏不露，筆畫勻整，爲其一貫作風。甲骨文雖因刀刻的原因，轉折處多爲方折，但細察原字，仍可見手書墨跡之圓轉，可見殷人刀筆之功力；而丁佛言此作可謂得其方圓使轉之妙，減少了甲骨文原本的硬直線條，又充分展現筆寫特徵，其線條顯的比原刻更爲厚實、有韌勁。他的用筆改變了甲骨刻辭恣肆放縱的瘦勁，而作鐵線篆的圓韻豐滿。運筆有的中鋒、間用側鋒，收筆斬齊，有方筆遺韻；轉折處則不避方折，結體採取小篆之縱長，大小整齊，點畫間平穩對稱，協調而統一，雋雅而質樸，楹聯單行，雖有欹倒，但中軸穩固。整體看來，有瘦勁的甲骨文特徵又有金文圓潤的內蘊。

圖 3-4.5　丁佛言〈小室、豐年七言聯〉

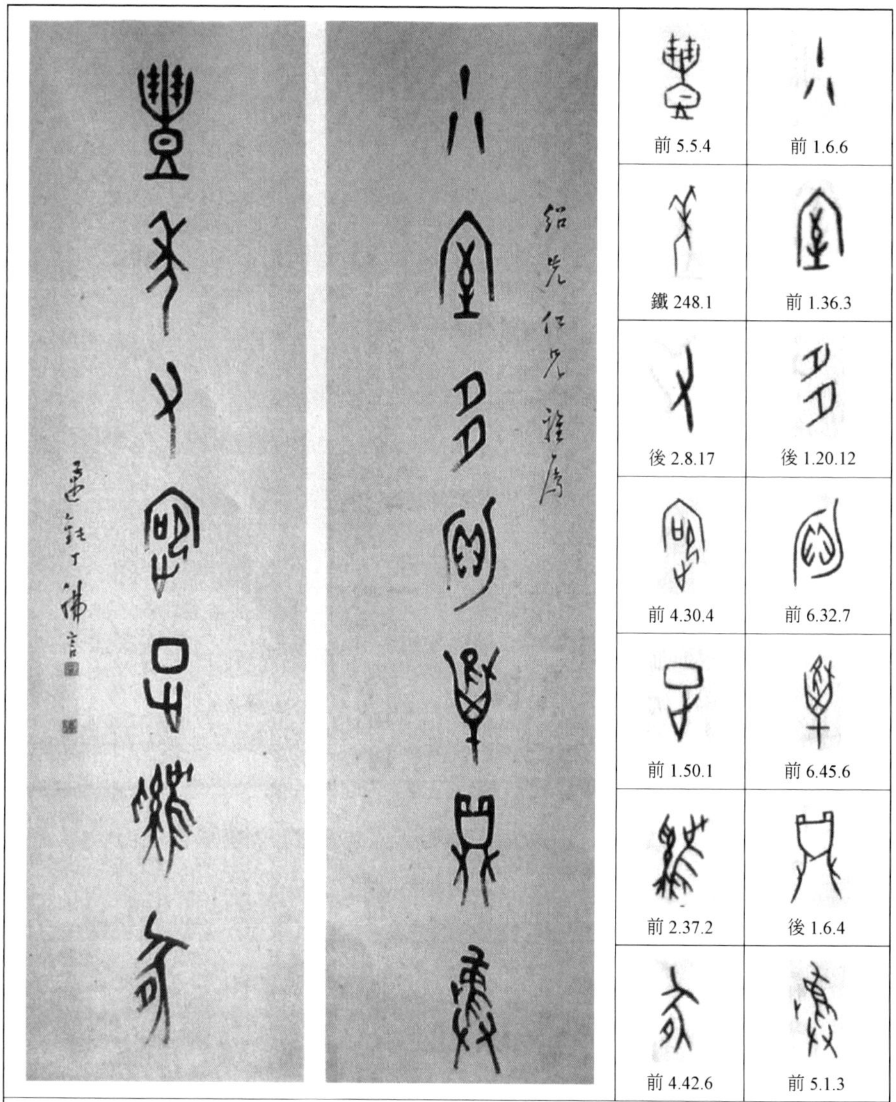

前 5.5.4	前 1.6.6
鐵 248.1	前 1.36.3
後 2.8.17	後 1.20.12
前 4.30.4	前 6.32.7
前 1.50.1	前 6.45.6
前 2.37.2	後 1.6.4
前 4.42.6	前 5.1.3

〈小室、豐年七言聯〉　149.5×38.5×2

甲骨文多用單刀刻成，如將其按原比例放大，其單薄細瘦的弱點會明顯暴露。而丁佛言用筆鋒芒內斂、圓融鈍拙，使甲骨文有血有肉，減少了甲骨文銛利勁健的特點，總體上雅化了甲骨文，也豐富了甲骨文線條的表現力。正如何崝所說：「寫較大的甲骨文，若仍以瘦硬的筆畫出之，則結構必然顯得鬆散；若加粗筆畫，又會失去甲骨原刻勁挺的特色；若仿照甲骨文原刻顯露刀鋒，則筆畫易顯漂浮。」〔註149〕在章法上丁佛言也對甲骨文進行了改造，他將甲骨文錯落變化、大小參差的特點進行了修正，在文字上作了整飭化的處理，使每個字大小協調勻稱，用在楹聯中，作品的章法更具備對稱的特點。

丁氏常以硬毫粗紙作字，每次筆蓄墨少，出鋒處每見渴筆飛白，略顯乾澀。他曾對人說「作此需用濃墨、硬毫、粗紙，方能顯其雄強本色。」其甲骨文作品有金文的樸厚和優雅的筆意，線條渾穆、整齊，用筆凝重、嚴肅，幾乎沒有明顯的線條變化，只有一些墨色的對比。這些，都是從他自身擅金文的基礎出發進行的書寫實踐。〔註150〕

丁佛言書寫於1926年12月的〈同姓、眾人七言聯〉（圖3-4.6）「同姓爲日異爲月，眾人若草君若風」，邊款很長，著重對「眾」字字形的考辨，其言曰：「說文庶，屋下眾也。从芡；芡，古文光，而字不見有眾形。鼎臣曰：光亦眾盛也。說殊敷會。此眾之「 」象屋，「 」是火光，「 」是三人，其爲古衆字也無疑。篆文眾上从目，似爲火之譌形，於此可悟光作「 」乃眾之簡文。鼎臣說光爲眾盛，蓋猶未知其所以然也。仲琳先生雅屬，丙寅十二月朔，邁鈍丁佛言」通讀下來，幾乎就是一篇簡要的考證文字。論證之正確與否姑且不論，但推論過程中所顯現的研究方法，在在顯示其深厚的古文字學涵養，是書法，更是學問。這說明了他當時的眼光更多的是放在字形研究和辨析上。出現這種現象並不奇怪。作爲新發現字體，甲骨文書法實踐的前提是正確地認識和把握其構形。而羅振玉所引領的初期書寫實踐，一個明顯的特徵就是對於甲骨文字構形的重視，他編的《集殷虛文字楹帖》就是自

〔註149〕何崝，《近代百家書法賞析》，轉引自鮑豔囝，〈凝神寫心的藝術晤語——淺談山東博物館藏丁佛言書法作品〉，《書法叢刊142》，（北京：文物出版社，2014年6月），頁83。

〔註150〕姜棟，〈從形到意：二十世紀甲骨文書法實踐讕論〉，《東方藝術》2007年16期，（鄭州：河南省藝術研究院，2007年8月16日），頁79。

己手寫的，這本字帖假如以原字放大來寫的話，其線條的臃腫與誇大，早已超出了美觀的範疇。他的《集殷虛文字楹帖》目的是提供字形作爲參考，關鍵詞是在「用佐臨池」〔註 151〕的「佐」上。〔註 152〕

圖 3-4.6　丁佛言〈同姓、眾人七言聯〉

前 5.25.1 / 鐵 72.3	後 2.10.2
甲 2940 朱書	前 6.28.3 / 前 1.3.4 / 女盉
前 7.38.1	庫 1687
艸偏旁　萃 954	鐵 62.4
居簋 / 後 2.27.13	前 5.38.7
佚 927	後 2.10.11
前 4.43.1	鐵 99.1

〈同姓、眾人七言聯〉　1926/12

〔註 151〕羅振玉，《集殷虛文字楹帖》，（長春：吉林大學出版社，1985 年 3 月），頁 120。

〔註 152〕姜棟，〈從形到意：二十世紀甲骨文書法實踐讀論〉，《東方藝術》2007 年 16 期，（鄭州：河南省藝術研究院，2007 年 8 月 16 日），頁 77。

甲骨原字皆小字，因工具的原因，甲骨文的許多筆畫呈尖銳狀，小字放大來寫，所用的筆法與通篇之布局都要有很多相應的調整才行。羅振玉書寫的對聯都非小件，由小到大的轉變當是他書寫時必須要考慮的。〔註153〕

這些思考，自然也在丁氏此作中有所呈現。首先就用筆來看：起筆方圓並用，並非全然的金文小篆逆筆中鋒之法，而見多處的方切稜角，如「姓」、「月」、「人」之首筆、「爲」、「若」之右上等，交互變換運用，兼具方隅廉利的雄強感與圓厚雍容的周合感〔註154〕。而運筆以平動等線的勻一線條爲基礎，配合以少量的尖收之筆，在流暢的節奏感中展現其滑熟的線條。用字以甲骨爲主，「君」用金文，「姓」之女（母、每）符用金文之形，因此出現較多曲線，在剛健硬朗的線條基調中輔以圓轉，增添更多柔和感。在方正平穩的秩序感中加以節奏的變化，在重複用字中施以造形的異變。丁佛言書寫甲骨文是以篆書筆意取甲骨文字形體完成的，其篆書用筆有勁道，方圓有致，取甲骨文字形體結構，線條開合自然天成並不拘泥，其篆意風格鮮明。在用筆上，他起筆藏鋒，如玉箸篆，同時加大了按筆力度，使筆鋒鋪開，筆畫較爲厚重。

丁氏所見古文字材料已比吳大澂豐富許多，從六國古文進窺商周契文吉金，筆下有更多文字可供驅遣，如此甲骨、金文並用，實爲吳大澂「大小二篆，同條共貫」〔註155〕理念的實質展現。

丁佛言對於金文，關注更多的是字形準確、音義釋讀。他極其推崇吳大澂：「蓋自有清一代，好古家收藏古器，考訂詮釋已集大成。而自趙宋迄晚清前後數百年間，書家、印人遷流代謝，推陳不能出新，加以秦石壞則小篆窮，鄧、浙極則流愈下。於是朱椒堂、楊詠春、張菊如初試毛筆寫古籀，至吳愙齋而始著。」〔註156〕他取法吉金文字，走的是「求篆於金」的道路，和吳大澂一樣，在選字上首選先秦文字，若此中無有，則以《說文解字》爲據，運用「六書」

〔註153〕姜棟，〈從形到意：二十世紀甲骨文書法實踐讕論〉，《東方藝術》2007年16期，（鄭州：河南省藝術研究院，2007年8月16日），頁79。

〔註154〕張隆延，《張隆延書法論述文集》，（臺北：國立歷史博物館，1999年3月），頁59。

〔註155〕吳大澂，《篆文論語·序》，《無求備齋論語集成》v1：1，（臺北：藝文印書館，1966年10月）

〔註156〕丁佛言，〈說文古籀補補敘〉，《說文古籀補三種》，（北京：中華書局，2011年6月），頁94。

原理，合理規範的解決用字問題，沒有根據的字從來不用，既注重用字的科學性，又保持了書法創作的藝術性。他的字一絲不苟，字形極富參差變化，力求客觀眞實的反映古文字的本來面目。他所書大篆金石味濃烈，形神充盈，給人以鐵水澆鑄而成的感覺。〔註157〕他深諳金文書法特有的古樸和天然之美，以及它蘊含的商周時期的文化背景和時代特徵，因而用筆多現沉厚，氣息醇古，文字造型謹嚴而間以奇崛。〔註158〕

從1928年初夏所作〈毛公、函皇八言聯〉（圖3-4.7）「毛公𢉅鼎用歲用政，函皇父簋兩罍兩壺」，可以看出丁氏對古文字字型要求的準則，此作巧妙的將〈毛公鼎〉中周王勗勉毛公𢉅致力王事與〈函皇父簋〉銘文「專記盤盉尊器敦鼎及罍壺之數，亦從來未有之文字」〔註159〕中的關鍵字詞點出而成集聯，如數家珍而驅遣自如，令人嘆服。文字之外，將兩件不同時代、不同風格的銘文寫成一件渾融如一作品，其中的精心匠意深矣。

此聯中對〈毛公鼎〉、〈函皇父簋〉兩器銘文的摹寫在字形上是嚴格遵守的，甚至如「歲」字的欹側亦不避歪倒；起筆逆而重壓，並對點畫頗有經營，我們可以看到「𢉅」字中音的第一筆短橫易爲橫點、第一個「兩」字首筆橫畫亦如之；「罍」、「壺」字中金部兩斜短畫亦然，而下聯中第二個「兩」字另取〈函皇父簋〉蓋銘者用之，作長斜畫加點形，因而在對聯中使兩不同風格銘文增加共同的筆性，取得視覺的平衡效果，也有調節節奏的作用。

宗白華對青銅器銘文曾有如此之讚嘆：

> 中國古代商周青銅器銘文裡所表現章法的美，令人相信倉頡四目窺見了宇宙的神奇，獲得自然界最深妙形式的秘密。……我們要窺探中國書法裡章法、布白的美，探尋它的秘密，首先要從青銅器銘文入手。〔註160〕

〔註157〕鮑豔団，〈凝神寫心的藝術晤語——淺談山東博物館藏丁佛言書法作品〉，《書法叢刊142》，（北京：文物出版社，2014年6月），頁85。

〔註158〕鮑豔団，〈凝神寫心的藝術晤語——淺談山東博物館藏丁佛言書法作品〉，《書法叢刊142》，（北京：文物出版社，2014年6月），頁85。

〔註159〕吳大澂，〈圅皇父敦蓋文跋〉，《愙齋集古錄》，（臺北：臺聯國風出版社，1976年9月），頁440。

〔註160〕宗白華，〈中國書法裡的美學思想〉，《現代書法論文選》，（上海：上海書畫出版社，

圖 3-4.7　丁佛言〈毛公、函皇八言聯〉／集字對照

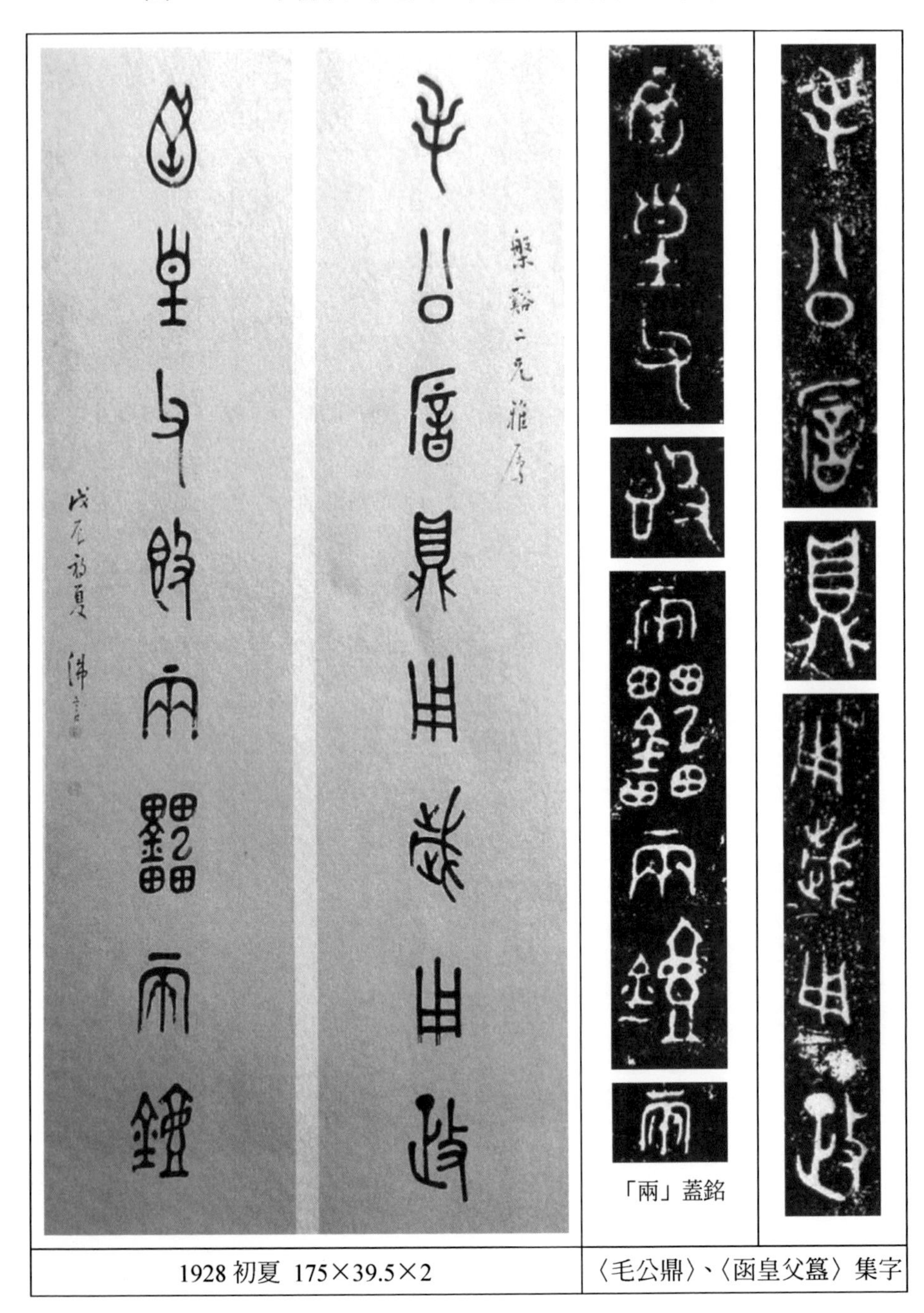

「兩」蓋銘

1928 初夏　175×39.5×2

〈毛公鼎〉、〈函皇父簋〉集字

1980 年 6 月），頁 116。

丁佛言文字學功底非常深厚，精於金石學和訓詁考據，對鐘鼎文瞭如指掌，是精鑑別又長於古文字的學者。金文內容多爲祭典、揚其先祖、昭告後世的言論記錄，他對金文所負載的文化信息有深切的理解。〔註 161〕

丁佛言雖無意於作書家，然終生浸潤摩娑鐘鼎彝器，考據銘文，在長期的研究中，眼觀手摹，比起在其他文字上下的功夫自然就多，因而在金文上取得的成就也較大。他還手集有《秦漢金石鉤本》和《松游集古金石文字聯語》。他透過斑駁的金屬器皿，以平正舒徐的線條追求當年金文新鑄的風神，以其厚實的學問，傾心三代，高古之品味自然流瀉於毫端，於金文書法別開一大境界。〔註 162〕

丁佛言的集聯（圖 3-4.8）別具特色，在甲骨文集聯下面，他會把一個字的多種不同寫法羅列出來，以便日後書寫時挑選。這是針對甲骨文字字形多樣的一個表現，反映出他頭腦中對造型意識的思考和重視。小篆集聯則除將集句出處點出，也有通同字、古今字附識，具見學問與負責的態度；用筆、結體，俱極平正，頗似吳氏晚年大字小篆的縮小版，如〈吉金、讀畫七言聯〉、《眞人三碑》之類，但轉折處稍加圓潤耳。而字數不多的秦權量詔版集也成多幅對聯，頗寓巧思。漢金文集聯則風格特出，漢鏡銘的識別度極高。以上諸類雖也是「用佐臨池」、以應求索之用，實在也是吳大澂《大篆楹聯》的繼承與發揚。

丁佛言於文字學之研究，踵武吳大澂後塵，纂有《說文古籀補補》一書，爲世所知。又擅各體書，篆、隸爲優；其篆書一藝，亦於吳大澂質實風調有所承繼，而行筆轉爲剛直勁健，較流於質直平板。其金文秀雅活潑，尤喜擬〈盂鼎〉，其書作圓中有方，挺勁絕倫。又以金文筆法寫甲骨文兼擅篆刻，把這些既有之心得帶到甲骨文書寫中，能得溫潤含蓄之美。其甲骨文作品有金文的樸厚和優雅的筆意，線條渾穆、整齊，用筆凝重、嚴肅，幾乎沒有明顯的線條變化，只有一些墨色的對比。這些，都是從他自身擅金文的基礎出發進行的書寫實踐。

〔註 161〕鮑豔囝，〈凝神寫心的藝術晤語——淺談山東博物館藏丁佛言書法作品〉，《書法叢刊 142》，（北京：文物出版社，2014 年 6 月），頁 84。

〔註 162〕鮑豔囝，〈凝神寫心的藝術晤語——淺談山東博物館藏丁佛言書法作品〉，《書法叢刊 142》，（北京：文物出版社，2014 年 6 月），頁 84。

〔註 163〕

圖 3-4.8　丁佛言　集古金石文字聯語

丁佛言集古金石文字聯語：甲骨文集聯／小篆集聯／秦詔版集聯／漢金文集聯

丁佛言一生與文字打交道，致力於古文字研究，可謂文字人生。雖然書法只是他「業餘愛好」，但研究文字，必要書寫文字，自然形成了他書法醇古沉厚之味。〔註 164〕他的篆書，包含甲骨文、金文、小篆、秦權量詔版、陶文、漢鏡銘文等風格各異的篆書，得力於對古文字學的精深研究和對金石學的廣泛涉獵，〔註 165〕見證了學問研究與書法創作相發的緊密關係。

〔註 163〕姜棟，〈從形到意：二十世紀甲骨文書法實踐譾論〉，《東方藝術》2007 年 16 期，（鄭州：河南省藝術研究院，2007 年 8 月 16 日），頁 79。

〔註 164〕鮑豔囝，〈凝神寫心的藝術晤語——淺談山東博物館藏丁佛言書法作品〉，《書法叢刊 142》，（北京：文物出版社，2014 年 6 月），頁 83。

〔註 165〕谷谿，〈丁佛言書法選序〉，《丁佛言書法選》，（北京：人民美術出版社，1995 年 10 月），頁 3～4。

第五節　葉玉森——究心鉤覆　刀筆雙美

葉玉森（1880～1933），祖先爲滿州旗人。據葉氏子孫介紹，其始祖隨順治入關，封鎮國公，其子襲封建威將軍。後人調任江寧將軍、京口將軍，葉氏遂正式成爲鎮江人（鎮江古稱京口）。乾隆時期某次南巡鎮江，因太監索賄，不愜其意，見誣劍舞有誤，開除出旗，發配蘇北莫家莊（今海安縣），改漢姓葉。其後幾十年，又陸續遷回蘇南，與漢族同化。

葉玉森，光緒六年四月十五日（1880 年 5 月 13 日）生於鎮江，原字寶書，後改字杏衫、荇衫，後改字紅於、葒漁、鑌虹（據光緒己酉科《簡易明經通譜》字紅於、杏衫）〔註 166〕。早年又號中泠亭長，筆名葉中泠。其室名有五鳳硯齋、五鳳樓（得名於其書齋長物「漢五鳳二年磚硯」）、頤諼廬、水淇花館、落境山房、瓠盦、嘯葉盦、夢頡庵等。

少年時期在家鄉學習詩文、經史、數學。1896 年 16 歲時與柳詒徵〔註 167〕（翼謀）、趙聲（伯先）、吳庠（清庠、眉孫）同科考取秀才，憑藉鎮江開埠的便利，他開始閱讀報紙，並以葉中泠的筆名與潘飛聲、丘逢甲、周子炎、王惕庵、戚飯牛等成爲上海《字林滬報》的文藝副刊《消閑報》的主要撰稿人。

他還曾經到南京文匯女子書院當音樂教師，創作了不少當時耳熟能詳的「學堂樂歌」，對兒童音樂教育興趣濃厚，編有《女子新唱歌》、《手風琴唱歌》、《小學唱歌教科書三集》，在中國近代學校音樂教育史上有一定地位。

1905 年 9 月 2 日，清政府諭令廢除科舉，同時規定凡學堂出身的，比照科舉辦法，分別給予舉人、副舉人、拔貢、優貢等獎勵，其時葉玉森已考取江陰南菁學堂，1909 年，學堂肄業的葉玉森被錄取爲優貢，照例可獲取功名，惟較之公費留學生可獲得的舉人或進士的待遇可授的較高官職，有識青年紛紛前往外國留學，葉玉森也在 1909 年底～1911 年在日本早稻田大學、明治大學學習法律，對當時的世界新思潮和西方文化有了進一步的接觸與了解，並在留日期間加入同盟會，後因家中老父中風、孩兒夭折方匆匆回國。

〔註 166〕柳曾符，〈葉玉森先生事輯〉，《柳曾符書學論文集》，（臺北：華正書局，1995 年 6 月），頁 403。

〔註 167〕柳詒徵（1880～1956），字翼謀，亦字希兆，晚號劬堂，又號盋山髯、龍蟠釣叟，江蘇鎮江人。當代著名的歷史學家、文學家、書法家、圖書館事業家。

民國肇始，以葉玉森的留學閱歷與法學專長，任鎮江縣立議會議員，後任蘇州高等法院推事兼檢察庭長，然而隨著袁世凱亂政而遭去職。其後在安徽爲了贍養家庭而爲軍閥效勞，雖在 1918～1925 年間先後任安徽滁縣、穎上、滁縣縣知事，卻也對政治的態度越發淡漠了。卸任後，往上海交通銀行爲總管理處的秘書長，作日常應用俗務文字。1933 年 9 月 1 日在貧病交迫中逝世，享年 54 歲。〔註 168〕

先生其他著作有《周金集錄》、《初庵印譜》、《甲骨詩聯》及詩詞集等。今鎮江市圖書館尙存《中冷詩抄》、《海門吟社初編》、《袖海集》、《戊午春詞》、《歗葉庵詞集》等書。〔註 169〕

一、葉玉森的古文字學成就

葉玉森對甲骨文的研究，始於滁縣知事任上。在 1925 年春，還經過柳詒徵、王伯沆介紹，購得劉鶚後妻鄭安香出售的甲骨 1300 片（其中精品 800 片）。在甲骨文發現的早期就對甲骨文進行研究，正式出版的有五種：

《殷契鉤沉》二卷，1923 年刊於《學衡》第 24 期，根據各家著錄，就一些疑難文字進行解說，甲卷考釋甲骨文字 56 條，乙卷 85 條，計 148 條。

《說契》，1924 年刊於《學衡》第 31 期。本篇所釋，均以類相從，自日月風雨以下，計 83 條，以補《殷契鉤沉》所未及。

《研契枝譚》，1924 年刊於《學衡》第 31 期。標明卷甲，但後無卷乙，當是未竟之作，計考釋甲骨文字有關方面 29 則。所論以文化、典制爲多，如方國、漁獵、農林、古刑、官制、征伐等，或補羅、王之闕疑，或發表己見，涉及範圍廣廣，領域多，在當時研契諸家中，除羅、王外，尙無人這樣做。

《鐵雲藏龜拾遺附考釋》，1925 由五鳳硯齋石印。劉鶚歿，其所藏部分爲葉玉森所得，計 1300 版，葉氏從其中選取《鐵雲藏龜》和《鐵雲藏龜之餘》二書未收錄者 240 版，「手自拓墨，編訂成冊」，題名爲《鐵雲藏龜拾遺》，並附考釋於其後。每頁約 18 版，並注明拓片的版序。考釋主要徵引羅、王等人說法，

〔註 168〕裴偉，〈葉玉森小傳〉，轉引自葉正渤，《葉玉森甲骨學論著整理與研究》，（北京：綫裝書局，2008 年 10 月），頁 253～271。

〔註 169〕柳曾符，〈葉玉森先生事輯〉，《柳曾符書學論文集》，（臺北：華正書局，1995 年 6 月），頁 409。

間有自己的見解。

《殷墟書契前編集釋》8 卷，1934 年 10 月上海大東書局石印出版，乃集各家之說而成，有資料工具書的作用。書中徵引諸家說法的同時，對自己先前的著作也多加引用，或堅持己說，駁斥他人；或援引他人成說以修正己見。〔註 170〕

葉玉森在甲骨文字學上的成就，時人之論及後人之評價差異頗大。早在《殷契鉤沉・序》中，柳詒徵即大加讚服，有言「繹其全書，蓋兼數善」；足以「俌經」、「埤史」、「徹籀」、「翼郙」。謂其考釋「必廣裒其詞例，斠之諸作」，以爲「信乎思通溟涬，識認奇侅，奪海寧之旍麾，拓雪堂之茅蕝」，「允以經生家法，創爲契學宗師矣」〔註 171〕可謂推崇備至。

董作賓也說：

> 葒漁于契文多創獲，貢獻功偉，余所夙佩，廿二年春，史言所遷滬，得與往還，相交日深，葓漁且有邀集同人創設契學會之議，余方聯絡故舊，從事組織，而是年秋葓漁遽以瘵歿，會亦中輟。悲夫！今批覽遺稿，猶不禁爲之扼腕太息也。〔註 172〕

于省吾言：

> 諸家著述篇簡紛陳。孫詒讓功在開山，榛蕪未剪；羅振玉討文傳後，盛業克昭；王國維考地徵史，挽世絕尤；葉玉森究心鈎覆；王襄別裁類例，不無發明；……胡厚宣之釋兹用兹御，均可謂稽古之名彥，殷契之功臣也。〔註 173〕

然而在 1934 年，唐蘭在《古文字學導論》裡說：羅氏創始的功績，是不可沒的。但對於文字的認識，還是好用推測，開後來葉玉森輩妄說文字的惡例。又說葉氏的考釋方法「好像學畫的人，專畫鬼魅一樣，也就不值得抨擊了。」

〔註 170〕葉正渤，《葉玉森甲骨學論著整理與研究・整理與研究說明》，（北京：線裝書局，2008 年 10 月），頁 1～2。

〔註 171〕柳詒徵，〈殷契鉤沉序〉，葉正渤，《葉玉森甲骨學論著整理與研究》，（北京：線裝書局，2008 年 10 月），頁 1～2。

〔註 172〕嚴一萍，《董作賓先生年譜初稿》，《萍廬文集二》，（板橋：藝文印書館，1989 年 8 月），頁 328。

〔註 173〕于省吾，《雙劍誃殷契駢枝初編・序》，1940 年

甚至在《殷墟文字記》中，唐蘭也一再指出「葉氏釋字，往往憑臆妄測」、「以附會三足之能，其怪誕不經，有如此者」之類，說得葉氏一無是處，久之就在學術界徹底否定了葉氏，而僅僅作爲反面形象或批判對象一筆帶過，如陳夢家《殷墟卜辭綜述》提到葉玉森時，只說其考釋「極多穿鑿附會」，是「射覆式的釋字」。影響所及，列爲中國大陸「普通高等教育『十一五』國家級規劃教材」的《古文字學綱要》總論中亦言：

> 葉玉森考釋古文字多從文字形體本身猜度其意義，猜對的雖不少，……但他將考釋類比如「射覆」(意即猜謎)，卻帶來一些消極的影響，受到學術界的批評。〔註174〕

似乎葉氏於甲骨文研究中不值一提矣。

平心而論，讚葉氏爲「契學宗師」應是過譽，指其考釋全爲「以意附會」則是過貶，縱觀百年來甲骨文研究史，如其法而考釋文字者不乏其人；而考釋失誤者幾無人倖免，偏責一人，實失公允。

《殷墟書契前編集釋・序》

> 通人著書不持我見，況研討三千年以上之殘餘文字若射覆然，又焉能必中。今日得一解，喜不自勝。明日更思之，輒自悟其違失。此中甘苦，當共喻之。且予所疏解，多以卜辭正卜辭，不敢背前人以經證經之例，必不得已，始援引金文、經訓以濟其窮。本無剖判混沌解決亂絲之才，而毅然爲之者，亦惟期與海內外諸賢平心商榷，終蕲一當發揮而光大之，則詹詹之作爲不虛矣。

葉玉森撰寫這文字想表達的，不過是說研究三千年的甲骨字，在各種條件限制之下，雖已「以卜辭正卜辭」；援引「金文、經訓以濟其窮」，反覆窮究，然欲得正解，何其難哉，簡直如同「射覆」一般，但期拋磚引玉，將此學問共同光大之。實在看不出他在提倡所謂「射覆式的釋字」。所幸在近來學者努力下，葉玉森的甲骨研究已漸獲公正之評價與對待。如2002年，趙誠的〈重新認識葉玉森〉，針對《殷契鉤沉》中的釋讀狀況，列舉18條正確釋例，總

〔註174〕陳煒湛、唐鈺明，《古文字學綱要》，(廣州：中山大學出版社，2009年12月，第二版)，頁23。

結出其正確釋字的方法。〔註175〕、2006年，葉正渤、陳榮軍的〈葉玉森古文字考釋方法淺論〉，重點闡述了字形分析、詞例文意、比較釋字、初形溯義、古音諧聲、合文析文倒書六個方面，結合例子進行論證，得出其甲骨文研究在今天仍值得重視和借鑑的結論。〔註176〕2007年，賀瓊《葉玉森甲骨文論著研究》更為全面的針對葉玉森所著《鈎沉》、《說契》、《拾遺》、《前釋》進行逐條校訂，判斷正誤，統計比例，進而對其方法、成就、缺陷及影響作出評價。茲整理如下表（表3-5.1）：〔註177〕

表3-5.1 葉玉森釋字正誤統計表

統計 書名	正釋（含兩可者）	錯釋	存疑	備　註
《枝譚》	／	／	／	商史相關內容
《鈎沉》145條，加4條釋語法	46+1 31.8%	95+1 65.5%	4+2 2.7%	釋語法者未計比例
《說契》83條	30 37%	49 60.5%	2 2.5%	其中2條與《鈎沉》說法同
《拾遺》	／	／	／	著錄書
《前釋》269條，加釋詞7條	130+2 48.3%	125+5 46.5%	12 4.5%	釋詞7條未計比例

葉玉森研究的重點是文字考釋，是除了孫詒讓、羅振玉、王國維外，甲骨學初創時期的重要學者，在1923～1933年間，出版了五部甲骨文專著，從上表也可知他釋字的正確率一再提升；在研究資料刊布有限、理論水準偏低、實踐經驗不足的時空背景下，能有如此成就，已屬難能可貴。

葉玉森雖然沒有對考釋甲骨文做專門的論述，但從他考釋的實踐中，總結歸納出他的考釋方法有：分析甲骨文形體而釋字、分析偏旁以求文字之涵義、據卜辭辭例或文意釋字、對照古文字材料釋字、辨析合文而得之、從甲骨本身

〔註175〕趙誠，〈重新認識葉玉森〉，《古文字研究‧24》，（北京：中華書局，2002年7月），頁43～51。

〔註176〕葉正渤、陳榮軍，〈葉玉森古文字考釋方法淺論〉，《葉玉森甲骨學論著整理與研究》，（北京：線裝書局，2008年10月），頁227～238。

〔註177〕賀瓊，《葉玉森甲骨文論著研究》，（重慶：西南大學碩士學位論文，2007年5月），頁6～21。

的諧聲系統出發或從古音韻學出發結合義訓釋字、理解古人造字意圖，從而對字形正確釋義。

唐蘭是第一個系統闡述古文字考釋方法的學者，他的理論著作《古文字學導論》出版於 1934 年，共提出四種考釋方法：對照法或比較法、推勘法、偏旁分析法、歷史考證法。與葉氏考釋方法對照，整理如下表（表 3-5.2）：

表 3-5.2 唐蘭、葉玉森考釋方法對照表

唐蘭	葉玉森	二者同異
對照或比較法	對照古文字材料釋字	基本相同
推勘法	據卜辭辭例或文意釋字	基本相符
偏旁分析法	分析偏旁以求文字之涵義	一致
歷史考證法	考釋過程中對文字演化過程的追溯	相近

葉玉森的甲骨學著作早於唐書出版，而唐蘭對葉玉森有諸多尖銳深刻的批評，這當然要建立在對葉玉森的論著有較深入的研究基礎之上；而葉氏的考釋方法應該在一定程度上對唐蘭的理論建構產生影響，從而推陳出新，去粗取精，將甲骨文字的考釋方法提升到更高的理論階段。其後的學者在論述古文字的考釋方法時，基本上是在唐蘭的基礎上加以引申和補充，楊樹達提出 14 種考釋金文的方法，有「據《說文》釋字」、「據甲文釋字」、「據甲文偏旁釋字」、「據形體釋字」、「據文義釋字」、「據古禮俗釋字」、「義近形旁任作」等法，〔註 178〕他的理論比唐蘭分得更細，與葉氏的方法更覺貼切。另如嚴一萍的八種與張秉權總結的六種考釋甲骨文的方法中都有一些方法可在葉氏的著作中找到例子來印證。因此，我們不能排除葉氏的考釋對後世學者的理論建構工作有一些啓發作用。〔註 179〕

二、葉玉森的篆書表現

葉玉森的書法篆刻成就雖不能說開宗立派，但也成績卓著。他從小對漢隸、魏碑鑽研很深，著有《金文補空錦文說》、《金器象形文爲三代圖畫說》，

〔註 178〕楊樹達，〈新釋字之由來〉，《積微居金文說》，（北京：中華書局，1997 年 12 月），頁 1～15。

〔註 179〕賀瓊，《葉玉森甲骨文論著研究》，（重慶：西南大學碩士學位論文，2007 年 5 月），頁 24～30。

收集金文飾文及象形文字。也對金文、甲骨文多有考釋，朝夕摹寫，對古文字形體與筆法諳熟於心。〔註 180〕因之自得其用筆縱橫之勢、轉折之趣，其筆法兼有筆書與刀契之特點，方圓兼備，筆意連貫，線條遒勁秀美，結構鬆緊相間，力度均勻，穩重大方，頗得甲骨神韻而有新意。〔註 181〕

圖 3-5.1　葉玉森〈臨頌簋四屏〉／〈頌簋〉後 7 行拓本

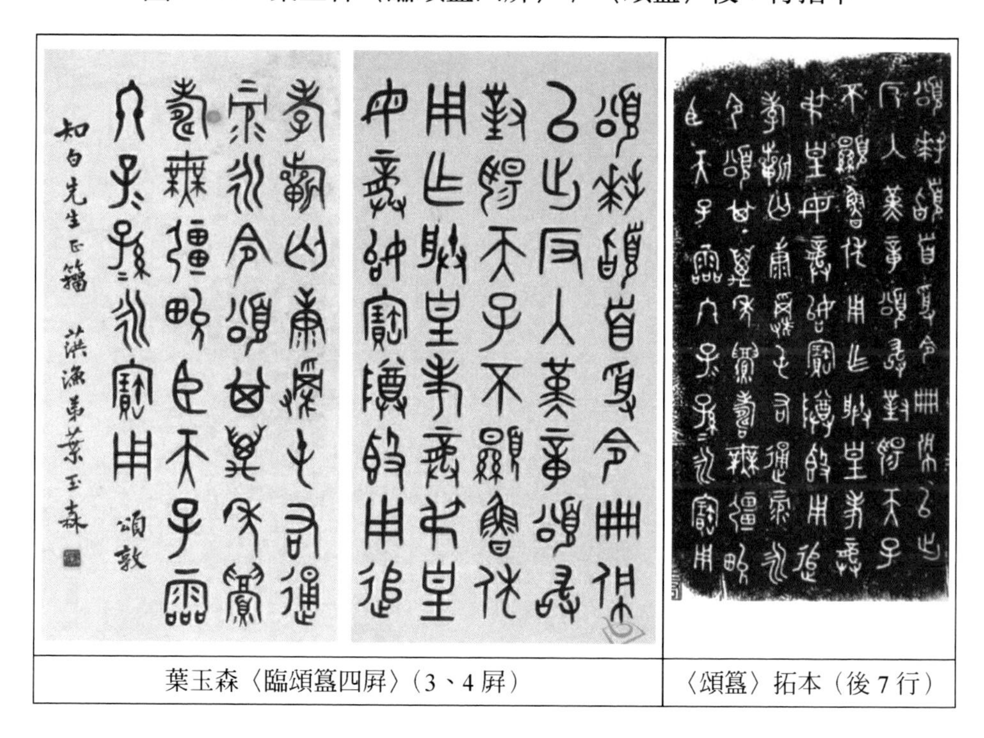

葉玉森〈臨頌簋四屏〉（3、4 屏）　｜　〈頌簋〉拓本（後 7 行）

葉玉森對金文的臨寫很多，如其〈臨頌簋四屏〉〔註 182〕（圖 3-5.1），原本的行列整齊章法在調整爲每行 8 字後縮小字距與行距，更加突出了因隨順字形大小而有的參差感；字形特徵與原拓頗接近，顯見其觀察、臨寫之用心；線條剛勁而婉曲通暢，起收筆頗注重於再現新鑄器銘的豐、銳變化。他對待這些金文銘刻，是以法帖的地位來臨摹的，在保有字形特徵及正確的前提下，加入個

〔註 180〕葉正渤、陳榮軍，〈葉玉森古文字考釋方法淺論〉，《葉玉森甲骨學論著整理與研究》，（北京：線裝書局，2008 年 10 月），頁 269。

〔註 181〕賈書晟、張鴻賓，《漢字書法通解．甲骨文》，（北京：文物出版社，2005 年 2 月），頁 78。

〔註 182〕http://dd3bfd90831042169f0e4cb74887f701，2014/8/20 檢索。

人的藝術思考，也因此，爲其篆書書法奠定堅實基礎。

以摹爲主的葉玉森對甲骨考釋甚多，且朝夕摹寫。「其筆法兼筆寫與刀契之特點，方圓兼備，筆意貫通，線條遒勁優美，結構鬆緊相間，力度均勻，穩重大方，頗得甲骨神韻，而有新意。」〔註 183〕如其〈甲骨文成扇〉〔註 184〕（圖 3-5.2），將考釋文字穿插在所錄 12 則卜辭邊，夾敘夾議，根本就是他研究甲骨文的小論文。從局部來看，如臨寫《前》4.45.2 片（合 3303）與《前》4.45.1 片（合 3295），同係有關「豹」字之卜辭，他說「二辭中象形文王簠室（襄）釋豹，羅釋虎，至塙。蓋古人造虎字時尙未辨虎、豹爲二，故亦作圓斑紋，與、乃一字。合 6554 侯名也。」綜合王、羅二家之說而判斷之；雖然現今已確將「虎」、「豹」分爲二字，卻是長久的學術累積與進步方能得之者，葉氏之說似不宜苛責。此二片文字皆右行，線條筆意充足，婉曲靈動，所摹精神完足、取形肖似。《前》4.53.4 片（合 9552）左行，字畫細勁，刀工密緻，所摹線條銛銳，控馭自如，令人大開眼界。觀其摹寫大小由之、兼刀、筆之意，功力精深，嘆爲觀止。

葉玉森是以甲骨文書法馳名書壇的佼佼者。鄭逸梅說：「海內擅甲骨文者，羅振玉外，當推丹徒葉葒漁」。〔註 185〕由於葉氏對甲骨文多有考釋，朝夕摹寫，特別對甲骨文的形體與筆法諳熟於心，因此其所寫甲骨文，以毛筆作刀筆，線條遒勁秀美，書寫工致、精巧，穩重大方，有神韻和新意。字體處處對稱，字與字排列均勻整齊，就像一幅圖案，頗得卜辭文字遺韻。李植中評價他：「寓剛於柔，與董作賓甲骨文書法弘毅剛勁相映成趣，其所書線條極精緻細膩，頗有書卷氣息，甚至可以說更得殷代甲骨文書家的筆意而少刀意，是一種更爲成熟的對甲骨文書法的借鑑與創造，較羅、董更趨諳熟與圓融。」〔註 186〕諸家對他小字甲骨文作品的評價並非虛譽。

〔註 183〕賈書晟、張鴻賓，《漢字書法通解．甲骨文》，（北京：文物出版社，2005 年 2 月），頁 78。

〔註 184〕http://www.artfoxlive.com/wap/wapProDetail/21515，2017/5/14 檢索。

〔註 185〕鄭逸梅，《掌故小札》，（巴蜀出版社，1988 年 4 月），頁 43。

〔註 186〕李植中，〈葉玉森與甲骨文書法〉，《鎮江日報》，（鎮江：鎮江日報），2000 年 4 月 11 日，B3 版。

圖 3-5.2　葉玉森〈甲骨文成扇〉/ 局部 / 拓本對照

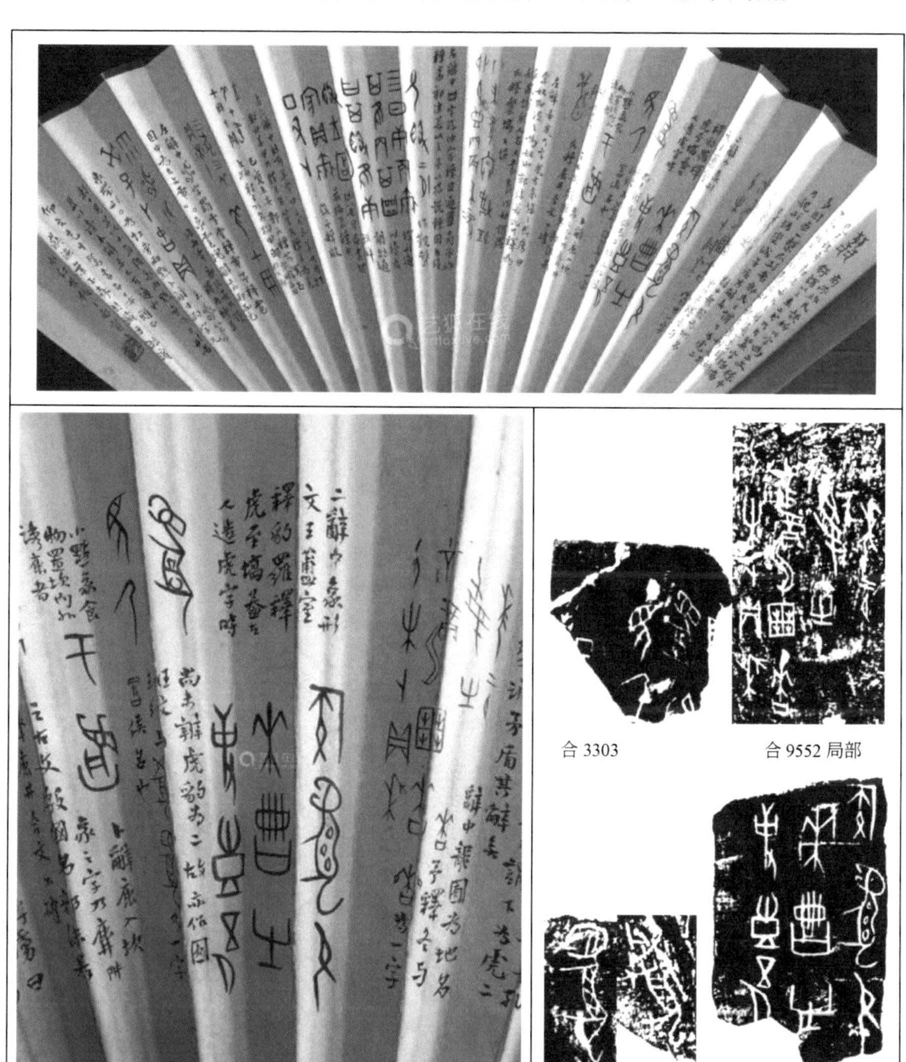

〈甲骨文成扇〉19×52cm

葉玉森也是早期進行甲骨文書寫實踐的書家之一，或是受到羅振玉的影響，他自己也集有聯句。商承祚在序簡經綸《甲骨集古詩聯上編》中說：

> 吾師上虞羅先生始集爲聯語，繼之者章式之、王君九、高遠香、戴迴雲諸家；其集爲詩者，則有葉漢漁之流。〔註 187〕

〔註 187〕簡經綸，《甲骨集古詩聯．商序》，（臺北：商務印書館，1970 年 12 月），全書未

他的集詩我們並沒有看到。他還撰聯並書《天衣集》一卷、《花間楹帖》一卷、《漢魏碑碣集句》一卷、《漢唐碑帖集聯》一卷，現存鎮江市圖書館古籍部的《甲骨文集聯》手稿一卷，是其集聯，未刊。《甲骨文集聯》共收 76 副對聯，有 50 聯右書甲骨文對聯，左書釋文；16 聯只有甲骨文而無釋文；10 聯只有行書聯，未寫甲骨文。〔註 188〕從中大體能夠推測出他當時集聯的一些情形，有因甲骨文字而尋句子的，亦有有了成句而求諸古文字的。後者的行爲更說明了他是刻意在用甲骨文來豐富自己的創作形式。〔註 189〕

李植中說：「現在已發現的甲骨文雖有 5000 字之多，但已經認得的不過一千有零，運用這一千多字，撰作如此多的聯語，加之楹聯還要服從平仄、對仗等格律，撰作的難度較大，自不待言。……所書能得殷契之神采，用筆得縱橫排奡之勢，兼有刀契與書寫之特點，有方有圓，筆意自然貫通；有大有小，參差錯落有致；而且字體形態穩重，筆勢生動，文字布局虛實相倚，從外形到內涵都給人一種含蓄的對稱美觀之感。」〔註 190〕

葉玉森對甲骨原拓的轉化爲大字篆書作品有其獨特的思考與創作理路，如其 1932 年仲秋所書〈傳三、共一十三言聯〉，款曰：「傳三代玉文，曲直方圓，能與古會；共一時樽酒，淵沉沖淡，自得春和。集甲骨文呈介堪先生方家教正。壬申仲秋，萍漁弟葉玉森並識于淞濱夢頡龕。」係贈方介堪的作品，方亦爲篆書能手，此作自非輕易。既自云集甲骨文者，爰以反向工程究竟之，發現以下用字之問題：「代」，甲金文均缺，然「弋」之甲、金與《說文》字略同，有替代、世代相續之意，可謂「代」之本字，此處拼合甲骨偏旁爲之；「曲」，《說文》：「象器曲受物之形也。」段玉裁曰：「匚象方器受物之形，側視之；曲象圜其中受物之形，正視之。引申之爲凡委曲之、稱不直曰曲。」〔註 191〕此處

標頁碼。

〔註 188〕李植中，〈葉玉森與甲骨文書法〉，《鎮江日報》，（鎮江：鎮江日報），2000 年 4 月 11 日，B3 版。

〔註 189〕姜楝，《20 世紀大陸地區甲骨文書法實踐狀況研究》，（北京：首都師範大學碩士學位論文，2006 年 5 月），頁 16。

〔註 190〕李植中，〈葉玉森與甲骨文書法〉，《鎮江日報》，（鎮江：鎮江日報），2000 年 4 月 11 日，B3 版。

〔註 191〕段玉裁，《說文解字注》，（臺北：黎明文化事業，1991 年 8 月增訂 8 版），頁 643。

葉氏以匚、曲同字目之。「」，此字從齒從羽。葉氏釋「能」謂羽爲鼈形而從三足。據《爾雅》、《論衡》所載鼈三足能之文之臆說以釋本字，實不足取。〔註 192〕「能」，《說文》：「熊屬，足似鹿。」〔註 193〕金文正象熊獸之形，爲《說文》篆字所本，賢能、能傑、能夠皆引申義；〔註 194〕「與」，甲文缺，金文與小篆略同，此作中所書實爲「興」字；「古」，《說文》：「故也，从十口。」甲骨金文從口從中或申。中、申爲聲符，即母字，金文塡實虛框。〔註 195〕此用金文寫法，是符合文字流變的；「淵」，甲骨文與《說文》古文略同，此處所用爲「泉」字。「」，葉氏在《殷契鉤沉》中準確地歸納了此字形體的演變過程，然釋「春」似可疑。甲骨文中有春字，商承祚曾辯其非是；董作賓知之而從葉說，至今仍有聚訟。〔註 196〕此字在《甲骨文編》被列爲待考字。在當時的有限條件下，集甲骨字爲聯語難度更甚於今，故有數字用字錯誤，似也是莫可奈何之事。吾輩當銘記前賢篳路藍縷之功而避重蹈覆轍之譏。

就其筆畫而言，秀雅細緻是其用筆主調，然起筆多稍重，收筆尖細，顯是模擬甲骨文契刻的刀意而來，接筆處也能體察原刻筆順之意而使線條能傳達時間行進之跡。直線條爲主中間有曲線的調節，避免了一律的重複感，方圓並用，頗爲多姿；字形大小均一，行氣一貫。

〔註 192〕賀瓊，《葉玉森甲骨文論著研究》，（重慶：西南大學碩士學位論文，2007 年 5 月），頁 65。

〔註 193〕段玉裁，《說文解字注》，（臺北：黎明文化事業，1991 年 8 月增訂 8 版），頁 484。

〔註 194〕方述鑫等編，《甲骨金文字典》，（成都：巴蜀書社，1993 年 11 月），頁 740。

〔註 195〕方述鑫等編，《甲骨金文字典》，（成都：巴蜀書社，1993 年 11 月），頁 177。

〔註 196〕賀瓊，《葉玉森甲骨文論著研究》，（重慶：西南大學碩士學位論文，2007 年 5 月），頁 38。

圖 3-5.3　葉玉森〈傳三、共一十三言聯〉

續 5.5.3	佚 728
鐵 148.1	前 6.2.3
前 6.24.7	說文段注八上 21
前 5.4.5	前 6.65.2
後 1.8.14	前 1.18.1
簠文 5 / 後 1.15.2 / 古文	鐵 96.4
後 1.23.4	乙 6390
後 2.36.6	佚 40
後 1.10.8	前 8.5.7
前 6.58.1	前 6.26.4 / 沈子簋
菁 5.1	鎛鎛 / 前 5.21.8
乙 5319 / 餘 13.2	乙 3810 反 / 盂鼎
前 2.45.2	萃 1037

〈傳三、共一十三言聯〉1932 仲秋 144.4×18cm

美籍華人漢學家蔣彝〔註 197〕曾評曰：「這些字體形態穩重，線條優美，從而啓發了書法家去開闢新的書法途徑。但是迄今，於這方面的發掘研究而出名的人，僅兩位著名人物：羅振玉和葉玉森。」葉氏所寫能得殷墟卜辭之神采，用筆得縱橫排奡之勢，兼有刀契與筆寫之特點；有方有圓，筆意自然貫通；有大有小，參差錯落有致。

未記年的〈答柳翼謀詩軸〉（圖 3-5.4）：「好事爭觀古井天，網羅寶冊考龜年；魯魚大白初文後，蟲鳥旁稽有史前。一勺之多從海得，七言獵麗自君傳；正逢國學沉埋日，復古維新逐眾賢。」此七言律詩用典繁多又切中酬唱二人之共同研究領域，既自勉更互勉承擔國學之興復重責，在甲骨文字研究初期得長言如此，只能爲之擊節讚嘆。

當然，在當時的時空限制下，本詩的用字也存在著許多問題：如「[甲骨字]」，《鈎沉》釋「殺」，《前釋》改從胡光煒之釋「爭」〔註 198〕；「古」字已如前述，不贅；「[甲骨字]」，葉氏疑「海」之初文。從午，與《石經》午字同，或古人已知午爲潮生之候，故製海字象大川中有午潮大來之意。此字隸定爲淄，卜辭中爲水名；〔註 199〕《甲骨文編》定爲「油」字。葉氏釋海，字形相差甚遠；「[甲骨字]」爲「[甲骨字]前 2.24.8」之別構，象產子之形，毓在卜辭中或作育，表生育，或用爲后，

〔註 197〕蔣彝（1903/5/19～19771026），江西九江人，畫家、詩人、作家、書法家。被稱爲「中國文化的國際使者」。最爲人津津樂道的事，乃翻譯 Coca Cola 爲「可口可樂」。自幼隨父親習畫，並接受完整的私塾教育，之後政局動盪，日軍侵華，他移居廬山山腳，對自然環境與旅行移動保持著極高敏銳的心。日後他任九江縣縣長，爲政清廉，且禁止外商公司賄賂、非法購地，與當政者發生矛盾，出走英國。而此去英國，成爲一生命數之轉折。他在英國旅居倫敦，被東方學院聘爲講師，講授東方文化，對活躍於藝文界，1937 年出版《湖居畫記》以中國筆墨描繪湖居景致，後以 Silent Traveller 爲筆名寫作遊記，雖然三十來歲才熟用英文，但無礙其文章之精巧、心裁之別出，作品成爲西方旅行文學經典，相較之下，他在中文世界則顯得默默無聞。他的筆名中譯爲「啞行者」，暗喻對官場政治的痛恨失望，同時也自表「我以沉默之姿在倫敦四處游蕩，在沉默之中觀察各種事件」的態度。

〔註 198〕賀瓊，《葉玉森甲骨文論著研究》，（重慶：西南大學碩士學位論文，2007 年 5 月），頁 59、93。

〔註 199〕賀瓊，《葉玉森甲骨文論著研究》，（重慶：西南大學碩士學位論文，2007 年 5 月），頁 40。

指君主，或與「前」相對，〔註 200〕此作「後」用；「」，葉氏釋爲「稽」而許慎引作「卟」者，《說文》:「卟，卜以問疑也。從口卜，讀與稽同。」〔註 201〕葉氏首釋爲卟，於義相符，不過是否讀作稽，還可商榷；「」，葉釋「升」，旁點象溢米散落形，並謂王國維釋「勺」亦通。于省吾謂爲「必」乃「柲」之初文，《甲骨文編》定爲「升」字；「」應爲「眔」而葉氏釋「眾」，反將「」（眾）釋爲「昆」。〔註 202〕

葉玉森在甲骨文書法的用筆上有個鮮明的特點：以筆爲刀。刻意追求刀刻的效果。他寫甲骨文起筆較重，收筆較輕；起筆是藏鋒，收筆是露鋒。由於他善用藏鋒而使甲骨文原刻較質直的筆劃增加了書寫韻味。但在筆劃形態上，幾乎每一筆都是起筆重收筆輕，給觀者以有雷同之感。但其整體上挺拔明快，轉折處婉轉舒徐，銜接處自然妥貼，可以看出葉氏的用筆的嫻熟技巧。

這樣的表現手法，也與葉玉森能刻印，將二種藝術門類融會相發有關。他嗜秦、漢之法，細白文多仿切玉印。據《民國篆刻藝術》一書指出，葉氏還是在印壇上用甲骨文刻章開先河者之一。〔註 203〕如爲周慶雲所治「周夢坡六十後之印記」，而且他的自用印大都爲自刻。〔註 204〕

在章法結構上，葉氏的甲骨文書法顯得工致、精巧，略顯圖案化傾向，與羅振玉的「改造」有通病之憾，可能是受羅氏的影響吧！甲骨文原刻不是很嚴格對稱的，存在著程度不同的參差，葉氏所寫的甲骨文幾乎處處存在著嚴格的對稱。原刻中自然疏密的筆劃排列，在葉書中被處理的匀稱、工巧，原刻中的自然天趣損失殆盡。〔註 205〕

〔註 200〕賀瓊，《葉玉森甲骨文論著研究》，（重慶：西南大學碩士學位論文，2007 年 5 月），頁 101。

〔註 201〕段玉裁，《說文解字注》，（臺北：黎明文化事業，1991 年 8 月增訂 8 版），頁 128。

〔註 202〕賀瓊，《葉玉森甲骨文論著研究》，（重慶：西南大學碩士學位論文，2007 年 5 月），頁 42。

〔註 203〕賀瓊，《葉玉森甲骨文論著研究》，（重慶：西南大學碩士學位論文，2007 年 5 月），頁 5。

〔註 204〕葉正渤、陳榮軍，〈葉玉森古文字考釋方法淺論〉，《葉玉森甲骨學論著整理與研究》，（北京：線裝書局，2008 年 10 月），頁 270。

〔註 205〕王志，《民國篆書研究》，（南京師範大學碩士學位論文，2011 年 5 月），頁 10。

圖 3-5.4　葉玉森〈答柳翼謀詩軸〉

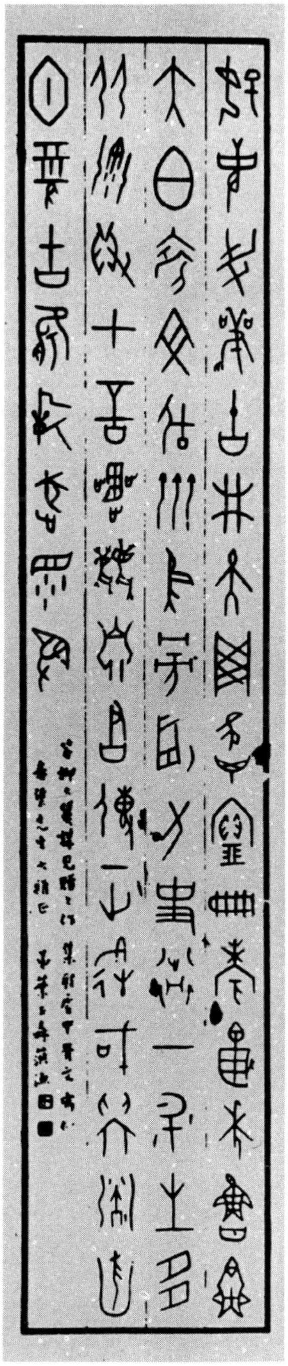

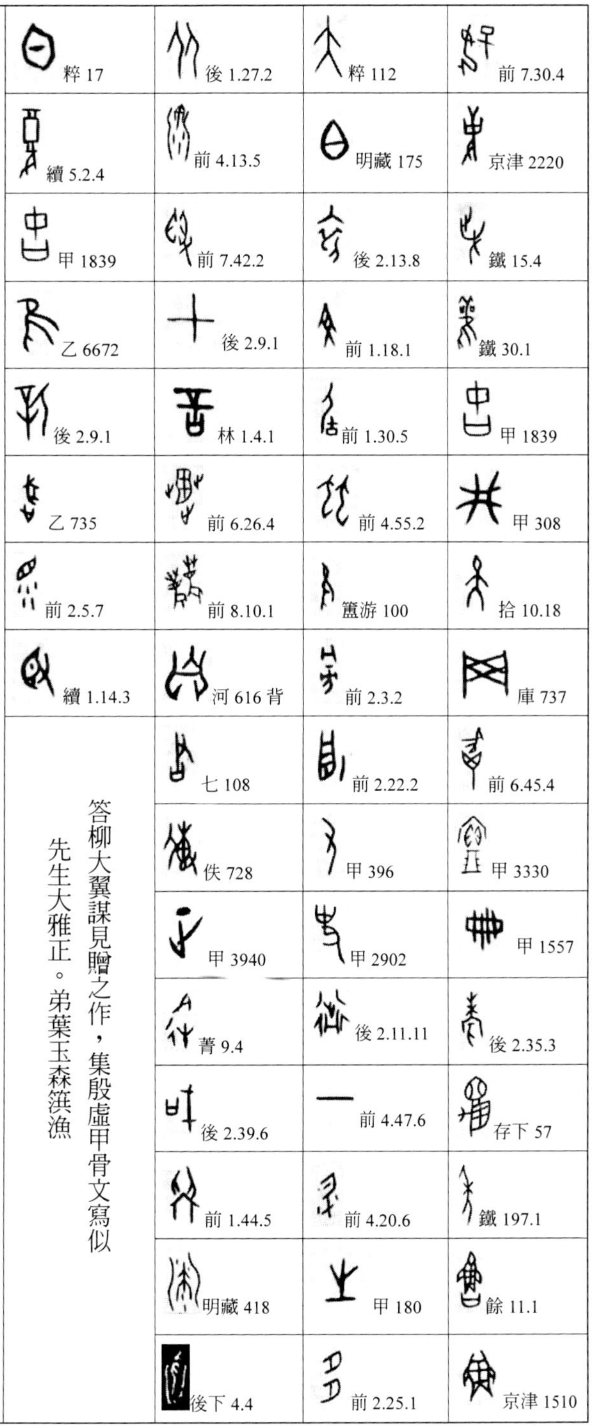

粹 17	後 1.27.2	粹 112	前 7.30.4
續 5.2.4	前 4.13.5	明藏 175	京津 2220
甲 1839	前 7.42.2	後 2.13.8	鐵 15.4
乙 6672	後 2.9.1	前 1.18.1	鐵 30.1
後 2.9.1	林 1.4.1	前 1.30.5	甲 1839
乙 735	前 6.26.4	前 4.55.2	甲 308
前 2.5.7	前 8.10.1	簠游 100	拾 10.18
續 1.14.3	河 616 背	前 2.3.2	庫 737
答柳大翼謀見贈之作，集殷虛甲骨文寫似先生大雅正。弟葉玉森滇漁	七 108	前 2.22.2	前 6.45.4
	佚 728	甲 396	甲 3330
	甲 3940	甲 2902	甲 1557
	菁 9.4	後 2.11.11	後 2.35.3
	後 2.39.6	前 4.47.6	存下 57
	前 1.44.5	前 4.20.6	鐵 197.1
	明藏 418	甲 180	餘 11.1
	後下 4.4	前 2.25.1	京津 1510

無論在運筆或線條上都著意接近甲骨文的契刻與瘦硬的葉玉森，考釋甲骨文之餘，多以摹寫爲主，其書契文深得書寫與刀刻三味，方圓並用，線質遒勁、穩重見巧，頗具甲骨韻致而能書其新意。〔註 206〕

首先是線條的改變，他慣用一種類似玉筯篆的線條，起筆和收筆都藏而不顯，線條細而有彈性，可謂遒勁秀美。在轉折的處理上，他一律使用折筆而非轉筆，這又是純粹的玉筯篆的寫法。從結字來看，他確實寫出了甲骨文原刻的那種凝練與謹飭，也不乏流動感，在這一點上，他比羅振玉往前走了一步。這也得益於他對甲骨文的多加考釋和朝夕摹寫。可是他的缺點也是顯見的，他過分強調了甲骨文字的對稱性，終使得這種對稱的美反成一種板滯。

在他 1933 年的〈贈蔣彝甲骨文軸〉〔註 207〕（圖 3-5.5）中，「山」、「土」、「日」、「文」、「月」、「田」諸字的造型，機械呆板幾如規整之多邊形，沒有結構上的變化。早期作品中還能見到部分曲線的使用，後期就幾乎沒有了。他可以用幾個斷續連接的小直線來組成一條原本應該是曲線的線條，如「日」字，這種美術化的寫法確實就走到反面上去了。〔註 208〕有時甚至爲了使字能夠達到上下齊整的布局要求，還將本來造型上非常活潑、以欹側爲美的字強行勘正過來，從而失去了甲骨文的自然美。〔註 209〕

由於葉氏是精研甲骨學之專家，平時對甲骨文的形體構造與筆法已諳熟於心，因之自得其用筆縱橫之勢、轉折之趣。其筆法兼有筆書與刀契之特點，方圓兼備，筆意連貫，運轉流暢自然，線條遒勁秀美；結體有鬆有緊，力度均勻，穩重大方。全篇 80 字，布局均勻，參錯有致，均齊中見活潑，嚴謹中寓生動，變化中守法度。很有學者之書卷氣。〔註 210〕

〔註 206〕池現平，〈論近現代甲骨文書法創作〉，《中國書法》，（中國書法雜誌社，2011 年 4 期），頁。

〔註 207〕其詩曰：「守令古循良，人如龔與黃；立功師太上，畫筆見西方。衛國無龍像，侵絕盡虎狼；家山好煙月，羞逐酒徒狂。樂事海天遊，長風鼓大舟；戈□森北土，花生麗西洲。去國歌宜索，如淵學自求；余方窮衣食，老作水田牛。」

〔註 208〕姜棟，《20 世紀大陸地區甲骨文書法實踐狀況研究》，（北京：首都師範大學碩士學位論文，2006 年 5 月），頁 16～17。

〔註 209〕姜棟，〈從形到意：二十世紀甲骨文書法實踐譾論〉，《東方藝術》2007 年 16 期，（鄭州：河南省藝術研究院，2007 年 8 月 16 日），頁 79～80。

〔註 210〕張永明編，《書法創作大典．篆書卷》，（北京：新時代出版社，2001 年 1 月），頁 203。

圖 3-5.5　葉玉森〈贈蔣彝甲骨文軸〉

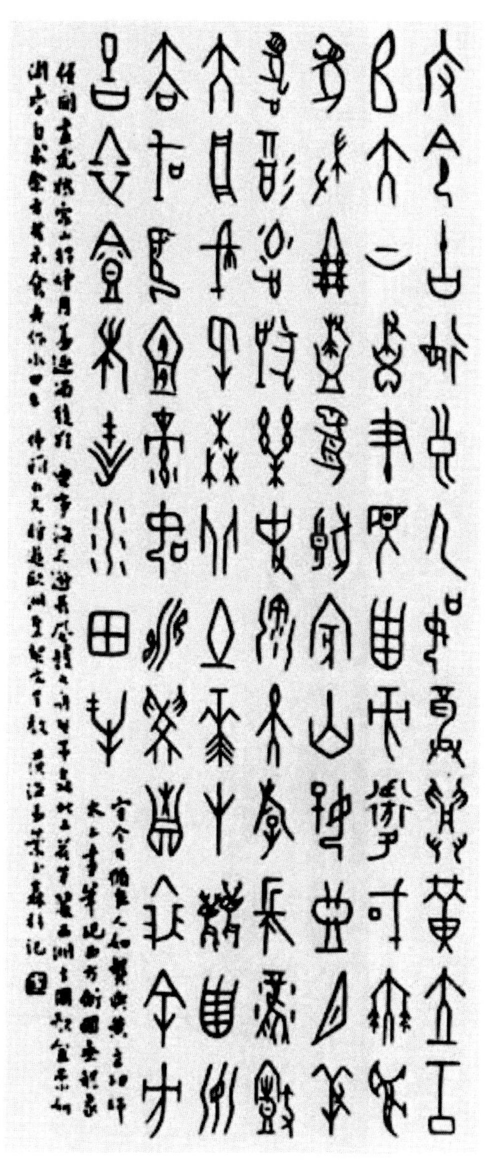

〈贈蔣彝甲骨文軸〉1933 年

葉玉森在甲骨文實踐上的追求可以簡明地用「追求刀意」來概括，或許是因爲他擅長篆刻且自己有過甲骨文入印的實踐。與其他早期甲骨文書家不同，這使得他比羅振玉更加關注甲骨文「契刻」的特點。寫和刻，或曰刀和筆，一直是圍繞著甲骨文字的一個問題。追求刀味和筆趣就成了甲骨文書法發展的一條重要的線索。追求刀，或者說受到「刀」影響大的，葉玉森應該算是較早的一個。

就章法言，他的作品已能組成一個篇章，但只是表現出一種整齊的秩序感，並不能在整體上做到內斂和諧，仍然是未加界格的小篆的章法。他甚至爲了使字能夠達到上下齊整的佈局要求，將有些本來在造型上非常活潑、以欹側爲美的字強行勘正過來，甚至字形也拉長，從而失去了甲骨文的自然美。在他其他作品中，也可以看出這種傾向來。

有論者認爲葉玉森的這種失之自然是在追求裝飾意味的時候走得太過，這應該是他對契刻短線條理解的某些偏差使然，而未必是他一意追求的結果。值得一提的是，葉玉森對甲骨文象形意味的關注是這一時期最好的一個，很多字有如原刻。〔註 211〕

對於葉玉森得甲骨文書法創作，林公武的評價非常到位：

> 葉氏於甲骨文書法的創作，無論在運筆或線條上都著意接近甲骨文的契刻與瘦硬的味道，這正是他的卓識之處；可是他在創作手法上卻過分追求平穩勻稱的表現形式，以秦代刻石篆書之規矩去改造甲骨文的形體和佈局，寫出了方整、大小如一的甲骨文字，神趣皆失。〔註 212〕

在甲骨文書法創作的初創時期，活躍的書家主要是學識淵博的學者專家，這與他們有機會接觸甲骨文有直接關係。尤其是甲骨文學者，他們以將這一新興書體引進書法而樂此不疲。雖然有各自的缺陷，卻也無法掩蓋他們在書法史上所做出的貢獻。因爲是古文字學者，所以對構形最爲關注；因爲無前例可循，故受原有書法基礎的影響較多，如羅振玉之倚重小篆，丁佛言之淵源於金文，這是早期探索者的必然。這時對於甲骨文藝術特質的解讀尚處於起步階段，能夠借助有限的學術進步開展書法上的探索已經值得稱道。書寫者究竟使用何種技法，多基於他們的書法基礎。書風的主動創造並未全面鋪開，藝術風格多是借鑒其他字體而來的，不屬於甲骨文本身。

而葉氏對甲骨文本身形意關注較多，以筆擬刀，有過於方直、刻板之弊，

〔註 211〕姜棟，《20 世紀大陸地區甲骨文書法實踐狀況研究》，（北京：首都師範大學碩士學位論文，2006 年 5 月），頁 17。

〔註 212〕《潘主蘭甲骨文書法・林序》，（福州：福建美術出版社，2002 年 7 月），序頁。

筆墨創造力尚嫌不足，然在當時，卻未嘗不可說是一種深入。形的發掘是意是否能達的基礎，這反映了深入準確把握甲骨文字的願望。

第六節　馬衡——考古奠基　文質彬彬

馬衡（1881～1955），字叔平，別署無咎，所居曰觶廬、凡將齋，號凡將齋主人，浙江鄞縣人。早年求學於上海南洋公學，因家庭影響，於金石書畫研究有素。後與寧波巨商葉澄衷的女兒結婚，家境富裕，遂廣收文物、古籍，並與吳昌碩、吳隱、丁輔之、陸恢等探微求隱，覓古訪幽，日久，聲名大振。1917 年，馬氏受聘任北京清史館纂修。後經其兄馬裕劍推薦，任北京大學新設的金石學講師。蔡元培任北京大學校長後，該校成立書法研究杜，馬氏與沈尹默、劉季平被指定爲該社導師。1922 年起，兼任清華大學、北京師範大學、北京女高師等校的考古學教授。1923 年，馬氏整理授課講義輯成《中國金石學概要》發表，擴大宋以降對金石學研究的範疇，兼及甲骨、竹、木、陶、玉、磚瓦等。後發表〈石鼓爲秦刻石考〉之論文，1929 年，馬氏應杭州「西湖博覽會」之請，就石鼓原物攝像十幀，連同論文發與會上中外學者。1925 年 10 月，故宮博物院成立，馬氏主持古物館，1927 年，應邀東渡日本，曾在東京、帝國、九州、慶應等大學作〈中國之銅器時代〉等專題講演。1930 年西泠印社推他爲第二任社長。1934 年，出任故官博物院院長，一生經眼之物既精又多，收藏贍富。〔註 213〕

馬衡精金石，善鑒賞；有兄長裕藻，攻文字；有弟鑑（季明）、廉（隅卿）並長文學。兄弟四人俱講學南北各大學，一門俊彥、時人有「四馬」之譽。他在 1922 年任北京大學教授兼研究所國學門導師，講授金石學，成材甚眾。時漢魏石經適大量出土，深所致力，有〈漢熹平石經論語堯曰篇殘字〉、〈集拓新出漢魏石經殘字〉、〈從實踐上竊見漢石經之一斑〉等著作。又嘗從事「新嘉量」研究，有〈新嘉量考釋〉一文，並據此器以作〈隋書律曆志十五等尺〉。馬氏素重實踐，不憚辛勞，走出書齋，進行考察。自 1923 年起，先後至新鄭、孟津調查銅器出土地、洛陽調查漢魏石經出土地，並參加貔子窩、燕下都之發掘，已從金石學之探討，跨進考古學之實踐研究矣，故沈尹默稱其「奠定

〔註 213〕孫洵，《民國書法史》，（南京：江蘇教育出版社，1998 年 9 月），頁 53～54。

了中國考古學」。故宮博物院院長任內對文物之搜集、展覽、出版圖錄，貢獻良多；八年抗戰期間，主持文物內遷，免使先人珍物淪於敵手，籌劃裝運，備極勞勩，其有功文物類此。著作除前述外，還有〈戈戟之時代〉、〈記漢居延筆〉等，現已匯編爲《凡將齋金石叢稿》八卷及附錄，1977 年由中華書局出版。馬衡以精究金石六書，長於篆法，於金文、石鼓、小篆無不精熟雅正。楷書形神迫肖隋僧智永。餘事治印，整飭淵雅，直追周秦兩漢，深於法度。繼吳昌碩後被推爲西泠印社社長。生前曾有《凡將齋印存》之輯；歿後，其子太龍收集零存，又成《鱓廬印稿》，後者多抗戰時入蜀之作。〔註 214〕

一、馬衡的古文字學成就

馬衡總結了前人研究成果，鑽研提高，積數年之力，於 1923 年寫成《金石學概論》，不僅擴大了金石學的範圍，旁及甲骨、竹木、磚瓦、陶器、玉器，還對金石學的含義、研究對象、範圍、方法以及它和史學的關係等等，都作了系統的論述。治學方法上「繼承了清代乾嘉學派的樸學傳統，而又銳意採用科學的方法，使中國金石及博古之學趨於近代化」〔註 215〕。他一生致力於此，又注重出土文物的現場考察，並親自主持燕下都的田野考古發掘，成爲傳統金石學向近代考古學轉變過程中起重要作用的先驅人物，因而被郭沫若譽爲「中國近代考古學的先驅」〔註 216〕。〔註 217〕

（一）漢魏石經研究

馬先生用功最深的是漢、魏石經的研究。他搜集各方收藏，盡全力復原原有面貌，對石經刻石的緣起、經數、經本、字體、行款、石數，書碑姓氏以及出土情況進行全面研究，花用 30 餘年的精力，寫出〈漢石經集存〉及論文多篇。〔註 218〕

〔註 214〕許禮平主編，《宗陶齋主人藏近代名家楹聯》，（香港：翰墨軒，1998 年 5 月），頁 156。

〔註 215〕馬衡，《凡將齋金石叢稿》，（北京：中華書局，1977 年 10 月），頁 1。

〔註 216〕郭沫若，《凡將齋金石叢稿．序》，（北京：中華書局，1977 年 10 月），序頁。

〔註 217〕王連波，《馬衡金石學研究對其書法篆刻創作的影響》，（杭州：杭州師範大學碩士學位論文，2011 年 6 月），頁 10。

〔註 218〕馬衡，《凡將齋金石叢稿．編輯後記》，（北京：中華書局，1977 年 10 月），頁 386

（二）銅器與銅器斷代研究

金石博古之學自宋代以來，只限於器物的分類定名和文字的考釋疏證，馬先生在古器物不斷出土的情況下，擴大了金石學研究的範圍，除金石而外，旁及甲骨、竹木、磚瓦、陶玉，《金石學概要》這部講義，就是作者試圖對金石學作比較系統總結的論著。

馬氏對於銅器的斷代研究，也做出了貢獻。〈中國銅器時代〉一文，提出我國青銅器以商代爲最早的論斷，他列舉七件標準器，並從其記年月日、祖妣稱謂、祭名和祭人等事實，證明它們屬於殷器。此文發表於殷墟發掘前一年，是銅器斷代的先例。〈戈戟之研究〉一文，據當時出土的質物，校正了清人程瑤田的舊說。〔註 219〕

關於度量衡制度的研究，馬衡謂：唐李淳風撰《隋書．律曆志》，以晉前尺校諸代尺，列爲 15 等，其第一等爲周尺：《漢志》王莽時劉歆銅斛尺、後漢建武銅尺、晉泰始十年荀勖律尺（爲晉前尺）、祖沖之所傳銅尺，其餘 14 等皆依此爲標準，以相參校，說其異同。此第一等之五種尺中，祖沖之所傳，即荀勖之所造，其實祇有四種。苟於此四種中得其一，則十五等之尺，皆可以確定矣。宋皇祐中（1049～1054），高若訥曾依《隋書．律曆志》仿造之，其所根據之實物，乃以漢王莽時大泉、錯刀、貨布、貨泉四物之首足、肉好、長廣、分寸皆合正史者，互相參校，定爲漢錢尺——爲劉歆銅斛尺。更以漢錢尺定諸代尺，上之，藏於太常寺。〔註 220〕《西清古鑑》卷 34 載有漢嘉量，五量（龠、合、升、斗、斛）備於一器，形制與《漢志》相合，銘文又與《九章算術注》、《隋志》相合，以爲其器或非嚮壁虛造者，1924 年冬，開始點查故宮物品，乃以貨布尺驗之，確認清宮所藏漢嘉量爲劉歆銅斛，而貨布之尺爲劉歆銅斛尺，比之於公制米，則爲 0.231 也。〔註 221〕〈新嘉量考釋〉、〈隋書

～387、王連波，《馬衡金石學研究對其書法篆刻創作的影響》，（杭州：杭州師範大學碩士學位論文，2011 年 6 月），頁 9。

〔註 219〕馬衡，《凡將齋金石叢稿．編輯後記》，（北京：中華書局，1977 年 10 月），頁 386。

〔註 220〕馬衡，〈隋書律曆志十五等尺〉，《凡將齋金石叢稿》，（北京：中華書局，1977 年 10 月），頁 140。

〔註 221〕馬衡，〈隋書律曆志十五等尺〉，《凡將齋金石叢稿》，（北京：中華書局，1977 年 10 月），頁 140～145。

律曆志十五等尺〉二文，不僅推定了王莽時尺度，從而推算出《隋書・律曆志》所載唐以前十五種尺的實際長度。他的研究成果，至今仍然是研究古尺的依據。

（三）石鼓文及其石刻研究

唐代出土的石鼓，是我國最古的重要石刻，但對其製作年代與國別，歷來聚訟紛紜，莫衷一是。〈石鼓爲秦刻石考〉初載於 1923/1 之北京大學《國學季刊》一卷一期，1931 年又增訂影印行世。〔註 222〕本文從文字的演變和傳世秦國多種銘刻進行比較研究，認爲它是東周時秦國的刻石。這一看法，在學術界得到相當程度的認同。〔註 223〕

石鼓在隋以前，未見著錄。出土之時，當在唐初。自韋應物、韓愈作〈石鼓歌〉以表彰之，而後始大顯於世。其刻石之時代，唐以來人所考訂者，恆多異詞：有以爲周宣王時者，唐張懷瓘、竇衆、韓愈也；有以爲周文王之鼓，至宣王時刻詩者，唐韋應物也；有以爲周成王時者，宋董逌、程大昌也；有以爲秦者，宋鄭樵也；有以爲宇文周者，金馬國定也。眾說雖極糾紛，而要之不過三說：一、宗周，二、秦，三、後周。〔註 224〕馬衡以爲：

> 文體字體之流變，隨時隨地而轉移；依託放古之事，其術縱工，其跡終不可掩。試以魏《三體石經》所謂古文、篆文者較周金文秦刻石，其異同之點不難立辨。漢魏去古未遠，倣效猶且失眞，而謂後此三百年之宇文泰能之乎？藉曰能之，何見存西魏北周時刻石，又無一放古之作如此鼓者乎？

先以文體字體之流變辨屬西魏之謬，續分析宗周之說者曰：

> 以此鼓屬之成王。其說雖較後周爲近理，而文字實不似周初。謂爲宣王者，以其字類小篆而較繁複，類宗周彝器之文而較整齊，因目之爲籀文；又以籀文爲宣王太史籀所作，遂以此鼓屬之宣王，而定

〔註 222〕馬衡，〈石鼓爲秦刻石考〉，《凡將齋金石叢稿》，（北京：中華書局，1977 年 10 月），頁 175。

〔註 223〕馬衡，《凡將齋金石叢稿・編輯後記》，（北京：中華書局，1977 年 10 月），頁 386。

〔註 224〕馬衡，〈石鼓爲秦刻石考〉，《凡將齋金石叢稿》，（北京：中華書局，1977 年 10 月），頁 166。

爲史籀書。……然余竊疑者，籀文是否爲書體之名？史籀是否爲人名？王靜安以爲史籀十五篇，古之字書，後人取句首「史籀」二字以名其篇，非著書者之名；其書獨行於秦，非宗周時之書。

仍以文字形體而辨，並取王國維〈史籀篇敘錄〉爲據，根本推翻此石鼓爲宣王時者。三說中以主秦之說爲近理。此說中有鞏豐等僅據器物遺文以立言，篤信載籍而忽於實物，其結果，寧信附會肊說之《三禮圖》，而於山川所出鼎彝，反以爲不足據。眞僞莫辨，結習然也。故以鄭樵「此十篇皆是秦篆，以也爲殹，見於秦斤；以丞爲㞼，見於秦權。」、「其文有曰嗣王，有曰天子；天子可謂帝，亦可謂王，故知此則惠文之後、始皇之前所作。」〔註 225〕之說最爲可取而申辨之曰：

一、文字之流變可得而推尋也。古今文字之不同，有漸變，無改造。秦并兼天下，李斯等復刺取其（《史籀篇》）字以作倉頡篇等，乃整理舊文，有所去取，改編字書，非謂於《史籀篇》外又改造字體也。……文字之類小篆而較繁複，似宗周彝器之文而較整齊者，爲未同一以前之秦文，亦即《史籀篇》之文，可斷言也。〔註 226〕

宗鄭樵之說而詳言之，又以「鄭氏所舉者，曰秦斤，曰秦權，皆始皇二世詔書之文，猶不足以證石鼓。」乃舉秦霸西戎時起至二世元年止 12 種器銘、刻之完全相同於石鼓者，以證鼓文爲秦文（如表 3-6.1）。〔註 227〕

表 3-6.1　石鼓文與秦文關係表

器、石刻	年　代	相同之字	數量
文字未同一以前			
弔和鐘	繆公	公、不、天、又、事、余、帥、以、多、夕、是、于、執、作、其、孔、永	17

〔註 225〕馬衡，〈石鼓爲秦刻石考〉，《凡將齋金石叢稿》，（北京：中華書局，1977 年 10 月），頁 168。

〔註 226〕馬衡，〈石鼓爲秦刻石考〉，《凡將齋金石叢稿》，（北京：中華書局，1977 年 10 月），頁 168～169。

〔註 227〕整理自馬衡，〈石鼓爲秦刻石考〉，《凡將齋金石叢稿》，（北京：中華書局，1977 年 10 月），頁 169～174。

秦公敦（簋）	繆公	公、不、天、又、之、事、余、帥、是、作、以、各、多、方	14
重泉量	孝公 18 年	來、大、爲	3
詛楚文	惠文王	又、嗣、王、用、其、祝、于、不、大、以、之、多、我、君、公、及、是、同、子、爲、而、康、則、天、求、可、自、殹、章	29
文字既同一之後			
呂不韋戈	始皇 5 年	不、事、工	3
新郪虎符	始皇 22 年	之、右、王、左、用、人、以、事、母、殹	10
陽陵虎符	始皇稱帝後	之、右、左、陽	4
權量等詔書	始皇 26 年及二世元年	六、天、大、安、爲、丞、則、不、之、而、其、殹、如、嗣、左	15
嶧山刻石	始皇 28 年至二世元年	嗣、王、四、方、時、不、六、既、于、日、自、及、止、康、樂、所、爲、而、其、如、之、丞、具、可	24
泰山刻石	同上	不、其、如、嗣、爲、之、丞、具	8
瑯琊臺刻石	同上	楊、所、爲、而、不、其、如、嗣、之、丞、具、可	12
會稽刻石	同上	方、六、王、自、而、陰、爲、來、之、各、其、子、不、止、人、樂、舟	17

> 二、秦刻遺文可得而互證也。余之所舉者，自秦霸西戎時起至二世元年止，凡得十二種（按：詳見上表）。皆就其體勢結構之完全相同者言之，若偏旁互見而彼此相同者，尚不一而足。此可由文字之形體，證鼓文爲秦文者也。……殹，語助詞，與也同，又與兮通。斤、權、虎符、詛楚文，四者皆秦文，並有此不經見之字，則殹、也通假，爲秦文獨有之例可知矣。鼓文既用此例，非秦文而何？此可由文字之聲音訓詁證以爲秦文者也。〔註 228〕

取秦刻遺文與石鼓之文相互參證，充分結合新出土文字資料證據，並將時代確歸於秦霸西戎至統一之前，層層逼近，至此，石鼓屬秦已不可易。大致之時代

〔註 228〕馬衡，〈石鼓爲秦刻石考〉，《凡將齋金石叢稿》，（北京：中華書局，1977 年 10 月），頁 169～170。

及由文字流變及聲音詁訓確立之後，更細微的屬秦之何時，則須考諸文意：

> 夫秦自襄公有功王室，得岐西之地而列爲諸侯，至繆公始霸西戎，天子致賀。鼓文紀田漁之事，兼及其車徒之盛，又有頌揚天子之語，證以秦公敦之字體及「烈烈桓桓」之文，則此鼓之作，當與同時。……鼓文雖不明言祭祀，而獨紀掌祭祀之官，知田漁與祭祀有關矣。以田漁之所獲，歸而獻諸宗廟，作詩刻石以紀其事，則石在雍城宜也。〔註229〕

從秦繆公作鐘與簋稱「秦公」；惠王之詛楚稱曰「有秦嗣王」而鼓文雖殘，猶有「公謂大□，余及如□」之句，公者秦公，余者自稱；九鼓有「天子永寧」之語，可知其爲祝頌之辭。又鼓文有「吳人憐□」、「□□大祝」之語，吳人爲虞人；太祝者祝官之長，以定鞏豐之說爲是。最後辨正石鼓之名：碑刻未興前，只有刻石，秦皇頌德諸刻，多曰刻石，或曰刻所立石；摩崖與立石，皆刻石也。立石又謂之碣，此十石之形制，皆與之同。其制上小而下大，頂圓而底平。四面有略作方形者，有正圓者，刻辭即環刻於其四面，此正刻石之制，非石鼓也。蘇、竇獵碣之名，差爲近之。最可笑者，莫過於清高宗之重摹石鼓。其形類今之鼓，冒革施釘，無不畢肖，其文又不在四週而在頂上，其貽誤後人，不已甚耶？特爲正其名曰「秦刻石」。〔註230〕

石鼓文跟戰國時期和春秋早期的秦系文字，在結構和筆勢上都有很多明顯的出入；跟春秋中晚期的秦公簋、秦公磬銘文則出入甚少，彼此非常相似。其風格的相似程度，使人不能不產生這樣的懷疑：它們是否出自同一個人的手筆？由此可以斷定石鼓文和秦公簋、秦公磬應是同時期所作。馬衡注意到了石鼓文與秦公簋字體相同這一點，他說：「證以秦公敦之字體及『烈烈桓桓』之文，則此鼓之作，當與同時。」此說極具卓識。可惜的是，由於當時資料有限，再加上馬衡沒有列舉大量具有代表性的字形進行認眞細緻的比較分析，所以他的這一很符合客觀實際、很有學術價值的說法竟沒有得到學術界

〔註229〕馬衡，〈石鼓爲秦刻石考〉，《凡將齋金石叢稿》，（北京：中華書局，1977年10月），頁171。

〔註230〕馬衡，〈石鼓爲秦刻石考〉，《凡將齋金石叢稿》，（北京：中華書局，1977年10月），頁170～172。

的承認。馬衡認爲石鼓文與秦公簋爲同時期所作是非常正確的，但他把秦公簋的年代定爲秦穆公時則欠妥當。〔註 231〕

他也注意到近世出土的漢代簡牘，爲古代書籍制度的研究提供了新資料。〈中國書籍制度變遷之研究〉一文，概括了書籍材質和形式的演進，以及裝幀的變化，爲我國書籍形制的研究，提供了新的參考。〔註 232〕

二、馬衡的篆書表現

根據故宮博物院保存的〈馬叔平捐獻文物書籍統計表〉可知，馬衡所收藏的書跡、印譜、金石拓片豐富，其中金石拓片 12439 件，裡面以清代與民國年間出土和發現的墓志、碑版、造像和漢、魏石經爲主。從字體、書體看，最多是隸書和魏碑，其次是篆書；文物書畫、照片等 1638 張，書籍印譜類 9479 冊，以史部．目錄．金石居首，占其收藏的 30.23%；子部篆刻次之，占 7%；經部小學 6.7%，正與其學術研究的主攻方向吻合。又據〈馬衡藏書結構表〉得知其所收史部目錄金石共 384 部 1405 冊 2255 卷；子部藝術譜錄 41 部 182 冊 203 卷 6 類 67 品；篆刻 92 部 434 冊 257 卷；書法 27 部 41 冊 52 卷；書畫 19 部 82 冊 247 卷，可見藏書中還是以金石篆刻書法居多，這正與馬衡對金石學和書法篆刻的愛好有關，其書法篆刻創作受其金石研究及收藏的影響之深，也屬理所當然了。〔註 233〕

關於金石學與書法、篆刻之間的關係，在他〈論漢碑書體〉中就已表達出來，也是他後來一直堅持的學術觀點：「中國的古文字是中國文化的根，金石則是古文字的載體，而書法、篆刻則以古文字爲根據，故習書法工篆刻者必先通過了解懂得古文字，才不致誤入歧途。」〔註 234〕又說：

> 刻印古無專書，有之，自元吾丘衍《學古編》始。編首列〈三十五舉〉，前半衹言寫篆書，後半始言刻印。次列〈合用文集品目〉，亦

〔註 231〕徐寶貴，《石鼓文整理研究》，（北京：中華書局，2008 年 1 月），頁 623。

〔註 232〕馬衡，《凡將齋金石叢稿》，（北京：中華書局，1977 年 10 月），頁 386～387。

〔註 233〕王連波，《馬衡金石學研究對其書法篆刻創作的影響》，（杭州：杭州師範大學碩士學位論文，2011 年 6 月），頁 12～13。

〔註 234〕馬思猛，《金石夢故宮情——我心中的爺爺馬衡》，（北京：國家圖書館出版社，2009 年月），頁 52。

> 皆言篆書之取材；且第七、八兩則，兼及隸書。可見刻印必自寫篆隸始，吾丘氏固未常【嘗】專授人以刀法也。刀法爲一種技術，今謂之手藝，習之數月，可臻嫻熟。研究篆體，學習篆書，則關於學術，古謂之小學，今謂之文字學，窮年累月，不能盡其奧藏，其難易豈可同日語哉？此所以刻印爲研究文字學者之餘事，不必成爲專家。〔註 235〕

這些觀點，雖論刻印，而置於論書法，尤其是篆書亦爲至當。刻印中技術層面的刀法猶書法中的筆法，皆是習之有得，然學習篆書，關乎學術中之文字學，欲盡其奧藏，非窮年累月不可。

馬衡書法作品以篆、隸爲主，隸書多取法熹平石經；篆書尤爲優長，與他同時代的一些文化名人，如王國維、錢玄同、劉半農、楊鶴年、劉復等人去世後，其家人多請馬衡爲其墓銘篆蓋。〔註 236〕從這些碑額（如〈王國維紀念碑額〉（圖 3-6.1a）、墓志蓋中的小篆來看，用筆率皆含蓄不露，起、收筆含藏祥和，筆畫堅實而節奏平穩，蘊含剛正大雅的力量，結字方正中有雍容的婉轉，施於表彰故人學者，相得益彰。能得到家屬的委託與肯定，代表著馬衡的篆書在當時的評價與功力。他的篆書得益於豐富的收藏和古文字學者學殖的滋養，如〈劉復墓誌蓋〉（圖 3-6.1b）中「授」（　）字，其偏旁「受」《說文》「　，相付也，从𠬪，舟省聲。」〔註 237〕更進一步採用甲骨金文中「　前 7.42.1」、「　頌鼎」以槃相授受之形，雖仍以小篆結字，但更加合理。

〔註 235〕馬衡，〈談刻印〉，《凡將齋金石叢稿》，（北京：中華書局，1977 年 10 月），頁 298。

〔註 236〕王連波，《馬衡金石學研究對其書法篆刻創作的影響》，（杭州：杭州師範大學碩士學位論文，2011 年 6 月），頁 13。

〔註 237〕段玉裁，《說文解字注》，（臺北：黎明文化事業，1991 年 8 月增訂八版），頁 162。

圖 3-6.1a　馬衡〈王國維紀念碑額〉

1929/6/3 60×43cm

圖 3-6.1b　馬衡〈劉復墓誌蓋〉

1935/5 52×52 cm

民國以來，大量新式青銅器著錄書問世，這些著錄書，多數是由照相製版，改變了過去單純依靠繪圖造成的器形不準的弊端，爲研究者提供了可靠的資料。此外，這些圖錄不僅介紹器形，還刊有器銘拓本，或亦有紋飾拓本，由於採取了這些完備的著錄形式，使研究者得以將器形、銘文、紋飾綜合起來研究，從而有助於改變清代學者只注重銘文考釋而忽略器形紋飾的研究傳統，將青銅器研究推向科學化與現代化。

馬衡以其學術地位之尊隆，也受邀題寫不少古文字圖錄的題耑，如 1934 年于省吾《雙劍誃吉金圖錄》、1936 年黃濬的《尊古齋所見吉金圖》等，這些書耑字數不多，卻是展現篆書功力的絕佳舞台，如〈尊古齋所見吉金圖書耑〉（圖 3-6.2），主文 8 字，所用字出於眾多器銘，將不同風格字融會書之，順應字畫之多寡，自然呈現字形大小長短的變動，筆畫勻整從容，潔淨內斂而雍容；肥筆處三見而不顯突兀，章法上有行無列而突出作者齋名；款字略小且與印文同出〈毛公鼎〉，集中的呈現了馬衡篆書、篆刻、國學涵養的精邃程度；也反映了當時學術圈中對馬衡學術地位的崇隆。

圖 3-6.2　馬衡〈尊古齋所見吉金圖書耑〉

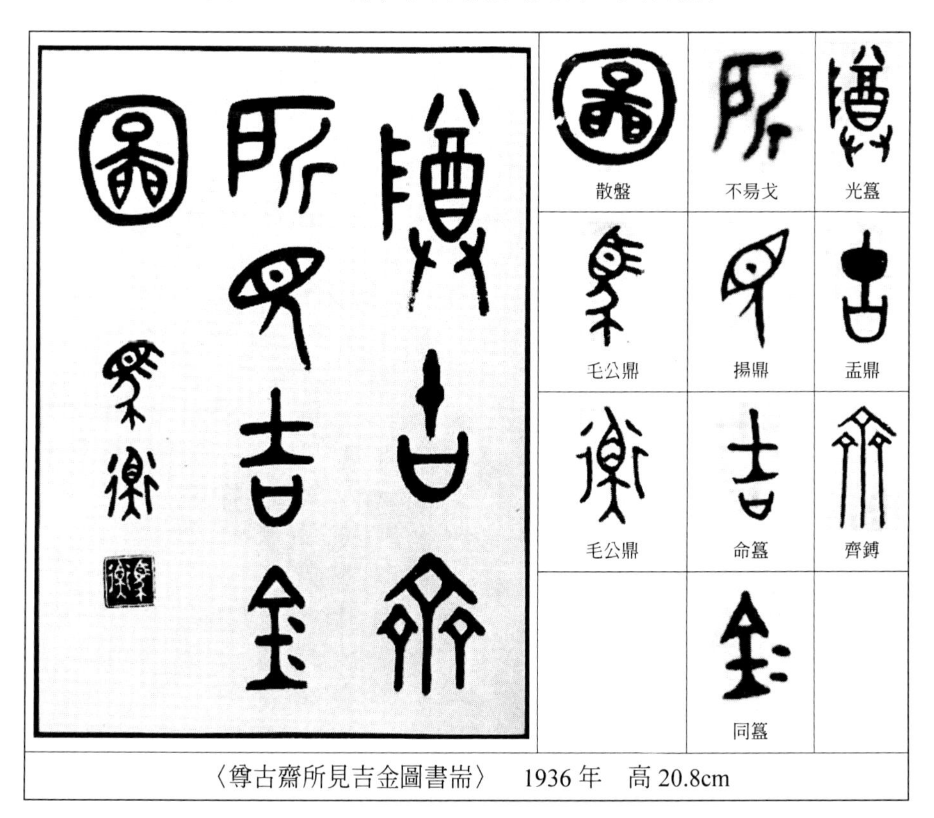

〈尊古齋所見吉金圖書耑〉　1936 年　高 20.8cm

馬衡在〈談刻印〉說：

> 近數十年來，刻印家往往只講刀法。能知用刀，即自以爲盡刻印之能事，不知印之所以爲印，重在印文。〔註238〕

他對連六書都不知道是什麼，只會翻閱字典，而後印文仍然有很多錯誤的篆刻家持否定態度。他主張篆文必須字字有來歷，爲了能刻出正確的篆文，刻印家不但應該研究古印，其他金石文字也應該深入研究。因此他自己對文字的取材、入印範圍也很廣，包括甲骨文、金文、古璽文、古陶文等等，因而面貌豐富多姿，奇趣橫生。又說：

> 印章即爲古制，又爲憑信之物，所用文字，又爲廢止兩千年之篆書，則作一印宜如何愼重，豈可標新立異，率爾操觚？況收藏印多用於古書籍及書畫，尤不可以惡劣之印汙損名跡。〔註239〕

可以看出他認爲印章不但不能用錯字入印，而且篆文還要優美。從他談論篆刻的理論來看，與他篆書的表現理念，還眞的是互通且相發的。

他對《石鼓文》研究精深，並得見明代安國十鼓齋所藏宋代佳拓，〔註240〕且臨習尤勤，如1940年3月與那志良書言：「臨宋拓石鼓至十通始覺略有所得，心如兄有同嗜，不審感想如何也？」〔註241〕這樣的心得，在在於他篆書中如實展現。未記年款的〈平原、古簡五言聯〉（圖3-6.3）曰：「平邍（原）麋鹿走，古簡豕魚多。」乃集《石鼓文》而來，上聯以景起興，麋、鹿自在奔馳；下聯用「魯魚亥豕」典故。魯魚見《抱朴子．內篇．遐覽》：「鄭君言符出於老君，皆天文也。老君能通於神明，符皆神明所授。今人用之少驗者，由於出來歷久，傳寫之多誤故也。又信心不篤，施用之亦不行。又譬之於書字，則符誤者，不但無益，將能有害也。書字人知之，猶尙寫之多誤，故諺曰：『書三寫，魚成魯，虛成虎。』

〔註238〕馬衡，〈談刻印〉，《凡將齋金石叢稿》，（北京：中華書局，1977年10月），頁297。

〔註239〕馬衡，〈談刻印〉，《凡將齋金石叢稿》，（北京：中華書局，1977年10月），頁302。

〔註240〕馬衡，〈明代安國藏拓獵石碣跋〉，《石鼓文》，（上海：上海書畫出版社，2001年12月），頁59～66。此本原係1935年中華書局印本，爲安國藏之〈後勁本〉，唐蘭及馬氏跋因未得安氏題簽及〈中權本〉長跋中所敘三本命名之由，而以爲〈前茅本〉，特囑沈尹默於1939/2序中訂正。

〔註241〕馬思猛，《金石夢故宮情——我心中的爺爺馬衡》，（北京：國家圖書館出版社，2009年月），頁228。

此之謂也。」；亥豕出《呂氏春秋．愼行論．察傳》：「子夏之晉，過衛。有讀史記者曰：『晉師三豕涉河。』子夏曰：『非也，是己亥也。夫己與三相近，豕與亥相似。』至於晉而問之，則曰：「晉師己亥涉河也」。辭多類非而是，多類是而非，是非之經，不可不分，此聖人之所愼也。然則何以愼？緣物之情及人之情以爲所聞，則得之矣。研究古文字，深入歷代典籍，傳抄之文字資料其中訛誤必多，期學者當有以思之、辨之。爲聯屬對工穩，足見國學素養深厚。

圖 3-6.3　馬衡〈平邍、古簡五言聯〉

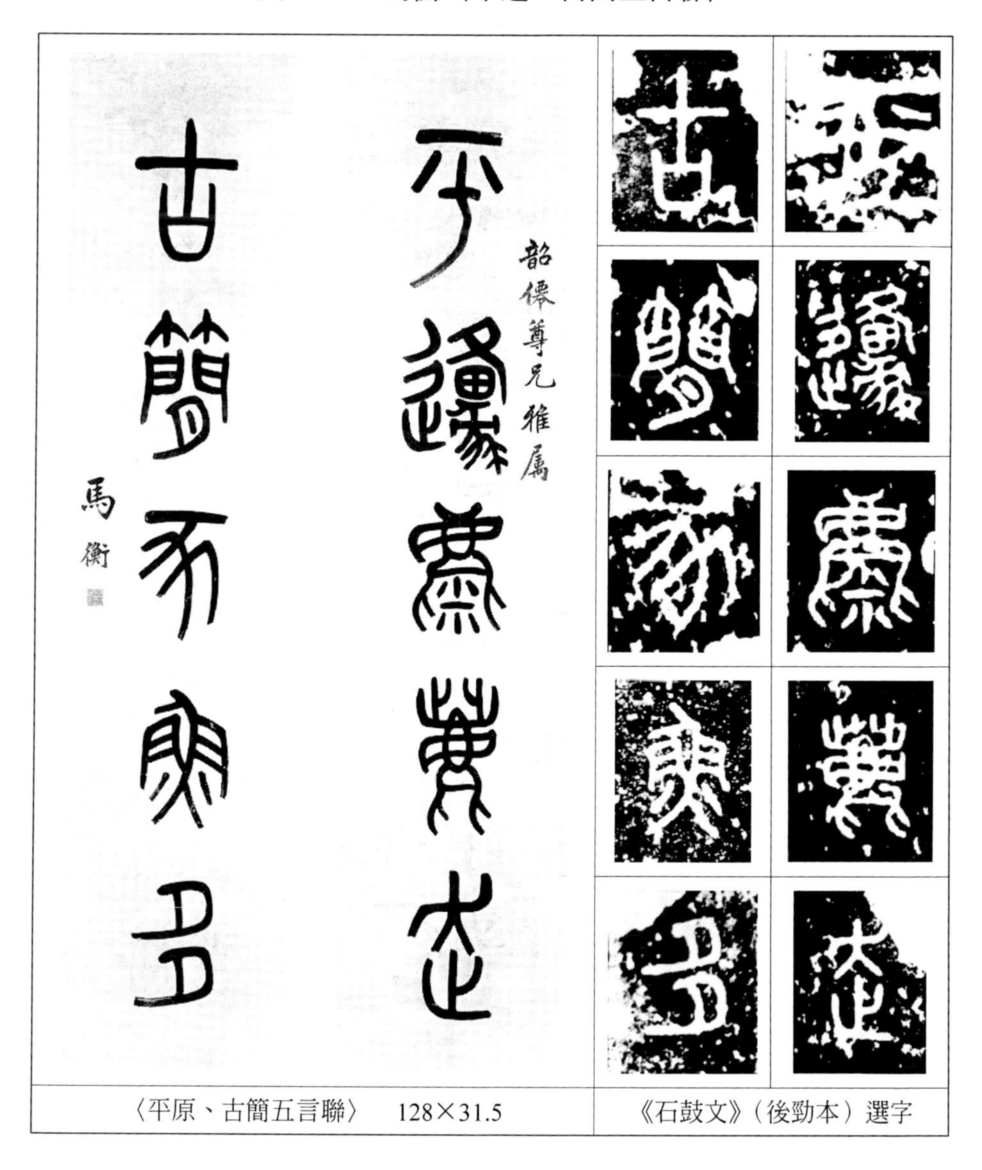

〈平原、古簡五言聯〉　128×31.5

《石鼓文》（後勁本）選字

其書起筆以含藏之逆筆起，時重時輕，故具變化而不尖刻；行筆穩健，節奏輕快平穩而間以如「邍」中「夊」之末筆、「簡」中「竹」部右下拉的快步尖收，線條潔淨而中河內斂，結字步趨〈後勁本〉原拓，直得《石鼓》原貌。整體看來以雅潔、內斂爲主，秀而不媚，端莊平和。

馬衡在論篆與刻的關係時說：

> 刀以傳其所書之文，故印章首重篆文，次重刀法，不可徒逞刀法而轉失筆意。

篆刻以刀傳其文，篆書以筆傳其文，篆書是篆刻的基本，遵循筆意，才能刻出好印。遵循原跡、原拓，深入去探索、體會金石銘文的原貌才能展現出篆書之美。而刻印之時，落筆之先

> 字體之抉擇、行款之分配、章法之布置，在未寫出之前，先得成竹於胸中，然後落墨奏刀。〔註242〕

因而形成他篆刻古樸典雅、莊重平穩的風格。因此對於印文更加大膽，刀法與傳統差異較大的印風，顯然不符合他的審美趣味。他曾說：

> 吳昌碩曾入吳大澂幕，又與楊沂孫同時。楊寫小篆，大澂寫金文，而昌碩寫石鼓文。其時明安國所藏宋拓石鼓十本未出，號稱宋拓者，衹有天一閣范氏藏本，而又久佚，所傳惟阮元及張燕昌之複刻本耳。吳氏又惑於趙宧光草篆之說，思欲以偏師制勝，雖寫石鼓而與石鼓不似。吾友某君嘗調之曰：「君所寫者，乃實行寫石鼓文耳。」吳氏亦笑而自承。其刻印亦取偏師，正如其字。且於刻成之後，椎鑿邊緣，以殘破爲古拙。程瑤田曰：「今之業是者，務趨於工緻以媚人。或以爲非，則又矯枉而過正。自以爲秦漢鑄鑿之遺，而不知其所遵守者，乃土花侵蝕壞爛之賸餘。豈知藐姑射之神人，固肌膚若冰雪、綽約如處子者乎？」可見貌爲古拙，自昔而然，不自吳氏始也。獨怪吳氏之後，作印者什九皆效其體，甚至學校亦以之教授生徒，一若非殘破則不古，且不得謂之印者，是亟宜糾正者也。〔註243〕

〔註242〕馬衡，〈談刻印〉，《凡將齋金石叢稿》，（北京：中華書局，1977年10月），頁297。

〔註243〕馬衡，〈談刻印〉，《凡將齋金石叢稿》，（北京：中華書局，1977年10月），頁301

吳昌碩是近代書法、篆刻大家且影響深遠，馬衡在吳氏之後繼任西泠印社社長，對於吳氏書、印之風大行頗不以為然。這必須從馬氏以一個學者出身的角度來看：在他看來，吳昌碩「欲以偏師致勝」，過多的強調美術的創造與出奇不與人同，成功的形塑吳昌碩石鼓文書風而風靡天下，更致學校教育矯枉過正的皆以殘破古拙為宗，扼殺了藝術表現的典範性與多樣性。

出發點的不同形成了同樣寫石鼓文，同樣有機會見到安國舊藏佳拓，吳昌碩選擇繼續他左低右高的結字，起筆飽實而線條渾勁，因水風浸蝕的蒼茫金石氣書風；而馬衡傾向追求原貌、忠於原味，既風姿綽約又勁力內含的典雅風貌，為石鼓文書法風格提供了極好的對照。

馬衡對青銅器的研究頗有創獲，也常臨寫彝器銘文，未記年的〈臨宗婦鼎軸〉（圖 3-6.4）是一個很好的例子。據吳大澂〈宗婦壺跋〉云：「宗婦方壺，陝西鄠縣出土，同時出七鼎、六簋、一盤、兩壺，皆同文。」〔註 244〕《愙齋集古錄》中列鼎二、簋蓋器各二、壺蓋器各二、盤一，各拓片清晰程度不一，多有界格；其中最佳者，為〈宗婦簋〉其一之拓片。關於此同銘諸器的時代與書風，郭沫若云：

> 以盤與簋之花紋觀之，當在宗周末年。字跡類《石鼓文》，則王子蓋宣王之子也。故次于此。鄁字從邑萺聲，萺古文昔，見《說文》，此當即許書䣢字，䣢下注云：『蜀地也，從邑耤聲』耤則從耒昔聲也。徐鍇云：『按字書，鄉名，在臨邛。』據本器則鄁實當時蜀中之一小國，與周室通婚姻，嫛其國姓。言保辪鄁國者，猶晉女嫁楚，〈楚公𧊒〉言『晉邦任翰』也。」以是定為幽王時器，或近是者。〔註 245〕

郭沫若的說法提示了兩個重點：從器形文飾來看，時代在西周末期；從字跡風格來看，與《石鼓文》相類；而考其地域，乃蜀中小國，與周室通姻，與秦有地緣關係，故字形近於王國維所說的西土系文字，傳承宗周文字風格為多。其推論與現今公認此器為春秋早期所作相當。

～302。

〔註 244〕吳大澂，《愙齋集古錄》，（臺北：台聯國風出版社，1976 年 9 月），頁 644。

〔註 245〕郭沫若，《兩周金文辭大系考釋》，（北京：科學出版社，2002 年 10 月）葉 156。

圖 3-6.4　馬衡〈臨宗婦鼎軸〉/〈宗婦鼎〉、〈宗婦簋〉拓片

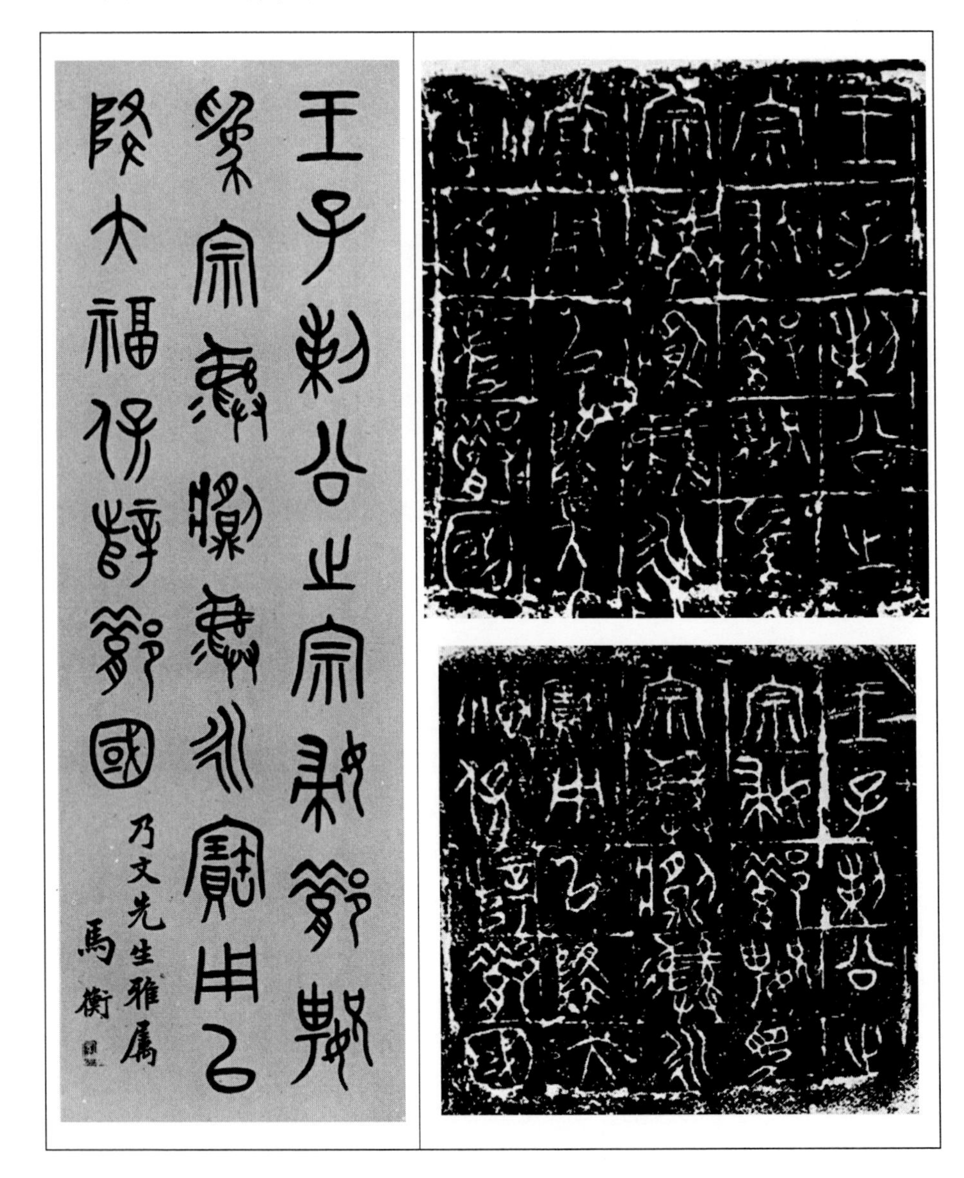

宗婦諸器銘文大部分有界格，故其章法有行有列，齊整井然，無界格者亦然。然其中如「鄁」、「彝」、「䵼」、「薛」等字筆畫甚多，故時有擠迫情況。但是西周晚期字形修長，大小相同，結體婉轉流暢、精巧勻稱，章法上字與字、行與行之間少有錯落，秩序井然〔註 246〕的風格特徵還是明顯的顯現於此。馬衡

〔註 246〕沃興華，《金文書法》，(上海：世紀出版集團，2004 年 6 月)，頁 13。

在臨寫時大膽的採用有行無列的章法，順應各字的簡繁而予以自然的大小變化，在行氣嚴整中，又有視覺上輕重的變化，而用筆平和精巧，筆畫均等均速、布白均衡，在在顯示了「篆引」筆法的成熟風貌。

圖 3-6.5　馬衡〈暇日、累年十言聯〉

裴子學長兄撰句屬書即希教正

馬衡

十四下 13	七上 9
七上 50	七上 1
八上 45	七上 19
四上 18	二下 10
八下 13	五下 27　國差𦉜
三下 22	九下 1
十四下 18	中山王兆域圖
九上 32	十三下 41
九下 34	四下 12
六下 18	二下 16

〈暇日、累年十言聯〉（圖 3-6.5）曰：「暇日游近郭山卌里殆遍，累年聚習見書萬卷而羸。」所書用字以小篆爲主，其中「郭」、「卌」采更早期之字形。《說文》：「𩫏，度也，民所度居也。从◎象城郭之重兩亭相對也，或但從○」，段注曰：「案城𩫏字今作郭，郭行而𩫏廢矣。」〔註 247〕；「卌」今本《說文》未有，但其說解則見卷六林部「無」字下：「从大，卌，數之積也。」《廣韻》引《說文》卌爲數名，知原本《說文》有此字而被後人抄漏。并數，積數就是積兩個十爲廿字，并三個十爲卅字，并四個十爲卌字，另給它一個讀音，仍是原來的涵義。〔註 248〕甲骨金文均象四十併之形〔註 249〕，如「卌乙 921」、「卌舀鼎」即爲確例；此中寫法與後出之〈中山王兆域圖〉作「卌」同，可見馬氏古文字學鑽研之深，深有先見之明也。書法維持其篆書之一貫筆法，逆起略重而線條均勻，末筆直收而不迴，以小篆結字，呈長方形結構，雅緻工穩，以文質彬彬爲追求目標。或謂這種作品無個性的抒發、個人的面貌，殊不知個性並非只有張揚、奇變；個人面貌也不僅是粗頭亂服、刻意求異，馬衡的書風代表的是經過內化修持而來，超越質、文的素樸與制式化，達到體現宇宙秩序、生命表徵、中國人文化意識的中和境界，達到「文質彬彬」的理想人格典型的形態。

〔註 247〕段玉裁，《說文解字注》，（臺北：黎明文化事業，1991 年 8 月增訂八版），頁 231。

〔註 248〕商承祚，〈談廿、卅、卌及其起源〉，《商承祚文集》，（廣州：中山大學出版社，2004 年 11 月），頁 298。

〔註 249〕方述鑫等編，《甲骨金文字典》，（成都：巴蜀書社，1993 年 11 月），頁 181。